LES LANGUES MODERNES / BILINGUE
Série allemande dirigée par Brigitte Vergne-Cain
et Gérard Rudent

THOMAS MANN/FRANK WEDEKIND

Der Wille zum Glück
und andere Erzählungen

La Volonté de bonheur
et autres récits

Traduction, préface et notes de
Romain Deygout

Le Livre de Poche

Principales abréviations

acc. - *accusatif*
dat. - *datif*
diff. - *différent*
disc. ind. - *discours indirect*
f. - *féminin*
F.W. - *Frank Wedekind*
gén. - *génitif*
inv. - *invariable*
jn - *jemanden*
jm - *jemandem*
m. - *masculin*
m. à m. - *mot à mot*
n. - *neutre*
part. - *participe*
pl. - *pluriel*
pop. - *populaire*
prép. - *préposition*
pr. - *pronom*
prét. - *prétérit*
sens fig. - *sens figuré*
sub. - *subordination*
syn. - *synonyme*
T.M. - *Thomas Mann*
v. - *verbe*
vx - *vieux*

Signes conventionnels

* indique une forme reconstituée : ex. : *panzer-artig
/ indique un verbe à particule séparable : ex. : auf/machen

Sommaire

Préface

Des hommes, une femme

I. Des textes politiques ?

Le but premier de ce recueil de nouvelles est d'éclairer l'œuvre du jeune Thomas Mann, entre 1896 et 1899. Les trois récits que nous avons choisis sont antérieurs aux *Buddenbrooks* (1901), le roman qui le rendra célèbre. *La Volonté de bonheur* (1896) témoigne de sa collaboration à la revue munichoise *Simplicissimus* ; *Luischen* (1897), de son activité littéraire pendant son séjour à Rome avec son frère Heinrich ; et le récit *L'Armoire* (1898) est contemporain de son travail sur les *Buddenbrooks*. Aux côtés de Thomas Mann, le lecteur constate la présence, peut-être plus insolite, de Frank Wedekind (1864-1918), dont le nom en France est davantage connu pour ses œuvres dramatiques : *L'Éveil du printemps* (1891) et le cycle de *Lulu* (1895-1904), repris au cinéma par Pabst (1928) et à l'opéra par Alban Berg (inachevé).

Leur rencontre ici se justifie par la parution quasi

simultanée des deux nouvelles qui constituent l'armature de ce recueil. *Le Vieux Prétendant* et *La Volonté de bonheur* ont en effet été publiés à une semaine d'intervalle, en août 1896, dans la revue *Simplicissimus.* Les ressemblances entre ces deux textes sont frappantes, et attestent les relations amicales de leurs auteurs. Quant à la nouvelle de Thomas Mann, *Luischen*, elle entretient de réels rapports avec le cycle de *Lulu*, l'œuvre maîtresse de Wedekind.

Simplicissimus commence à paraître en avril 1896 sous forme d'hebdomadaire. Avec le propriétaire du journal Albert Langen, le dessinateur Thomas Theodor Heine, l'écrivain Jakob Wassermann, Wedekind est l'un des fondateurs de cette revue qui eut très vite maille à partir avec la censure de Guillaume II et celle de François-Joseph, puisque dès le mois suivant, en mai 1896, elle fut interdite en Autriche. S'il se reporte à *Simplicissimus*, le lecteur moderne ne trouvera pas une revue à scandales politiques comme il aurait pu se l'imaginer. À cette époque, le *Simplicissimus* ne fait même quasiment aucune référence directe à l'actualité. Les caricatures y occupent certes une place importante, mais elles s'attaquent à des situations de la vie quotidienne ou, d'une façon assez générale, aux classes dominantes. La revue est également ouverte aux chansonniers, une autre activité de Frank Wedekind. Quant aux textes, il s'agit presque uniquement de nouvelles d'écrivains renommés à l'époque.

En 1898, ce sont des vers de Wedekind contre Guillaume II qui mettent le feu aux poudres, en provoquant l'arrestation de l'auteur et la saisie du journal. Néanmoins Thomas Mann en sera l'un des rédacteurs, en 1898-1899. On peut donc dire que pendant cette période (1896-1899), il partage les opinions politiques de Wedekind. D'autre part, les démêlés de Wedekind avec la censure confirment les relations d'amitié entre les deux écrivains ; en effet, si Thomas Mann, dans les années 1910, prend ses distances par rapport à l'opposition au régime impérial, et accepte à Munich de siéger dans la commission de la censure, il en démissionnera, sur la demande de Wedekind, en 1911.

Dans ce contexte historique, nos cinq récits ont un point commun : s'ils n'ont pas d'objectifs politiques immédiats, ils ont bien une signification politique au sens large, voire paradoxal, dans la mesure où l'éloignement du personnage principal hors de la société est dans chacun d'entre eux un thème central. Il se manifeste sous diverses formes : l'aveuglement *(La Vaccination)*, l'isolement *(L'Armoire)*, ou la mort *(Le Vieux Prétendant, La Volonté de bonheur, Luischen)*. Certaines modalités concrètes d'éloignement se dessinent, comme l'attirance pour des sphères étrangères, telles que le Peuple ou l'Orient.

Celle qui est la plus offensive pour la société wilhelminienne est sans doute la nostalgie des classes populaires. Dans *L'Armoire*, Albrecht van der Qualen marque par son personnage même une rupture avec les valeurs de la petite bourgeoisie laborieuse. Il traverse comme un fantôme cette petite ville de boutiquiers où il n'a rien à faire. Bien que de consonance hollandaise et peu allemande, son nom a un parfum aristocratique. Tout indique en lui le grand bourgeois cultivé, éloigné du labeur productif. En s'opposant au monde de la boutique, il plonge progressivement dans les sphères populaires. L'antithèse bourgeoisie-peuple est signalée par plusieurs couples d'oppositions : le centre ville ou la banlieue, les rues pavées ou les rues boueuses, la lumière électrique ou l'ombre générée par les becs de gaz et la bougie, les habits d'Albrecht (dont la description apparemment complaisante s'explique ainsi) ou la nudité de la conteuse. Dans *Luischen*, l'avocat Jacoby trouve la liberté et la mort en prenant l'aspect d'une « *fille du peuple* ».

L'Orient constitue une seconde sphère d'éloignement, qui nous entraîne, au-delà du topos littéraire, vers des thèmes et des interprétations plus profondes. Certes, la femme désirable prend, de manière évidente, les traits de la sultane et de la femme fatale, dont un symbole très fort est l'ottomane, le canapé traditionnel des jeux amoureux (p. 216). Elle a en face d'elle la meute des amants *(Luischen, La Volonté de bonheur)*. Mais la femme est surtout, dans toutes les nouvelles, la maîtresse du discours, la conteuse séductrice, parée des charmes de la Schéhérazade des *Mille et Une Nuits*. La créature féminine de *L'Armoire* interrompt son récit lorsque son partenaire l'approche, semblable par là au sultan sanguinaire des *Mille et Une Nuits* (p. 75). Le récit de Léonie *(Le Vieux Prétendant)* se déroule dans une nuit chaude, et la narratrice et son auditeur viennent de prendre du café, boisson également orientale. Ada, dans *La Volonté de bonheur*, délivre le message qui fait revenir auprès d'elle Paolo, la victime de l'action. Amra (un prénom dont la consonance exotique est indéniable, par-delà son explication fournie dans le récit) dans *Luischen* fait danser son ours de mari, et enfin la protagoniste de *La Vaccination*, qualifiée d'« *astronome* » (p. 31), envoûte son mari. De plus, on remarque aussi l'importance de l'Orient, ou du Sud, pour les victimes apparentes des différents récits : la Clara du *Vieux Prétendant* accomplit sa transformation physique en Suisse romande, et non alémanique ; le Paolo de *La Volonté de bonheur* a de toute évidence une mère originaire d'Amérique latine.

II. La Femme ?

Voyons quelle image en donnent au juste ces cinq nouvelles de Thomas Mann et de Frank Wedekind. La caractéristique de la sultane est la mollesse des attaches, ou encore l'élasticité de la démarche, concept de Wedekind repris par Thomas Mann. Cette élasticité n'est pas affirmation de puissance temporelle, mais danse du véritable saltimbanque nietzschéen. La femme survole du pied l'existence, ou bien, comme dans le dessin du Paolo de *La Volonté de bonheur* (p. 139), elle n'a pas de pieds ; ceci est d'ailleurs une image fondamentale dans l'œuvre de Wedekind (voir par exemple la nouvelle *Flirt*).

Quelle est donc l'origine de cette figure ? Dans *L'Armoire*, on voit se former une symbolique ternaire ; il y a trois étages, trois portes et surtout trois femmes : la grosse dame à la valise, la vieille, la créature de l'armoire. La première est la femme désirable ; la vieille a des couleurs morbides, avec la mousse qui lui pousse sur le front ; la créature de l'armoire rétablit un contact avec la Nature et la Violence par ses histoires d'amour désespéré sur la lande.

On peut reconnaître dans cette tripartition une structure fondamentale du rapport à la femme dans l'œuvre de Freud, le fondateur de la Psychanalyse. Les trois femmes apparaissant chez Thomas Mann trouvent trois équivalents chez Freud, qui sont, dans le même ordre : la femme de la sexualité adulte ; notre Mère à tous, qui donne Vie et Mort ; la mère utérine, qui donne la vie à chaque individu, prostituée car donnée au père. Dans *Le Motif de la cassette* (1913), Freud intègre à sa théorie le motif littéraire des trois Parques, ces trois divinités grecques qui symbolisent la naissance, la vie et la mort de l'Homme. Il montre que ce mythe est omniprésent dans la culture occidentale : dans *Le Marchand de Venise*, de

Shakespeare, il faut, parmi trois cassettes en métal, choisir celle en plomb pour recevoir en mariage la jeune fille convoitée par tous; lors du jugement de Pâris, celui-ci choisit, entre Héra, Athéna, Aphrodite, la déesse qui ne parle pas: Aphrodite. Que la femme élue soit finalement la plus belle est pour Freud une dénégation et un travestissement de l'Inconscient, car cette étrange femme séduisante et silencieuse, à qui nous donnons tous la préférence, est en réalité la Mort. Ce qui permet à Freud de la révéler sous son apparente beauté, c'est son silence. Voilà qui s'accorde peut-être avec la peu loquace Amra de *Luischen*, mais sans doute moins avec notre interprétation de la femme comme maîtresse du discours. Or cet élément traduit moins une divergence entre Freud et nos auteurs qu'une évolution de Freud depuis *L'Interprétation des rêves* (1900) où le thème des Trois Parques apparaît pour la première fois. En effet, dans *L'Interprétation des rêves*, c'est bien la Mère de chaque individu, la Mère dite utérine, sa propre Mère, qui révèle au jeune Freud notre condamnation inéluctable à la mort. Elle le fait en frottant ses mains l'une contre l'autre et en montrant à son fils les desquamations qui en résultent. À cet endroit chez Freud, donc dans le texte sur les Trois Parques chronologiquement le plus proche des récits qui nous intéressent, la Mère se rattache bien à une symbolique plus générale qui la relie, en tant que donneuse de vie, à la boue originelle à laquelle nous retournons à notre Mort. La Mère se tient donc au début comme au terme de la vie de l'Homme: elle nous reprend la Vie après nous l'avoir donnée.

Si Freud est convoqué ici à titre de témoin, c'est parce que l'on connaît désormais l'influence décisive qu'aura la lecture de l'analyse par Freud de la *Gradiva* de Jensen sur la rédaction de *La Mort à Venise*[1] (1912). Un lecteur

1. Paru dans la même collection bilingue en 1989.

attentif trouvera bien des analogies entre *L'Armoire* et *La Mort à Venise*. Dans *La Mort à Venise*, il est évidemment central que l'action se passe dans une ville bâtie sur les marécages. C'est ainsi que, dans *L'Armoire*, l'opposition entre bourgeoisie et peuple se fonde, au-delà de sa signification politique, sur une opposition entre civilisation et origine mythique, marquée par la boue des ruelles où s'enfonce Albrecht van der Qualen. De même, dans le cycle de *Lulu*, Frank Wedekind indique que Lulu est née de la boue. La mollesse des attaches de nos héroïnes pourrait bien être une caractéristique putride, une annonce de la mort. Quoi qu'il en soit, la robe de bébé rose de l'avocat Jacoby *(Luischen)*, dans laquelle il meurt, s'inscrit dans ce double rapport à la Femme-Mère et à la Femme-Mort. Et dans *La Vaccination*, où le cadre n'est apparemment pas celui de la famille, on ne peut ignorer les tonalités maternelles de la femme envers son amant, ni la différence d'âge qui place le vieux couple dans une position de parents.

Le présent recueil est donc, entre autres, le témoin d'une importante étape dans la représentation de la femme. Dans *Le Vieux Prétendant* et *La Volonté de bonheur*, le mythe de la Femme fatale est en voie de dissolution. C'est ainsi que Wedekind et Thomas Mann brouillent astucieusement les cartes, l'un en faisant de la femme la victime, l'autre en parant l'homme-victime des traits orientaux de la sultane. La femme n'est pas non plus le prototype des Surhommes pseudo-nietzschéens de l'Ordre Nouveau qui frappera l'Allemagne quelques décennies plus tard. La représentation de la femme est ici dépouillée de ses caractères sexuels, parée de traits maternels, sans être encore marquée pour autant d'éléments de Mort prépondérants, comme le fera plus tard Freud dans *Le Motif de la cassette*.

III. La Nature comme sujet ?

L'afflux de sang qui emporte l'avocat Jacoby dans sa robe de bébé rose (p. 249), son attitude d'enfant grondé au bord du lit d'Amra posent la question de ces curieuses maladies de cœur qui saisissent nos personnages. Un lecteur français se retrouvera, sans doute à juste titre, dans un monde très proustien en lisant le passage sur les malaises cardiaques quotidiens de Paolo (p. 177). De même, ce qui apaise et soulage le cœur d'Albrecht a bien la douceur d'un baiser maternel. La créature de *L'Armoire* a en effet « une expression aussi délicieuse que les lèvres du sommeil lorsque, après des journées de souffrance, elles se penchent sur notre front » (p. 71). Quant à la Clara du *Vieux Prétendant*, orpheline de mère, on peut se demander quelles sont donc ses prétentions face à son Père, lorsqu'elle prend l'aspect d'une Mère avec ses « hanches si pleines » (p. 87). Curieux aussi, ce vieillard qui a la vieillesse du Père et qui n'agit qu'en son absence, en frappant au cœur (p. 123). Le bon sens conclura lui-même que le cœur est la seule partie du corps qu'un parent puisse décemment émouvoir chez un enfant.

Au principe aqueux du sang et de la Mère s'oppose, chez Wedekind et chez Thomas Mann, le principe igné de la tête et des yeux, symbole de la sphère intellectuelle de l'individu. Dans *L'Armoire*, les yeux de la créature reflètent la lueur de la bougie et Albrecht a un regard de braise (p. 51). Dans l'obscurité où baigne le début du *Vieux Prétendant*, seuls les yeux de Léonie émettent encore une clarté (p. 87). Dans *La Volonté de bonheur*, Rome, ville des Arts par excellence, marque son divorce avec Paolo par des embrasements orageux. La tête est classiquement le lieu de l'intelligence et le pôle opposé au cœur. Avant leur rencontre charnelle, dans *La Volonté de bonheur*, Paolo et Ada ont tous les deux ce mouvement de la main vers le front, lorsque Ada accueille Paolo et le narrateur (p. 149) ou que Paolo reçoit le message de la jeune fille, transmis par ce même narrateur (p. 171). Ce geste traduit la tension de l'intelligence face à la sensualité. En effet Paolo, en entrant chez les von Stein, a la peau du front tendue, ce qui, note le narrateur, le rapproche de l'animal (p. 147). Cette attention extrême à la « géographie » physico-psychique explique ces curieux portraits de têtes de femmes qui ponctuent notre volume. Le rapport du front à la chevelure (que l'on peut supposer être l'emblème de la sensualité féminine) est chaque fois nettement souligné, et en général le seul détail précis que l'on puisse obtenir sur ces femmes, dans *Le Vieux Prétendant* (Léonie, p. 79), *La Volonté de bonheur* (Ada, p. 149) ou dans *Luischen* (Amra, p. 195).

Le moment décisif de tous ces récits est aussi celui où le sang envahit la tête. La puissance létale du sang est alors proportionnelle au degré de préparation psychique du personnage représenté par sa tête. L'ordre des textes que nous avons choisi répond donc à ce critère très précis. *La Vaccination* est une histoire très ludique, parce que le mari trompé ne voit que le corps de sa femme, la tête restant dissimulée sous la couverture. Pour cette raison précise, *La Vaccination* ne sombre pas dans le tragique. Dans *L'Armoire*, Albrecht van der Qualen n'est pas non plus emporté par le sang qui afflue dans son corps à l'apparition de la créature. Il peut goûter ensuite les plaisirs du récit rimé qu'elle lui raconte. Dans les trois derniers récits en revanche, le sang tue des êtres immatures, sur le plan sexuel (Clara), sur le plan intellectuel (Paolo), ou sur le plan psychique (l'avocat Jacoby).

Cette « géographie de l'individu » signale la rupture de Wedekind et de Thomas Mann avec la conception de l'Homme intégré dans la Nature. Ce n'est donc pas par hasard que l'on retrouve des images où l'influence de Heinrich Heine (cité dans *La Volonté de bonheur*, p. 136) se fait sentir, avec une Nature qui ne s'associe aux émotions de l'Homme que pour mieux le parodier. Dans *Le Vieux Prétendant*, le givre fond au-dessus de Clara et Rudolf (p. 99) ; dans *La Volonté de bonheur*, après ses orages, le ciel se gausse ouvertement de Paolo (p. 187). Dans une telle conception, l'Art réinvestit la Nature devenue étrangère à l'Homme. Un lecteur attentif constatera dans quasiment tous les récits l'importance du rythme des saisons. Le grand moment de sensualité de *La Vaccination* est l'été ; dans *L'Armoire*, Albrecht peut rompre avec la sensualité en automne ; l'avocat Jacoby meurt au printemps, avant toute sensualité. Dans *Le Vieux Prétendant* et *La Volonté de bonheur* (le texte de Thomas Mann le plus influencé par Wedekind), les récits suivent le cours des saisons, du printemps à l'automne pour Thomas Mann, du printemps à l'hiver pour Wedekind. La Nature cesse d'être une entité indépendante et n'existe que dans le cadre de la symbolique fixée par l'auteur.

Le Sujet, désormais seul, ne peut plus être l'instance de vérité de la Littérature. Le rôle des narrateurs est exemplaire à cet égard. Léonie, dans *Le Vieux Prétendant*, occupe une position singulière. Ses sentiments de jalousie envers sa sœur sont assez évidents lorsqu'elle raconte son propre rêve (p. 107). Bien que plausible, sa position de gardienne de la vertu de sa sœur est assez ambiguë. Il est peut-être utile de lever ici un coin du voile de cette histoire, en rappelant la structure de *L'Éveil du printemps*, drame de Wedekind où l'un des personnages, Wendla, dont la ressemblance avec Clara est frappante, tombe enceinte d'une relation sexuelle hors mariage et meurt d'une tentative d'avortement. On est donc en droit de se demander si la rencontre charnelle entre Clara et Rudolf n'a pas eu lieu dès avant cette mort quasi miraculeuse, et quelle est la véritable origine des malaises de Clara. La présence de tous ces éléments, sans que la solution soit même esquissée, fait toute la puissance du suspens de ce récit de Wedekind. Comme pour nous prévenir, la structure narrative du *Vieux Prétendant* est extrêmement étagée et complexe. Lorsque Clara raconte son rêve, nous avons très exactement quatre instances de récit : le narrateur ; le mari qui écoute, dont le narrateur adopte plus ou moins la perspective ; Léonie, qui rapporte les paroles de Clara ; enfin, Clara qui raconte.

Chez Wedekind, la position du narrateur est du reste toujours très inconfortable et crée d'intéressantes mises en abîmes : citons le cycle de *Lulu* où le narrateur désigné du drame, Alwa, est lui-même personnage et meurt assassiné avant la fin du drame.

Dans les récits de Thomas Mann présentés ici, les effets de distanciation sont, en revanche, plus idéologiques : le narrateur de *La Volonté de bonheur* est assez ouvertement antisémite (cf. p. 151), celui de *Luischen* moralisant et traditionaliste.

IV. La Volonté de bonheur

Ces effets de perspective évoquent Nietzsche assez directement. La notion de « pathos de la distance », qui intervient chez lui dès *Au-delà du Bien et du Mal* (1886), est citée explicitement dans *La Volonté de bonheur* (p. 137). On comprend que le narrateur et Paolo, se prenant pour des aristocrates nietzschéens, refusent de frayer avec la vile populace à laquelle ils se trouvent confrontés à l'école ; le narrateur insiste dès le début du récit sur leur origine bourgeoise commune. Chez Nietzsche, cette notion a deux facettes : une détermination générale qui désigne l'attitude de domination éthique des aristocrates et une détermination particulière et historique qui, selon lui, coïncide en Europe avec l'arrivée des aryens blonds et l'écrasement des peuplades noires qui préexistaient. On note que, très ironiquement de la part de Thomas Mann, Paolo serait plutôt l'inverse de ce que décrit Nietzsche : il ne semble pas créateur de valeurs ; sa position sociale n'est pas dominante, comme l'indique par contraste la figure du baron von Stein ; et pour finir, Paolo est brun... Cela veut dire qu'en fait, au tournant du siècle déjà, apparaît en creux chez Thomas Mann la notion de bourgeoisie qui se fixera avec *Les Considérations d'un apolitique* (1918), où il se sépare nettement de la distance dominatrice de Nietzsche, et se rapproche en réalité beaucoup du pessimisme de Schopenhauer. Pour Thomas Mann, la force de la bourgeoisie allemande est précisément d'être substantiellement décadente et d'avoir abandonné l'idéal de beauté d'origine latine.

Concernant le rapport à Dieu et à la Grâce, il existe chez Thomas Mann un lien consubstantiel de l'élection et de la maladie. La maladie, c'est à la fois le ver dans le fruit de la Grâce, et son signe le plus vrai, le contact lucide avec Dieu, privé de toute la naïveté organique du corps sain. Chez Thomas Mann, l'artiste occupe dans la modernité la même fonction que l'élu de Dieu dans *L'Ancien Testament*. Comme Thomas Mann accepte l'évolution historique et la disparition du sacré qu'elle a entraînée, il n'arrive plus à proposer la religion comme issue éthique. Toutes les ambiguïtés de la Grâce se reportent donc sur l'Art.

Wedekind, lui, radicalise cette position en passant ouvertement à une attitude antichrétienne, ce qui montre sa plus grande proximité avec Nietzsche sur ce point. Nous avions déjà noté que le cycle de la Nature qui rythme habituellement ses œuvres va en général jusqu'à l'hiver. Cette différence dans le terme des récits est importante pour distinguer Wedekind et Thomas Mann. La mort de Clara au mois de décembre préfigure celle de Lulu au moment de Noël. Par cette coïncidence avec la naissance du Sauveur chrétien, Wedekind opère une rupture plus marquée que Thomas Mann avec la religion chrétienne. Wedekind est même volontiers anticlérical, comme le montre dans *Le Vieux Prétendant* le personnage du pasteur se livrant à des interprétations subversives de l'Évangile (p. 121). D'ailleurs, dans toute l'œuvre de Wedekind, la religion sert des intérêts personnels ou contribue au respect de la hiérarchie sociale. La gaieté plus affirmée de ses textes repose donc sur un nihilisme religieux et moral apparenté à celui de Nietzsche. L'horizon de Wedekind est constitué, non par la chrétienté, mais par des mythes archaïques ou antiques, ce dont témoigne discrètement la ruine romaine dans *Le Vieux Prétendant* (p. 123).

Toutefois, peu d'objets échappent à son scepticisme, et il n'est pas certain que Wedekind souhaite s'engager dans la création de valeurs nouvelles, comme le désire Nietzsche. La notion d'aristocratie lui est étrangère ; ses visées politiques sont floues, mis à part sa révolte contre les restrictions de liberté imposées par le régime impérial. C'est ainsi que la configuration des personnages du *Vieux Prétendant* se répète dans le cycle de *Lulu*, bien que dans une situation historique et sociale complètement différente. Léonie et ses prétentions castratrices se retrouvent dans la lesbienne Geschwitz ; nous avons déjà pu relever les analogies structurelles existant entre Clara et Lulu ; Rudolf se scinde en deux, sa fonction physique est incarnée dans le cycle de *Lulu* par Rodrigo, sa fonction sociale et financière par le Docteur Schön ; le père alcoolique, dans *Le Vieux Prétendant*, absent au moment de la mort de Clara, prend les traits de Schigolch. La volonté démonstrative de la Littérature s'efface au profit de la description de rapports de forces entre personnages, dont les déterminations particulières — telles que sexe ou situation sociale — sont en fait assez interchangeables. Les personnages de Wedekind ne sont pas des individus, mais des fonctions.

Ce nouveau rapport au réel peut être épistémologiquement très fécond. Nous avons déjà remarqué que Wedekind, dans *Le Vieux Prétendant*, inverse le rapport attendu, à l'intérieur du mythe de la Femme Fatale, entre homme et femme, la femme devenant la victime. Cette interchangeabilité des personnages, cette indécidabilité des rapports humains est d'ailleurs l'objet d'un hommage de Jacques Lacan dans son étude de *L'Éveil du printemps*. (Voir sa Préface, cf. Bibliographie, p. 256).

Thomas Mann, lui, croit encore à la possibilité d'une synthèse entre maladie et création. Si la maladie est une condition nécessaire, elle n'est pas une condition suffisante. Le Paolo de *La Volonté de bonheur* et le Gustav von Aschenbach de *La Mort à Venise* sont certes des malades, mais non des génies. Ils se brisent à la fréquentation d'autrui, Ada et Tadzio ; Paolo est un copiste, Aschenbach un auteur de belles pages qui se lisent dans les écoles. Aussi bien en Amour qu'en Art, ils n'arrivent pas à accueillir en eux l'étrangeté du nouveau. Pour Thomas Mann, le Nouveau de son époque, c'est la représentation de la Laideur. Et précisément, Paolo et Aschenbach sont laids et tous deux bruns, et ne peuvent ainsi dépasser leur point de vue. Ou encore, influencés par leur latinité, ils n'acceptent pas leur laideur et croient en une rédemption terrestre et charnelle par autrui. Inversement, l'écrivain « bourgeois » ascétique décrivant la décadence constitue l'idéal de Thomas Mann. C'est une position encore assez proche de Freud quand il affirme que le génie est celui dont la sublimation est totale (par exemple dans *Un Souvenir d'enfance de Léonard de Vinci*, 1910).

Thomas Mann complète ainsi l'analyse du bonheur faite par Schopenhauer, où le bonheur se détruit dans sa réalisation même. Le concept qu'il forge ainsi et qui fonde l'unité de ce volume — la « *volonté de bonheur* » *(der Wille zum Glück)* — est structurellement très riche ; il est paré de la même étrangeté que celui de la « *volonté de puissance* » chez Nietzsche *(der Wille zur Macht)*. Il peut aussi désigner pour Wedekind ces cycles naturels, cet envol de l'Art avant la Mort. Tant qu'elles sont volontés, ces volontés sont tout ; dès qu'elles sont « bonheur » ou « puissance » réelle, elles ne sont plus rien.

Romain DEYGOUT.
(Université de Strasbourg II.)

FRANK WEDEKIND

Die Schutzimpfung[1]

La Vaccination

Wenn ich euch, ihr lieben Freunde, diese Geschichte erzähle, so tue ich es keinesfalls, um euch ein neues Beispiel von der Durchtriebenheit des Weibes oder von der Dummheit der Männer zu geben; ich erzähle sie euch vielmehr, weil sie gewisse psychologische Kuriositäten enthält, die euch und jedermann[2] interessieren werden und aus denen der Mensch, wenn er sich ihrer bewußt ist, großen Vorteil im Leben zu ziehen vermag. Vor allem aber möchte ich von vornherein den Vorwurf zurückweisen, als wollte[3] ich mich meiner Übeltaten aus vergangenen Zeiten rühmen, jenes Leichtsinnes[4], den ich heute aus tiefster Seele bereue und zu dessen Betätigung mir jetzt, da meine Haare grau[5] und meine Knie schlottrig geworden, weder Lust noch Fähigkeit mehr geblieben sind.

»Du hast nichts zu befürchten, mein lieber, süßer Junge«, sagte Fanny eines schönen Abends[6] zu mir, als ihr Mann eben nach Hause gekommen war, »denn die Ehemänner[7] sind im großen ganzen nur so lange eifersüchtig, als sie keinen Grund dazu haben. Von dem Augenblicke an, wo ihnen wirklich Grund zur Eifersucht gegeben ist, sind sie wie mit unheilbarer Blindheit geschlagen.«

---

1. **Die Schutzimpfung**: texte paru en 1903. Mot formé sur **Schutz,** m.: *la protection* et **impfen**: *vacciner*; ce mot désigne le fait d'être vacciné, par opposition à ***Impf-stoff,** m.: *le vaccin,* qui est le produit qu'on injecte.

2. ***jeder-mann**: *chacun, tout le monde.* pr. inv., sauf au gén. qui est **jedermanns.**

3. **als** + v. en seconde place = **als ob** + v. à la fin = *comme si.*

4. ***Leicht-sinn,** m.: *légèreté;* de **leicht**: *léger* et **Sinn**: 1) *le sens* (physique); 2) *le sens* (intellectuel), *la compréhension.* Formation à comparer avec ***Spür-sinn**: *flair;* ***Scharf-sinn**: *subtilité.*

Si je vous raconte cette histoire, mes chers amis, ce n'est en aucun cas pour vous donner un nouvel exemple de la rouerie de la femme ou de la bêtise des hommes ; je vous la raconte plutôt parce qu'elle contient quelques curiosités psychologiques qui vous intéresseront, vous et tout le monde, car celui qui est conscient de ces choses peut en tirer grand profit dans la vie. Mais avant tout, je voudrais d'emblée me défendre d'un reproche : je n'ai pas du tout l'intention de me vanter des méfaits de mon passé, ni de cette légèreté qu'aujourd'hui je regrette de toute mon âme, et dont je n'ai plus ni l'envie ni la capacité, maintenant que mes cheveux sont gris et mes genoux flageolants.

« Tu n'as rien à craindre, mon doux petit, me dit Fanny un beau soir que son mari venait de rentrer à la maison. Les maris ne sont par essence jaloux que tant qu'ils n'ont aucune raison de l'être. Du moment où il y a de véritables raisons, ils sont comme frappés d'une cécité incurable.

---

5. **...meine Haare grau** : le début du texte est écrit dans un style extrêmement rhétorique. Ici F.W. utilise la tactique de la *captatio benevolentiae*, par éveil de la pitié du lecteur. Mais il faut également remarquer que le narrateur se présente comme vieillard, ce qui amorce le réseau de la maladie.

6. **eines schönen Abends** : gén. de temps qui fournit par contamination une forme étrange comme **eines Nachts,** de **Nacht,** f., dont le gén. régulier serait **einer Nacht.**

7. **Ehemänner** : *les maris* ≠ **Eheleute** : *les époux* (l'homme et la femme).

»Ich traue dem Ausdruck seines Gesichtes nicht[1]«, entgegnete ich kleinlaut. »Mir scheint, er muß schon etwas gemerkt haben.«

»Diesen Ausdruck mißverstehst du, mein lieber Junge«, sagte sie. »Sein Gesichtsausdruck ist nur das Ergebnis jenes von mir erfundenen Mittels[2], das ich bei ihm anwandte, um ihn ein für allemal gegen jede Eifersucht zu feien[3] und ihn für immer davor zu bewahren, daß er je von einem ihn beunruhigenden Verdacht gegen dich befallen[4] wird.«

»Welcher Art ist dieses Mittel?« — fragte ich erstaunt.

»Es ist eine Art von Schutzimpfung. — An demselben Tage, als ich mich entschloß[5], dich zu meinem Geliebten zu nehmen, sagte ich ihm auch schon ganz offen ins Gesicht, daß ich dich liebe. Seitdem wiederhole ich es ihm täglich beim Aufstehen und beim Schlafengehen. Du hast allen[6] Grund, sage ich, eifersüchtig auf den lieben Jungen zu sein; ich habe ihn wirklich von Herzen gern, und weder dein noch mein Verdienst ist es, wenn ich mich nicht gegen meine Pflichten versündige, sondern es liegt nur an ihm selber, daß ich dir so unerschütterlich treu bleibe.«

In diesem Augenblick wurde mir klar, warum mich ihr Mann bei all seiner Liebenswürdigkeit manchmal, wenn er sich von mir nicht beobachtet glaubte, mit einem so eigentümlich mitleidig verächtlichen Lächeln ansah.

»Und glaubst du wirklich, daß dieses Mittel seine Wirksamkeit auf die Dauer behält?« fragte ich befangen.

---

1. **nicht** : négation placée à la fin en allemand ; au début en français. Le **nicht** clôt ce que les grammairiens appellent la zone d'information.

2. **Mittel, n.** : terme dont la polysémie est difficile à rendre en français. Ici deux nuances : 1) *moyen, méthode.* 2) *produit* (chimique) ; cf. ***Heil-mittel** : *remède.*

3. **feien** : le sens général de ce v. est *protéger.* Il s'applique : 1) au sens propre, aux maladies ; 2) au sens fig., comme ici ; 3) aux sortilèges (**feien** vient de **Fee**, f. : *la fée*).

— L'expression de son visage ne m'inspire pas confiance, répondis-je d'une voix peu assurée. Il me semble qu'il a déjà dû remarquer quelque chose.

— Tu te méprends sur le sens de cette expression, mon petit amour, dit-elle. L'expression de son visage est simplement le résultat d'une méthode que j'ai inventée et appliquée sur lui pour le protéger une fois pour toutes de la jalousie et le préserver à jamais de tout soupçon qui pourrait le prendre à ton égard.

— Quelle est ta méthode ?... demandai-je, surpris.

— C'est une sorte de vaccination... Le jour même où j'ai décidé de te prendre pour amant, je lui ai immédiatement dit en face que je t'aimais. Depuis, je le lui répète chaque jour, au lever et au coucher. Tu as toutes les raisons, lui dis-je, d'être jaloux de ce charmant jeune homme. Vraiment je l'aime bien, et si je ne manque pas à mes devoirs, je n'en ai nul mérite, ni toi non plus : cela ne tient qu'à lui si ma fidélité reste aussi inébranlable. »

À ce moment je compris pourquoi son mari, malgré toute son amabilité, me regardait parfois avec un si étrange sourire de pitié méprisante, lorsqu'il croyait que je ne le regardais pas.

« Et crois-tu vraiment que ce moyen soit d'une efficacité durable ? demandai-je, gêné.

---

4. **befallen (ie/a)** : *attaquer, atteindre* : se dit de parasites pour les plantes, d'une maladie pour les êtres humains.

5. **als ich mich entschloß** : la jeune femme se donne un rôle très actif dans cette relation amoureuse. Mais elle sera trahie à son tour par son amant. Cela s'explique sans doute entre autres par l'aversion de F.W. pour les féministes, qui était célèbre. D'un autre côté, il voulait libérer les femmes du carcan de la société wilhelminienne. Cette position en porte-à-faux a été en général très attaquée. Il semble qu'il ait préféré un développement corporel (et sexuel) des femmes à une égalité sociale et juridique des hommes et des femmes. Dans le cycle de *Lulu*, la baronne Geschwitz, féministe, est lesbienne, et se destine au droit.

6. **all-** : désigne comme pr. un groupe de personnes ou de choses. Comme attribut il peut être, comme ici, au sg.

» Es ist unfehlbar «, entgegnete sie mit der Zuversichtlichkeit eines Astronomen.

Trotzdem setzte ich noch großen Zweifel in die Unverbrüchlichkeit ihrer psychologischen Berechnungen, bis mich eines Tages folgendes Ereignis in staunenerregender[1] Weise eines Besseren belehrte.

Ich bewohnte damals inmitten der Stadt in einer engen Gasse ein kleines möbliertes Zimmer im vierten Stock eines hohen Mietshauses[2] und hatte die Gewohnheit, bis in den hellen Tag hinein zu schlafen. — An einem sonnigen Morgen um neun Uhr etwa geht die Türe auf, und sie tritt ein. Was nun folgt, würde ich niemals erzählen, böte[3] es nicht den Beweis für eine der überraschendsten und trotzdem begreiflichsten Verblendungen, die im Geistesleben des Menschen möglich sind. — Sie entledigt sich auch der letzten Hülle und gesellt sich zu mir. Weiter habt ihr lieben Freunde nichts Verfängliches, Anzügliches von meiner Erzählung zu gewärtigen[4]. Ich muß immer wieder betonen, daß es mir nicht darum zu tun ist, euch mit Unschicklichkeiten zu unterhalten. — Kaum hat die Decke die Reize ihres Körpers verhüllt[5], als Schritte vor der Türe laut werden; es klopft und ich habe eben noch Zeit, durch rasches Emporziehen der Decke ihren Kopf zu verbergen, als ihr Mann eintritt, schweißtriefend[6] und pustend infolge der Anstrengung, mit der er die hundertundzwanzig Stufen[7] zu mir heraufgestiegen war, aber mit glückstrahlendem, freudig erregtem Gesicht.

---

1. ***staunen-erregend :** part. présent formé à partir de **Staunen,** n., v. substantivé : *l'étonnement* et du v. **erregen :** *provoquer.*

2. **hohes Mietshaus :** chez F.W., la sensualité violente se déroule toujours dans un lieu élevé, montagne, grenier à foin dans *L'Éveil du printemps,* mansarde dans *La Boîte de Pandore.*

3. **böte :** subj. II de **bieten (o/o)** ; la place du v. en tête signale qu'il faut sous-entendre un **wenn,** dans le sens de *si* conditionnel.

4. **gewärtigen :** vieilli, lang. soutenu = **erwarten.** Le langage pédant du narrateur forme un net contraste avec celui des personnages.

— Il est infaillible », me répondit-elle avec l'assurance d'un astronome.

Cependant je doutais encore grandement que ses théories psychologiques soient à toute épreuve, jusqu'au jour où les circonstances étonnantes qui vont suivre m'ont détrompé.

J'habitais alors, dans une rue étroite du centre, une petite chambre meublée, au quatrième étage d'un grand immeuble de rapport, et j'avais l'habitude de dormir jusqu'en plein jour... Par un beau matin ensoleillé, vers les neuf heures, la porte s'ouvre, et elle entre. Ce qui va suivre, je ne le raconterais jamais si cela ne fournissait la preuve d'un des aveuglements les plus surprenants, et pourtant les plus compréhensibles qui soient dans le psychisme humain... Donc elle se dévêt entièrement et se blottit contre moi. Chers amis, n'attendez pas de ce récit des détails troublants ou scabreux. Je dois encore une fois souligner que mon intention n'est pas de vous entretenir de grivoiseries... À peine la couverture a-t-elle masqué les charmes de son corps que des pas se font entendre à la porte ; on frappe et j'ai juste le temps de dissimuler sa tête en remontant rapidement la couverture avant que son mari n'entre, suant et soufflant après l'effort fourni pour gravir les cent vingt marches jusque chez moi ; mais son visage rayonne de bonheur et respire la joie.

---

5. **Hülle... *ver-hüllt :** **Hülle,** f. : *enveloppe.* F.W. prépare ici la métaphore finale du voile.

6. ***schweiß-triefend :** de **Schweiß,** m. : *la sueur* et **triefen (o, o) :** *dégouliner.*

7. **Stufen :** *L'Interprétation des rêves* de Freud met en relation les rêves d'escalier et l'orgasme, à cause de l'essoufflement qu'il provoque. La suite du récit est abondamment préparée. Cf. également la n. 2.

»Ich wollte dich fragen, ob du mit Röbel, Schletter und mir einen Ausflug machst. Wir fahren per Bahn[1] nach Ebenhausen und von dort mit dem Rad nach Ammerland. Eigentlich wollte ich heute zu Hause arbeiten; nun ist meine Frau aber schon früh zu Brüchmanns gegangen, um zu sehen, was deren Jüngstes macht, und da fand ich bei dem herrlichen Wetter keine rechte Sammlung mehr zu Hause. Im Café Luitpold traf ich Röbel und Schletter, und da haben wir die Partie[2] verabredet. Um zehn Uhr siebenundfünfzig fährt unser Zug.«

Derweil[3] hatte ich etwas Zeit gehabt, mich zu sammeln[4]. »Du siehst«, sagte ich lächelnd, »daß ich nicht allein bin.«

»Ja, das merke ich«, entgegnete er mit dem nämlichen verständnisinnigen[5] Lächeln. Dabei begannen seine Augen zu funkeln, und die Kinnlade wackelte auf und ab. Zögernd tat er einen Schritt vorwärts und stand nun dicht vor dem Stuhl, auf den ich meine Kleider zu legen pflegte[6]. Zuoberst auf diesem Sessel lag ein feines batistenes Spitzenhemd ohne Ärmel mit rotgesticktem Namenszug und darüber zwei lange schwarzseidene, durchbrochene Strümpfe mit goldgelben Zwickeln. Da nichts anderes von einem weiblichen Wesen sichtbar war, hefteten sich seine Blicke mit unverkennbarer Lüsternheit auf diese Garderobestücke.

---

1. **per Bahn**: **per** est la prép. latine. Lang. relâché: **mit der Bahn** serait plus correct.

2. **Partie**: 1) *morceau*; 2) *partie de chasse*: **Jagdpartie**; *partie d'échecs*: **eine Partie Schach** ou 3) *le parti* (mariage).

3. ***der-weil**: gén. de temps constitué de **der**: art. déf., employé comme démonstratif et de **weil**: cf. **Weile, f.**; *instant.* **mittlerweile**: *entretemps.*

4. **sammeln**: 1) *rassembler*; 2) *collectionner*; 3) (ici) **sich —**: *se recueillir.*

« Je voulais te demander si tu viendrais en excursion avec Röbel, Schletter et moi. Nous allons à Ebenhausen en train, et de là nous rejoignons Ammerland à vélo. En fait je voulais travailler aujourd'hui chez moi, mais ma femme est partie très tôt chez les Brüchmann pour voir ce que devient le petit dernier, et avec ce temps magnifique je n'ai plus réussi à me concentrer à la maison. Au café Luitpold j'ai rencontré Röbel et Schletter, et c'est alors que nous avons convenu de ce petit tour. Notre train part à dix heures cinquante sept. »

Pendant ce temps j'avais pu quelque peu rassembler mes idées. « Tu vois », lui dis-je en souriant, « que je ne suis pas seul.

— Oui, je le constate », me répondit-il avec le même sourire entendu. Ses yeux se mirent alors à étinceler et son menton à tressauter. Hésitant, il fit un pas en avant et se trouvait maintenant juste devant la chaise sur laquelle j'avais l'habitude de déposer mes habits. Au sommet de ce siège on voyait un fin chemisier de batiste, sans manches, orné de dentelles, qui portait, brodé en rouge, le monogramme ; par-dessus encore, deux bas ajourés en soie noire avec des attaches jaune or. Comme rien d'autre ne décelait une présence féminine, ses regards s'attachèrent à ces vêtements avec une lubricité non dissimulée.

---

5. ***verständnis-innig** : *entendu, complice* ; cf. **verständnisinnige Blicke tauschen** : *échanger des regards* ; de **Verständnis,** n. : *compréhension,* subst. formé sur **verstehen (a/a)** : *comprendre,* et **-innig,** qui n'est pas habituellement un suffixe pouvant composer des adj. En forme simple, **innig** veut dire *cordial, sincère, profond.* **Eine innige Freundschaft** : *une amitié profonde.* Vient de **innen,** adv. : *à l'intérieur.*

6. **pflegen** : 1) *soigner* ; 2) *s'adonner à (une occupation)* ; 3) (ici) *avoir l'habitude de.*

Dieser Augenblick war entscheidend. Nur ein Moment noch und er mußte sich erinnern, diese Kleidungsstücke irgendwo in diesem Leben schon einmal gesehen zu haben. Kostete, was es kosten wollte[1], ich mußte seine Aufmerksamkeit von dem verhängnisvollen Anblick ablenken und derart bannen[2], daß sie mir nicht mehr entglitt. Das war aber nur durch etwas Nochniedagewesenes[3] zu erreichen. Dieser Gedankengang, der sich blitzartig in meinem Hirne vollzog, veranlaßte mich dazu, eine Roheit von solcher Ungeheuerlichkeit zu begehen, daß ich sie mir heute nach zwanzig Jahren, wiewohl sie damals die Situation rettete, noch nicht verziehen habe.

»Ich bin nicht allein«, sagte ich. »Wenn du aber eine Ahnung von der Herrlichkeit dieses Geschöpfes hättest, würdest du mich beneiden[4].« Dabei preßte sich mein Arm, der die Decke über ihren Kopf gelegt hatte, krampfhaft auf jene Stelle, wo ich den Mund vermutete, um auf die Gefahr hin, ihr den Atem zu nehmen, jede Lebensäußerung ihrerseits zu verhindern.

Gierig glitten seine Blicke an den von der Decke gebildeten Wellenlinien auf und nieder.

Und nun kommt das Ungeheuerliche[5], das Nochniedagewesene. Ich ergriff die Decke an ihrem untersten Ende und schlug sie bis an den Hals empor, so daß nur ihr Kopf[6] noch verhüllt war. — »Hast du je in deinem Leben eine solche Pracht gesehen?« fragte ich ihn.

---

1. **Kostete, was es kosten wollte**: prét. de la formule **koste es, /es koste, was es wolle**: *coûte que coûte.*

2. **bannen**: 1) *frapper d'anathème,* voir en français: *mettre au ban de la société.* 2) (ici) *fasciner.* 3) *conjurer* (danger).

3. ***Noch-nie-da-gewesenes**: création de F.W. Participe passé substantivé de **sein** et trois adverbes. Littéralement: *qui n'a jamais encore été là.*

4. **beneiden**: certains interprètes voient une source de ce récit dans les *Histoires* d'Hérodote, où Candaule, par orgueil, montre sa femme nue à son ami Gygès. Ce dernier s'associe finalement à l'épouse pour

Cet instant était décisif. Un seul moment encore et il allait nécessairement se souvenir d'avoir déjà vu ces vêtements quelque part en ce bas monde. Je devais coûte que coûte détourner son attention de cette vision fatale et la captiver à tel point qu'elle ne m'échappât plus. Mais je ne pouvais y arriver que par un stratagème sans précédent. Cette pensée me traversa l'esprit comme un éclair et m'entraîna à commettre une grossièreté si incroyable qu'encore aujourd'hui, vingt ans après, je ne me la suis pas pardonnée, bien qu'elle ait alors sauvé la situation.

« Je ne suis pas seul, repris-je, mais si tu avais une idée de la splendeur de cette créature, tu m'envierais sûrement. » Et mon bras, qui avait mis la couverture sur sa tête, restait crispé à l'endroit où je supposais sa bouche pour empêcher tout signe de vie de sa part, au risque de lui couper la respiration.

Avide, il laissait glisser ses regards sur les vagues de la couverture.

C'est alors qu'eut lieu cette scène incroyable, absolument sans précédent. Je saisis la couverture par le bas et la remontai d'un seul geste jusqu'à son cou, de manière que seule sa tête fût encore masquée... « As-tu déjà vu dans ta vie une beauté aussi splendide ? » lui demandai-je.

---

tuer Candaule. La situation est ici bien différente : c'est l'ami qui montre au mari sa propre femme.

5. **ungeheuerlich** : deux sens : 1) *énorme* 2) *révoltant, scandaleux* ; **ungeheuer,** autre adj. formé sur la même racine, ne prend que le sens 1). **Ungeheuer,** n., le subst. est dans le même cas et veut dire *monstre.*

6. **Kopf,** m. : chez F.W., la dichotomie haut/bas du corps, qui correspond à l'opposition tête/cœur chez T.M., empêche toute vision d'ensemble du sexe opposé. Sur ce thème, cf. Préface, p. 16.

Seine Augen standen weit aufgerissen, aber er geriet in sichtliche Verlegenheit.

»Ja, ja — das muß man sagen — du hast einen guten Geschmack — nun, ich — werde jetzt gehen — verzeih mir bitte, daß — daß ich dich gestört habe.« — Dabei zog er sich zur Türe zurück, und ich ließ den Schleier[1], ohne mich zu beeilen, wieder sinken. Darauf sprang ich rasch auf die Füße und stellte mich neben der Türe so vor ihn hin, daß er die Strümpfe, die auf dem Sessel lagen, unmöglich mehr sehen konnte.

»Ich komme jedenfalls mit dem Mittagszug nach Ebenhausen«, sagte ich, während er die Klinke schon in der Hand hielt. »Vielleicht erwartet ihr mich dort im Gasthof zur Post. Dann fahren wir zusammen nach Ammerland. Das wird eine prächtige Tour. Ich danke dir bestens[2] für deine Einladung.«

Er machte noch einige wohlgemeinte, jovial-scherzhafte Bemerkungen und verließ darauf das Zimmer. Ich blieb wie angewurzelt stehen, bis ich seine Schritte unten im Hausgang verhallen hörte.

Ich will es mir ersparen, den entsetzlichen Zustand von Wut und Verzweiflung zu schildern, in dem sich die bedauernswürdige Frau nach dieser Szene befand. Sie war seelisch[3] wie aus den Fugen[4] gegangen und gab mir Beweise von Haß[5] und Verachtung, wie ich sie nie in meinem Leben empfangen habe.

---

1. **Schleier,** m. : F.W. réintroduit sur un mode comique (il s'agit d'une banale couverture) la problématique du voile de Maja qui traverse tout le XIXe siècle allemand. Elle est présente entre autres chez Novalis, Schopenhauer... Chez Novalis, on ne découvre derrière le voile que soi-même. La Vérité est, dans notre recueil également, fort difficile à atteindre.

2. **bestens** : *au mieux,* adv. formé à partir du superlatif de **gut.** Couramment employé avec **danken.**

3. **seelisch** : adj. formé sur **Seele,** f. : *l'âme.*

Il avait les yeux écarquillés, mais éprouvait visiblement de la gêne.

« Oui, oui... on peut le dire... tu as bon goût... bon, je... vais partir maintenant... excuse-moi de... de t'avoir dérangé... » Sur ces mots, il se retira vers la porte et, sans me hâter, je laissai retomber le voile. Puis je me levai d'un bond et me plaçai près de la porte devant lui, de telle manière qu'il ne puisse plus voir les bas qui étaient sur le siège.

« Quoi qu'il en soit, je viens à Ebenhausen par le train de midi », fis-je, tandis qu'il tenait déjà la poignée de la porte. « Vous pourriez m'attendre à l'hôtel près de la poste. Ensuite nous irons ensemble jusqu'à Ammerland. Ce sera une excursion splendide. Je te remercie mille fois de ton invitation. »

Il fit encore quelques remarques amicales, enjouées et plaisantes, et sur ce, quitta la pièce. Je restai là comme si j'avais pris racine, jusqu'à ce que j'entende résonner ses pas dans l'entrée de l'immeuble.

Je m'épargnerai de vous décrire l'épouvantable état de rage et de désespoir dans lequel était la malheureuse femme après cette scène. Elle avait apparemment perdu tout contrôle d'elle-même, et me témoigna une haine et un mépris dépassant tout ce que j'ai pu connaître de ma vie.

---

4. **Fuge,** f. : 1) (ici) *joint;* **aus den Fugen gehen** : *se disjoindre.* 2) (musique) *fugue.*

5. **Haß,** m. : dans l'œuvre de F.W., les situations où l'amant tente de dominer et d'humilier sa partenaire au moment de l'acte physique sont nombreuses. Le cycle de *Lulu* se termine sur une Lulu prostituée qui passe dans les mains de trois clients avant de mourir sous le couteau de Jack l'Éventreur.

Während sie sich hastig ankleidete, bedrohte sie mich damit, mir ins Gesicht zu spucken. Ich verzichtete natürlich auf jeden Versuch, mich zu verteidigen.

»Wohin denkst du denn jetzt zu gehen?«

»Ich weiß nicht —— ins Wasser[1] —— nach Hause —— oder auch zu Brüchmanns — um zu sehen, wie es deren[2] Jüngsten geht. — Ich weiß es nicht.«

—— Am Mittag gegen zwei Uhr saßen wir zusammen unter den schattigen Kastanienbäumen neben dem Gasthof zur Post in Ebenhausen, Röbel, Schletter, mein Freund und ich, und erlabten uns an gebratenen Hühnern und hellschimmerndem saftigen Kopfsalat. Mein Freund, dessen Seelenzustand ich argwöhnisch beobachtete, beruhigte mich durch die ganz außergewöhnlich fröhliche Laune, in der er sich befand. Er warf mir scherzhaft treffende Blicke zu und rieb sich siegreich schmunzelnd die Hände, ohne indessen zu verraten, was sein Inneres so froh bewegte. Die Tour verlief ohne weitere Störung, und gegen zehn Uhr abends waren wir wieder in der Stadt. Am Bahnhof angekommen, verabredeten wir uns in ein Bierlokal.

»Erlaubt mir nur«, sagte mein Freund, »daß ich eben nach Hause gehe und meine Frau hole. Sie hat den ganzen schönen Tag bei dem kranken Kinde[3] gesessen und würde es uns übelnehmen, wenn wir sie nun den Abend zu Hause allein verbringen lassen.«

---

1. **ins Wasser** : humiliée par son amant qui convole avec une autre femme, Molly, dans une pièce de F.W., *Le Marquis de Keith,* se jette dans l'Isar, fleuve de Munich. Le fleuve est, plus largement, le lieu du repos et de la mort par opposition aux hauteurs, lieu du déchaînement (cf. n. 2, p. 30). F.W. utilise le même canevas pour obtenir des tonalités différentes : comique dans ce récit ; tragi-comique (au sens d'un mélange de tristesse et d'humour) dans cette autre pièce. Cette constatation quant au processus de composition de F.W., où le même élément peut avoir des significations opposées, recoupe la leçon de notre récit, où le corps de la femme nue prend un sens différent selon le personnage qui la regarde.

Tandis qu'elle s'habillait en hâte, elle fit mine de me cracher au visage. Je renonçai, naturellement, à toute tentative de défense.

« Où comptes-tu donc aller maintenant ?

— Je ne sais pas... me jeter à l'eau... à la maison... ou bien chez les Brüchmann... pour voir comment se porte le petit dernier... Je ne sais pas. »

... Vers deux heures, nous étions tous attablés à l'ombre des châtaigniers, près de l'hôtel de la poste, à Ebenhausen, Röbel, Schletter, mon ami et moi, nous délectant de poulets rôtis, et de laitue brillante et juteuse. Mon ami, dont j'observais avec méfiance les états d'âme, me rassura car il se trouvait dans une humeur extraordinairement joyeuse. Il m'adressait des regards farceurs, et, souriant d'aise, se frottait les mains d'un air victorieux, sans trahir pourtant ce qui pouvait intérieurement le réjouir à ce point. L'excursion se déroula sans autre incident, et vers dix heures du soir nous étions de nouveau en ville. Arrivés à la gare, nous nous donnâmes rendez-vous dans une brasserie.

« Permettez-moi seulement, dit mon ami, que j'aille à la maison chercher ma femme. Elle a passé toute cette belle journée auprès d'un enfant malade, et elle nous en voudrait si maintenant nous lui laissions passer la soirée seule. »

---

2. **deren** : le pr. démonstratif remplace le possessif lorsqu'une confusion est possible entre le f. et le pl. Si l'on avait **ihrem** à la place de **deren**, le possesseur pourrait être également une autre femme que Fanny, et non les parents de l'enfant.

3. **Kinde** : même dans l'esprit du mari, au moins inconsciemment, le narrateur a la position de l'enfant. Une structure familiale avec un père, une mère et un fils se reconstitue dans ce récit. Cf. Préface, p. 15.

Bald darauf kam er mit ihr in den verabredeten Garten. Das Gespräch drehte[1] sich natürlich um die überstandene Tour, deren Ereignislosigkeit von allen Teilnehmern nach Kräften zu erzählungswürdigen Abenteuern aufgebauscht wurde. Die junge Frau war etwas wortkarg, etwas betreten und würdigte[2] mich keines Blickes. Er hingegen trug noch mehr als während des Nachmittags in seinem jovialen Gesicht jenes für mich so rätselhafte Siegesbewußtsein zur Schau. Seine überlegenen, triumphierenden Blicke galten jetzt aber mehr seiner versonnen dasitzenden[3] Gattin als mir. Es war nicht anders, als hätte er irgendeine innere, ihn tief beseligende Genugtuung erfahren.

Erst einen Monat später, als ich mit der jungen Frau zum erstenmal wieder allein war, klärte sich mir dieses Rätsel auf[4]. Nachdem ich noch einmal die heftigsten Vorwürfe über mich hatte ergehen lassen müssen, war eine oberflächliche Versöhnung erfolgt, nach deren mühevollem Zustandekommen sie mir anvertraute, wie ihr Mann, als sie am Abend jenes Tages zu Hause mit ihm allein war, ihr mit verschränkten Armen folgenden Vortrag gehalten hatte:

»Deinen lieben, süßen Jungen, mein Kind, den habe ich jetzt aber gründlich kennen gelernt. Jeden Tag gestehst du mir, daß du ihn liebst, und ahnst dabei gar nicht, wie der sich über dich lustig macht. Heute morgen traf ich ihn in seiner Wohnung an[5]; natürlich war er nicht allein.

---

1. **drehte : sich drehen um** + Acc. : 1) sens propre : *tourner autour de ;* **um seine Achse drehen** : *tourner autour de son axe.* 2) (ici) sens fig. : *porter sur.*

2. **würdigen** (+ Gén.) : *honorer qqn. de qqch.* cf. **Würde,** f. : *la dignité.*

3. **dasitzend** : de **da** : adv. de lieu *ici* et **sitzen** : *être assis.* Certaines locutions verbales allemandes ont un sens propre ou figuré qui est repérable, au moins à l'écrit, par la séparation orthographique du v. (au part. passé ou présent). Ici, l'adv. de lieu est attaché au v. : il s'agit donc du sens fig., un peu pop., de *être abattu, déprimé* et non de *être assis.*

Peu après, ils arrivèrent ensemble à la brasserie du rendez-vous. Naturellement, la conversation porta sur notre excursion qui n'avait comporté aucun événement notable, mais que nous nous efforcions tous de gonfler aux dimensions d'une aventure. La jeune femme était peu loquace, un peu mal à l'aise, et ne m'honora d'aucun regard. Lui en revanche avait, plus encore que dans l'après-midi, ses airs réjouis et victorieux, pour moi si mystérieux. Mais ses regards, triomphants et supérieurs, s'adressaient maintenant plus à son épouse, méditative et abattue, qu'à moi-même. On aurait dit qu'il éprouvait quelque intime satisfaction qui le réjouissait profondément.

Ce n'est qu'un mois plus tard, lorsque je me retrouvai pour la première fois seul avec la jeune femme, que je compris ce mystère. Après que j'eus subi encore une fois les plus violents reproches, une réconciliation superficielle eut péniblement lieu. Après cela, elle me confia que son mari, au soir de ce fameux jour, lorsqu'elle s'était retrouvée seule avec lui, s'était croisé les bras pour lui tenir ce discours :

« Ma petite, ton doux jeune homme, maintenant je le connais vraiment à fond. Chaque jour tu m'avoues que tu l'aimes. Mais tu ne te doutes pas combien il se moque de toi. Ce matin, je suis allé le voir chez lui ; naturellement il n'était pas seul.

Les exemples courants pour ce type de phénomène sont les part. passés **sitzen geblieben** : au sens de *rester assis* et **sitzengeblieben** : au sens de *redoubler une classe.*

4. **jn. über** + Acc. **auf/klären** : *instruire qqn. de qqch.,* cf. l'« **Aufklärung** » : *le Siècle des Lumières.*

5. **an/treffen (a, o)** : *trouver, rencontrer.*

Freilich ist mir jetzt auch völlig klar geworden, warum er sich nichts aus dir macht und deine Empfindungen verächtlich zurückweist. Denn seine Geliebte ist ein Weib von so berückender, so überwältigender Körperschönheit[1], daß du mit deinen wenigen verblühten Reizen allerdings nicht mit ihr wetteifern kannst. «

Das, meine lieben Freunde, war die Wirkung der Schutzimpfung. Ich habe sie euch nur geschildert, damit ihr euch vor diesem Zaubermittel bewahren[2] könnt.

---

1. **Körperschönheit** : on note que le mari n'avoue pas directement à sa femme qu'il a vu une autre femme *nue*. Ce jeu de perspectives est un des ressorts comiques de ce récit.

Et j'ai vraiment compris pourquoi il ne fait aucun cas de toi et répond à tes sentiments par le mépris. Sa maîtresse en effet est une femme au corps d'une beauté si renversante, si impressionnante, que tes quelques charmes fanés ne pourront jamais rivaliser avec elle... »

Tels furent, mes chers amis, les effets de cette vaccination. Si je vous les ai décrits, c'est uniquement pour que vous puissiez vous garder de ce sortilège.

---

2. **bewahren** : dans ce récit, le mari ne découvre pas la vérité. Très ironiquement, F.W. ne tient pas sa promesse du début et ne nous indique pas comment sortir de notre aveuglement.

THOMAS MANN

Der Kleiderschrank[1]

Eine Geschichte voller Rätsel

L'Armoire

Une histoire pleine de mystères

Es war trübe, dämmerig[2] und kühl, als der Schnellzug Berlin—Rom[3] in eine mittelgroße Bahnhofshalle einfuhr. In einem Coupé erster Klasse mit Spitzendecken über den breiten Plüschsesseln richtete sich ein Alleinreisender empor: Albrecht van der Qualen[4]. Er erwachte. Er verspürte einen faden Geschmack im Munde, und sein Körper war voll von dem nicht sehr angenehmen Gefühl[5], das durch das Stillstehen nach längerer Fahrt, das Verstummen[6] des rhythmisch rollenden Gestampfes, die Stille hervorgebracht wird, von welcher[7] die Geräusche draußen, die Rufe und Signale sich merkwürdig bedeutsam abheben... Dieser Zustand ist wie ein Zusichkommen aus einem Rausche, einer Betäubung. Unseren Nerven ist plötzlich der Halt, der Rhythmus genommen, dem sie sich hingegeben haben: nun fühlen sie sich äußerst verstört und verlassen. Und dies desto mehr, wenn wir gleichzeitig aus dem dumpfen[8] Reiseschlaf erwachen.

---

1. **Der Kleiderschrank**: écrit en 1898, paru en 1899. Le sous-titre, « une histoire pleine de mystères », en appelle d'emblée, chez le lecteur, à une complicité ludique; cf. la n. 2, p. 74.

2. **dämmerig**: de **Dämmerung,** f., désigne aussi bien l'*aurore* que le *crépuscule.* Il faut noter que le narrateur prend toutes les précautions pour que le temps et l'espace restent aussi indéterminés que possible.

3. **Berlin-Rom**: le voyageur dont il va être question se dirige donc vers le Sud. Cf. Préface, p. 11-12.

4. **van der Qualen**: nom qui évoque **Qual,** f.: *la souffrance*; cf. aussi Préface, p. 11.

Le temps était couvert et frais, la lumière incertaine, lorsque le rapide Berlin-Rome entra dans une gare de moyenne importance. Dans un compartiment de première classe aux sièges de peluche recouverts de housses en dentelle, un voyageur, qui était seul, se redressa : c'était Albrecht van der Qualen. Il se réveillait. Il sentit un goût fade dans sa bouche, et son corps était plein de l'impression pas très agréable que produisent l'immobilité après un voyage assez long, l'extinction du halètement des roues, le silence dont se détachent avec une force étrange les bruits du dehors, les cris et les sonneries... C'est comme si l'on revenait à soi après avoir trop bu ou avoir été anesthésié. Nos nerfs perdent brusquement leur soutien, le rythme auquel ils s'étaient abandonnés : ils se sentent extrêmement perturbés et délaissés. Et ceci d'autant plus lorsque nous sortons en même temps du sommeil torpide qui nous prend en voyage.

---

5. **Gefühl,** n. : terme au sens très étendu : 1) (ici) *sensation, impression physique* ; 2) *sentiment* (affect) ; 3) le sens du *toucher.*

6. **verstummen :** *se taire,* de **stumm :** *muet.*

7. **von welcher :** l'adj. interrogatif remplace parfois le pr. relatif, qui serait ici **von der,** au dat. f., renvoyant au subst. **Stille,** f.

8. **dumpf :** 1) (son) *sourd, mat* ; 2) (odeur) *moisi.*

Albrecht van der Qualen reckte sich ein wenig, trat ans Fenster und ließ die Scheibe herunter. Er blickte am Zuge entlang. Droben[1] am Postwagen machten sich verschiedene Männer mit dem Ein- und Ausladen von Paketen zu schaffen. Die Lokomotive gab mehrere Laute von sich, nieste und kollerte ein wenig, schwieg dann und verhielt sich still; aber nur wie ein Pferd[2] stillsteht, das[3] bebend die Hufe hebt, die Ohren bewegt und gierig auf das Zeichen zum Anziehen wartet. Eine große und dicke Dame in langem Regenmantel schleppte[4] mit unendlich besorgtem Gesicht eine zentnerschwere Reisetasche, die sie mit einem Knie ruckweise vor sich herstieß, beständig an den Waggons hin und her: stumm, gehetzt und mit angstvollen Augen. Besonders ihre Oberlippe, die sie weit hervorschob und auf der ganz kleine Schweißtropfen standen, hatte etwas namenlos Rührendes... Du Liebe, Arme! dachte van der Qualen. Wenn ich dir helfen könnte, dich unterbringen, dich beruhigen, nur deiner Oberlippe zu Gefallen[5]! Aber jeder für sich[6], so ist's eingerichtet, und ich, der ich[7] in diesem Augenblicke ganz ohne Angst bin, stehe hier und sehe dir zu, wie einem Käfer, der auf den Rücken gefallen ist...

Dämmerung herrschte in der bescheidenen Halle. War es Abend oder Morgen? Er wußte es nicht. Er hatte geschlafen, und es war ganz und gar unbestimmt, ob er zwei, fünf oder zwölf Stunden geschlafen hatte.

---

1. **Droben**: forme contractée pour **dort oben, da oben**.

2. **Pferd**, n.: la tension dramatique des personnages du recueil, incarnée par l'animalité, se reporte ici sur la locomotive, emblème de la technique. Albrecht va s'éloigner de ce monde bruyant dans un voyage quasi initiatique. La servitude où il se trouve encore est marquée par le fait que le cheval attend des ordres.

3. **das**: commande les trois verbes **hebt, bewegt** et **wartet**: la fin de la relative est annoncée par le **und**, car en allemand, dans une énumération, la virgule juxtapose, et le **und** en marque la fin.

4. **schleppte**: le récit progresse par association d'idées. L'image du cheval qui tire est reprise par celle de la grosse femme qui tire sa valise.

Albrecht van der Qualen s'étira un peu, alla à la fenêtre et baissa la glace. Il regarda le long du train. En tête, à hauteur du wagon postal, plusieurs hommes s'affairaient à charger et décharger des colis. La locomotive émit plusieurs sons, éternua, fit quelques glouglous, puis se tut et s'arrêta ; mais seulement comme un cheval à l'arrêt qui piaffe, agite les oreilles et attend avidement le signal pour tirer. Une grande et grosse dame, vêtue d'un long manteau de pluie, la mine extrêmement soucieuse, traînait un sac d'une cinquantaine de kilos, qu'elle poussait aussi du genou par à-coups, avec ténacité, le long des wagons : muette, traquée, les yeux emplis de peur. Sa lèvre supérieure en particulier, qu'elle tendait loin en avant et où perlaient de toutes petites gouttes de sueur, avait quelque chose d'indiciblement touchant... Pauvre chère femme ! pensa van der Qualen. Si seulement je pouvais t'aider, te protéger, te calmer, rien que pour l'amour de ta lèvre supérieure ! Mais chacun pour soi, ainsi va le monde, et moi qui en ce moment n'ai aucun sujet d'inquiétude, je suis là à te regarder comme un insecte tombé sur le dos...

La lumière était crépusculaire dans cette modeste gare. Était-on le soir ou le matin ? Il n'en savait rien. Il avait dormi, mais il était impossible de savoir s'il avait dormi deux, cinq, ou douze heures.

La stratégie du récit, et pas seulement ses éléments (p. 46, n. 2), tend à nous éloigner du réel.

5. **deiner Oberlippe zu Gefallen** : dat. + **zu Gefallen** : *pour être agréable à.*

6. **jeder für sich** : devise de la civilisation individualiste moderne. Le refus de cette occasion de sensualité par Albrecht répond à l'idéal d'ascèse fixé par T.M. dans *Les Considérations d'un apolitique* (1918). Cette ascèse entretient, du reste, un rapport direct avec l'efficacité économique.

7. **ich, der ich** : construction particulière de l'allemand : pr. pers. + relative ; *toi qui* : **du, der du**...

Kam es nicht vor, daß er vierundzwanzig Stunden und länger schlief, ohne die geringste Unterbrechung, tief, außerordentlich tief? — Er war ein Herr in einem halblangen, dunkelbraunen Winterüberzieher mit Sammetkragen. Aus seinen Zügen[1] war sein Alter sehr schwer zu erkennen; man konnte geradezu zwischen fünfundzwanzig und dem Ende der Dreißiger schwanken. Er besaß einen gelblichen Teint[2], seine Augen aber waren glühend schwarz wie Kohlen und tief umschattet. Diese Augen verrieten nichts Gutes. Verschiedene Ärzte hatten ihm, in ernsten und offenen Gesprächen unter[3] zwei Männern, nicht mehr viele Monate gegeben... Übrigens[4] war sein dunkles Haar[5] seitwärts glatt gescheitelt.

Er hatte in Berlin — obgleich Berlin nicht der Ausgangspunkt seiner Reise war — gelegentlich[6] mit seiner Handtasche aus rotem Leder den grade abgehenden Schnellzug bestiegen[7], er hatte geschlafen, und nun, da er erwachte, fühlte er sich so völlig der Zeit enthoben[8], daß ihn das Behagen durchströmte. Er besaß keine Uhr. Er war glücklich, an der dünnen, goldenen Kette, die er um den Hals gehängt trug, nur ein kleines Medaillon in seiner Westentasche zu wissen. Er liebte es nicht, sich in Kenntnis über die Stunde oder auch nur den Wochentag zu befinden, denn auch einen Kalender[9] hielt er sich nicht. Seit längerer Zeit hatte er sich der Gewohnheit entschlagen, zu wissen, den wievielten Tag[10] des Monats oder auch nur welchen Monat, ja sogar welche Jahreszahl man schrieb.

1. **Aus seinen Zügen**: comme le lieu et l'heure, l'âge du personnage est indéterminé.

2. **Teint,** m.: le teint jaune et les yeux de braise sont les signes de l'activité spirituelle. Cf. Préface, p. 16.

3. **unter**: 1) *sous*; 2) *entre, parmi.*

4. **übrigens**: signifie en général *d'ailleurs, au reste*; cf. **übrig/bleiben**: *être de reste, en plus.*

5. **dunkles Haar**: Albrecht n'est pas blond et sa latinité l'oppose, comme bien des personnages du recueil, au monde germanique. Cf. Préface, p. 20.

Ne lui arrivait-il pas de dormir vingt-quatre heures et plus, sans la moindre interruption, très profondément, extraordinairement profond ?... C'était un monsieur en pardessus d'hiver mi-long, brun foncé, à col de velours. Ses traits donnaient peu d'indications sur son âge ; on pouvait presque hésiter entre vingt-cinq ans et la fin de la trentaine. Il avait un teint jaunâtre, mais ses yeux noirs étaient ardents comme deux charbons, très enfoncés dans l'ombre des orbites. Ces yeux n'annonçaient rien de bon. Différents médecins, au cours de graves et franches conversations d'homme à homme, ne lui avaient plus donné que quelques mois à vivre... Au demeurant, ses cheveux sombres étaient lissés, avec une raie de côté.

À Berlin — bien que Berlin ne fût pas le point de départ de son voyage —, il était comme par hasard monté avec son sac de cuir rouge dans le rapide qui partait ; il avait dormi, et maintenant, en se réveillant, il se sentait si complètement hors du temps que le bien-être l'envahit. Il ne possédait pas de montre. Il était heureux à la pensée qu'il n'avait qu'une mince chaîne de cou en or, portant un petit médaillon, qui était dans sa poche de gilet. Il n'aimait pas connaître l'heure ou même le jour de la semaine, et il n'avait même pas de calendrier. Depuis un certain temps, il s'était défait de l'habitude de savoir la date précise, le mois, ou même l'année.

---

6. **gelegentlich** : *occasionnel,* adj. et adv. ; **Gelegenheit,** f. : *l'occasion.*

7. **besteigen (ie/ie)** + acc. : synonyme de **ein/steigen in** + acc., d'usage un peu plus courant.

8. **der Zeit** (= gén.) **enthoben** : formé sur **heben (o/o),** *soulever, élever* et le préfixe insép. **ent-**, marquant l'éloignement.

9. **auch einen Kalender** : **auch** détermine le mot immédiatement après lui. Si on avait : **...sich auch nicht,** il faudrait traduire par : *...pas non plus.*

10. **den wievielten Tag** : m. à m. *le quantième jour,* cf. **wieviel** : *combien.*

Alles muß in der Luft stehen[1], pflegte er zu denken, und er verstand ziemlich viel darunter, obgleich es eine etwas dunkle Redewendung[2] war. Er ward[3] selten oder niemals in dieser Unkenntnis gestört, da er sich bemühte, alle Störungen solcher Art von sich fernzuhalten. Genügte es ihm vielleicht nicht, ungefähr zu bemerken, welche Jahreszeit man hatte? Es ist gewissermaßen Herbst, dachte er, während er in die trübe und feuchte Halle hinausblickte. Mehr weiß ich nicht! Weiß ich überhaupt, wo ich bin?

Und plötzlich, bei diesem Gedanken, ward die Zufriedenheit, die er empfand, zu einem freudigen Entsetzen. Nein, er wußte nicht, wo er sich befand! War er noch in Deutschland? Zweifelsohne[4]. In Norddeutschland? Das stand dahin! Mit Augen, die noch blöde waren vom Schlafe, hatte er das Fenster[5] seines Coupés an einer erleuchteten Tafel vorübergleiten sehen, die möglicherweise den Namen der Station aufgewiesen hatte, — nicht das Bild eines Buchstabens war zu seinem Hirn gelangt. In noch trunkenem Zustande hatte er die Schaffner zwei- oder dreimal den Namen rufen hören[6], — nicht einen Laut davon hatte er verstanden. Dort aber, dort, in einer Dämmerung, von der er nicht wußte, ob sie Morgen oder Abend bedeutete, lag ein fremder[7] Ort, eine unbekannte Stadt... Albrecht van der Qualen nahm seinen Filzhut aus dem Netz,

---

1. **in der Luft stehen:** m. à m. *rester dans l'air, suspendu, flotter.*

2. **dunkle Redewendung:** le nouveau monde dans lequel entrent les personnages s'éloigne du langage usuel. Albrecht et plus tard la vieille emploient des expressions « obscures », voir pp. 60-62 ; cet aspect résonne aussi avec le sous-titre du récit (p. 45) et la conclusion (p. 75).

3. **ward... gestört:** forme ancienne de **wurde,** prét. de **werden,** ici auxiliaire du passif. Au paragraphe suivant, au sens fort de *devenir*: **ward die Zufriedenheit... zu einem... Entsetzen.**

4. ***zweifels-ohne:** *sans doute* ; **Zweifel,** m. : *le doute.*

5. **Fenster:** cette histoire est ponctuée de cadres à travers lesquels Albrecht perçoit le monde: cadre de la fenêtre ici; fenêtres de la

Tout doit être comme suspendu, se disait-il souvent, ce qui, pour lui, voulait en dire long, bien que ce fût une formule quelque peu obscure. Cette ignorance était rarement ou même jamais troublée, car il s'efforçait d'éviter tous les tracas de cette espèce. Ne lui suffisait-il donc pas d'estimer à peu près en quelle saison on se trouvait ? C'est en quelque sorte l'automne, pensa-t-il en regardant le quai sombre et humide. Je n'en sais pas davantage. Sais-je même où je suis ?

Et soudain, à cette pensée, la satisfaction qu'il ressentait se transforma en un joyeux effroi. Mais non, il ne savait pas où il se trouvait ! Était-il encore en Allemagne ? Sans aucun doute. En Allemagne du Nord ? C'était moins sûr ! De ses yeux encore engourdis de sommeil, il avait vu la fenêtre de son compartiment glisser devant un panneau éclairé qui peut-être indiquait le nom de la station — mais aucune image de lettre n'était parvenue à son cerveau. Encore dans cet état d'ivresse, il avait entendu les contrôleurs crier deux ou trois fois ce nom — il n'en avait pas compris un son. Là-bas pourtant, là-bas, dans une pénombre dont il ne savait si elle signalait le matin ou le soir, il y avait un lieu étranger, une ville inconnue... Albrecht van der Qualen prit son chapeau de feutre dans le filet,

---

maison de banlieue ; portail, puis porte de la maison ; portes des appartements ; cadre de l'armoire...

6. **rufen hören :** double inf., nécessaire avec les verbes de perception comme **hören, sehen** et les auxiliaires de mode. Voir également 4 lignes plus haut **vorübergleiten sehen.**

7. **fremd :** *étranger* au sens de *non familier, jamais vu,* et non d'une nationalité différente, qui serait **ausländisch** ; **das Ausland :** *pays étranger.*

ergriff seine rotlederne Reisetasche, deren Schnallriemen gleichzeitig eine rot und weiß gewürfelte Decke aus Seidenwolle umfaßte, in welcher[1] wiederum ein Regenschirm mit silberner Krücke[2] steckte, — und obgleich sein Billett nach Florenz lautete[3], verließ er das Coupé, schritt die bescheidene Halle entlang, legte sein Gepäck in dem betreffenden[4] Bureau nieder, zündete eine Zigarre an, steckte die Hände — er trug weder Stock noch Schirm — in die Paletottaschen und verließ den Bahnhof.

Draußen auf dem trüben, feuchten und ziemlich leeren Platze knallten fünf oder sechs Droschkenkutscher mit ihren Peitschen, und ein Mann mit betreßter Mütze und langem Mantel, in den er sich fröstelnd hüllte, sagte mit fragender Betonung: »Hotel zum braven Manne?« Van der Qualen dankte ihm höflich und ging seines Wegs gradaus[5]. Die Leute, denen er begegnete, hatten die Kragen ihrer Mäntel emporgeklappt; darum tat er es auch, schmiegte das Kinn in den Sammet, rauchte und schritt nicht schnell und nicht langsam fürbaß[6].

Er kam an einem untersetzten Gemäuer vorüber, einem alten Tore mit zwei massiven Türmen, und überschritt eine Brücke, an deren Geländern Statuen standen und unter der das Wasser sich trübe und träge dahinwälzte[7]. Ein langer, morscher Kahn kam vorbei, an dessen Hinterteil ein Mann[8] mit einer langen Stange ruderte. Van der Qualen blieb ein wenig stehen und beugte sich über die Brüstung.

---

1. **in welcher: welch-** n'est pas ici un pr. interrogatif, mais un pr. relat. employé pour différencier la seconde relative de la première introduite par **deren.** La seconde relative est en effet subordonnée à la première.

2. **Krücke,** f. : 1) *béquille* ; 2) (rare, ici) *poignée.* Après le chapeau et le plaid moelleux, ce troisième élément confirme l'aisance « bourgeoise » du personnage. Cf. Préface, p. 11.

3. **lauten :** s'emploie pour désigner ou restituer l'intitulé — ou le contenu exact —, par ex. d'un titre, d'un discours ; ≠ **läuten :** *sonner, retentir.*

saisit son sac de cuir rouge, dont la courroie enserrait en même temps une couverture de laine soyeuse à carreaux rouges et blancs où était glissé à son tour un parapluie à poignée d'argent, et bien que son billet fût établi pour Florence, il quitta le compartiment, longea le modeste hall, déposa son bagage au bureau *ad hoc*, alluma un cigare, et n'ayant ni canne ni parapluie, enfonça ses mains dans les poches de son pardessus, et quitta la gare.

Dehors, sur la place sombre, humide et assez déserte, cinq ou six cochers de fiacre firent claquer leur fouet, et un homme à casquette galonnée et avec un long manteau, où il s'emmitouflait en frissonnant, dit d'un ton interrogateur : « Hôtel du Brave Homme ? » Van der Qualen le remercia poliment et passa son chemin. Les gens qu'il rencontrait avaient relevé le col de leur manteau ; aussi fit-il pareil, il blottit son menton dans le velours, tira sur son cigare et s'éloigna d'un pas ni rapide ni lent.

Il passa le long d'une muraille basse, d'une ancienne porte flanquée de deux tours massives, traversa un pont dont les parapets étaient ornés de statues et sous lequel l'eau coulait, sombre et paresseuse. Une longue barque pourrie passa, à l'arrière un homme poussait sur une longue perche. Van der Qualen s'arrêta un peu et se pencha sur la balustrade.

---

4. **betreffend** : *concerné* ; sens toujours figuré du part. prés. de **betreffen (a, o)** : *toucher, atteindre* (mesure, maladie, etc.).

5. **ging seines Wegs gradaus** = expr. usuelle avec le génitif ; **gradaus** : forme contractée pour **geradeaus**.

6. **fürbaß** : terme précieux et ancien pour **weiter, fort.**

7. **sich... dahinwälzte** : de **wälzen** : *rouler qqch.* ; même racine que **Walzer,** m. : *la valse.*

8. **Mann** : cet homme et sa barque font évidemment songer à Charon et sa barque, et le fleuve à celui des Enfers. Cette symbolique n'indique pas forcément la mort du personnage, car, comme le montrent les statues du pont, on retrouve en Enfer surtout les morts et le passé. Ce passage en Enfer se fait également dans *La Mort à Venise* (p. 88, même collection bilingue).

Sieh da, dachte er, ein Fluß; der Fluß. Angenehm, daß ich seinen ordinären[1] Namen nicht weiß... Dann ging er weiter.

Er ging noch eine Weile auf dem Trottoir einer Straße geradeaus, die weder sehr breit noch sehr schmal war, und bog dann irgendwo zur linken Hand ab. Es war Abend. Die elektrischen Bogenlampen zuckten auf, flackerten ein paarmal, glühten, zischten und leuchteten dann im Nebel. Die Läden[2] schlossen[3]. Also sagen wir, es ist in jeder Beziehung Herbst[4], dachte van der Qualen und schritt auf dem schwarznassen Trottoir dahin. Er trug keine Galoschen, aber seine Stiefel waren außerordentlich breit, fest, durabel und ermangelten trotzdem nicht der Eleganz.

Er ging andauernd nach links. Menschen schritten und eilten an ihm vorüber, gingen ihren Geschäften nach oder kamen von Geschäften. Und ich gehe mitten unter ihnen, dachte er, und bin so allein und fremd, wie es mutmaßlich kein Mensch gewesen ist. Ich habe kein Geschäft[5] und kein Ziel. Ich habe nicht einmal einen Stock, auf den ich mich stütze. Haltloser[6], freier, unbeteiligter kann niemand sein. Niemand verdankt mir etwas, und ich verdanke niemandem etwas. Gott hat seine Hand niemals über mir gehalten, er kennt mich gar nicht. Treues Unglück ohne Almosen ist eine gute Sache; man kann sich sagen: Ich bin Gott nichts schuldig[7]...

---

1. **ordinär**: *vulgaire.* Mécanisme habituel d'évolution des termes étrangers vers un sens péjoratif (comme ici) ou laudatif.

2. **Laden,** m.: un des rares substantifs masc. avec un pluriel sans désinence et avec inflexion, comme **Apfel** et **Bruder.**

3. **schliessen (o/o)** = *fermer.* Albrecht arrive en ville lorsque l'activité économique cesse. Pour T.M. lui-même, la littérature entretient un rapport d'analogie avec l'activité économique par sa rigueur et son ascèse, mais en diffère par son objet.

4. **Herbst**: ce récit est un cas-limite dans le recueil. Il raconte seulement la fin du parcours du personnage, et il commence et finit en automne. Sur ce thème, cf. Préface, p. 18.

Tiens, pensa-t-il, un fleuve ; le fleuve. Agréable de ne pas connaître son nom vulgaire... Puis il continua son chemin.

Il continua encore un moment tout droit sur le trottoir d'une rue qui n'était ni très large ni très étroite, et tourna quelque part à main gauche. C'était le soir. Les lampes électriques à arc se réveillèrent brusquement, vacillèrent quelques fois, s'allumèrent, sifflèrent, puis illuminèrent le brouillard. Les boutiques fermaient. Donc voyons, c'est à tous égards l'automne, pensa van der Qualen et il poursuivit sur le trottoir noir et mouillé. Il ne portait pas de caoutchoucs, mais ses bottes étaient extraordinairement larges, solides et résistantes, sans pour autant manquer d'élégance.

Il prenait continuellement sur sa gauche. Des gens marchaient et se hâtaient à ses côtés, allaient à leurs occupations ou en revenaient. Et moi je marche parmi eux, pensa-t-il, mais je suis seul et étranger comme vraisemblablement personne ne l'a jamais été. Je n'ai ni occupation ni but. Je n'ai même pas une canne sur laquelle m'appuyer. Personne ne saurait être plus instable, plus libre, plus dégagé. Personne ne m'est redevable, et je ne suis redevable à personne. Dieu n'a jamais étendu sa main au-dessus de moi, il ne me connaît absolument pas. Une malchance constante sans aumônes est une bonne chose ; on peut se dire : Je ne dois rien à Dieu...

---

5. **Geschäft**, n. : 1) (ici) *l'occupation* ; 2) *le magasin* ; 3) *l'affaire.*

6. **haltlos** : *instable* au propre comme au figuré, comme le français ; de **halten (ie, a)** : *tenir.*

7. **jdm etw. schuldig sein** : syn. **jdm etw. schulden** *devoir qqch. à qqn, avoir une dette* (**Schuld**, f.) ; *envers lui ;* ≠ l'adj. **schuldig** seul, signifiant *coupable.*

Die Stadt war bald zu Ende. Wahrscheinlich war er etwa von der Mitte aus in die Quere gegangen. Er befand sich auf einer breiten Vorstadtstraße mit Bäumen und Villen[1], bog rechts ab, passierte drei oder vier fast dorfartige, nur von Gaslaternen beleuchtete Gassen und blieb schließlich in einer etwas breiteren vor einer Holzpforte stehen, die sich rechts neben einem gewöhnlichen, trübgelb gestrichenen Hause befand, welches sich seinerseits durch völlig undurchsichtige und sehr stark gewölbte Spiegelfensterscheiben auszeichnete[2]. An der Pforte jedoch war ein Schild befestigt mit der Aufschrift: »In diesem Hause im dritten Stock sind Zimmer zu vermieten.« »So?« sagte er, warf[3] den Rest seiner Zigarre fort, ging durch die Pforte, an einer Planke entlang, die das Grundstück von dem benachbarten trennte, linker Hand durch die Haustür, mit zwei Schritten über den Vorplatz, auf dem ein ärmlicher Läufer, eine alte, graue Decke lag, und begann, die anspruchslosen Holztreppen[4] hinaufzusteigen.

Auch die Etagentüren waren sehr bescheiden, mit Milchglasscheiben[5], vor denen sich Drahtgeflechte befanden, und irgendwelche Namensschilder waren daran. Die Treppenabsätze waren von Petroleumlampen beleuchtet. Im dritten Stockwerk aber — es war das letzte, und hierauf kam der Speicher — befanden sich auch rechts und links von der Treppe noch Eingänge: einfache bräunliche[6] Stubentüren; ein Name war nicht zu bemerken.

---

1. **Villa,** f. : à noter le plur. **Villen,** comme **Firma,** f., **Firmen.**

2. **Er befand sich... auszeichnete** : la phrase contient 4 principales, 3 complétives et 2 relatives dépendant l'une de l'autre. T.M. est très précis dans son vocabulaire, mais très maniériste dans sa syntaxe. La phrase suivante est aussi une merveille de complexité. C'est sans doute le dernier tournoiement du personnage avant son entrée dans le lieu principal de l'action.

3. **sagte er, warf** : cette juxtaposition ne traduit pas une succession, mais une simultanéité ; il faut donc songer à traduire par le gérondif en français.

Il arriva bientôt au bout de la ville. Sans doute était-il parti du centre un peu en diagonale. Il se trouvait dans une large rue de banlieue, avec des arbres et des villas ; il tourna à droite, passa devant trois ou quatre ruelles presque campagnardes qui n'étaient éclairées que par des becs de gaz, et s'arrêta enfin dans une rue un peu plus large, devant une porte en bois qui se trouvait sur la droite, à côté d'une maison ordinaire, peinte d'un jaune incertain, qui se singularisait par des vitres réfléchissantes absolument opaques et très convexes. Or sur la porte était apposé un panneau avec l'inscription : « Dans cette maison, chambres à louer au troisième étage. » Tiens ? dit-il en jetant le bout de son cigare ; et il franchit le portail, longea une palissade qui séparait ce terrain de celui d'à côté ; puis à gauche il franchit la porte d'entrée, et en deux pas un vestibule avec un misérable tapis, en fait une vieille couverture grise, puis il commença à gravir des escaliers de bois sans prétention.

Les portes à chaque étage étaient elles aussi très modestes, avec des vitres dépolies, protégées par des grillages, et quelques noms y figuraient. Les paliers étaient éclairés par des lampes à pétrole. Au troisième étage, cependant — c'était le dernier, ensuite venait le grenier — se trouvaient aussi des entrées à droite et à gauche de l'escalier : de simples portes de chambres, brunâtres ; on n'y voyait aucun nom.

---

4. **Holztreppen** : le bois, les fibres naturelles, comme la paille, le jute, la couleur brune sont omniprésents dans ce monde populaire. Ils sont les symboles du pourrissement et du contact avec la Nature originelle. Cf. Préface, p. 14.

5. ***Milchglas-scheiben** : parallèlement au thème du cadre se met en place un thème du miroir. Les deux se recouvrent souvent sous la forme de fenêtres. La fenêtre du début, dans le compartiment, est maintenant complètement troublée.

6. **bräunlich** : extension du vocabulaire à partir d'un radical, par inflexion et suffixe **-lich**. Autres ex. : **ängstlich, lächerlich**.

Van der Qualen zog in der Mitte den messingnen Klingelknopf[1]... Es schellte, aber drinnen ward keine Bewegung laut. Er pochte links... Keine Antwort. Er pochte rechts... Lange, leichte Schritte ließen sich vernehmen, und man öffnete.

Es war eine Frau, eine große, magere Dame, alt und lang. Sie trug eine Haube mit einer großen, mattlilafarbenen[2] Schleife und ein altmodisches, verschossenes[3], schwarzes Kleid[4]. Sie zeigte ein eingefallenes Vogelgesicht, und auf ihrer Stirn war ein Stück Ausschlag zu sehen, ein moosartiges Gewächs[5]. Es war etwas ziemlich Abscheuliches.

» Guten Abend «, sagte van der Qualen. » Die Zimmer... «

Die alte Dame nickte; sie nickte und lächelte langsam, stumm und voll Verständnis und wies mit einer schönen, weißen, langen Hand, mit langsamer, müder und vornehmer Gebärde auf die gegenüberliegende, die linke Tür. Dann zog sie sich zurück und erschien aufs neue mit einem Schlüssel. Sieh da, dachte er, der hinter ihr stand, während sie aufschloß. Sie sind ja wie ein Alp, wie eine Figur[6] von Hoffmann[7], gnädige Frau... Sie nahm die Petroleumlampe vom Haken und ließ ihn eintreten.

Es war ein kleiner, niedriger Raum mit brauner Diele; seine Wände aber waren bis oben hinauf mit strohfarbenen Matten bekleidet. Das Fenster an der Rückwand rechts verhüllte[9] in langen, schlanken Falten ein weißer Musselinvorhang. Die weiße Tür zum Nebenzimmer befand sich rechter Hand.

---

1. **Klingelknopf**, m. : il est important de constater que la seule des trois entrées de l'étage à posséder un bouton de sonnette est celle du milieu, dont l'intérieur nous reste encore inconnu.

2. **mattlilafarben** : ce violet est sans doute un symbole morbide.

3. **verschossen** : de ***ver-schiessen (o/o)** : v. intrans. : *se décolorer* (vêtement) ; ≠ **verschliessen (o/o)** : *fermer.*

4. **altmodisches, verschossenes, schwarzes Kleid** : la plupart des énumérations qui vont suivre et qui se rapportent à la vieille femme ont un rythme ternaire ; cf. Préface, p. 13-14.

À celle du milieu, van der Qualen tira la poignée de cuivre de la sonnette... Cela fonctionnait, mais à l'intérieur on n'entendait rien bouger... Il frappa à gauche... Pas de réponse. Il frappa à droite... De grands pas légers se firent entendre, et on ouvrit.

C'était une femme, une grande dame maigre, âgée, tout en longueur. Elle portait une coiffe avec un grand ruban mauve pâle et une robe noire, démodée et passée. Elle avait un visage aigu d'oiseau, et sur une partie de son front on remarquait des boutons en plaque, qui faisaient comme de la mousse. C'était quelque chose d'assez répugnant.

« Bonsoir, dit van der Qualen. Les chambres... »

La vieille dame opina du chef ; elle opina, elle sourit lentement, en silence, pleine de compréhension ; puis, de sa belle main blanche et longue, d'un geste lent, fatigué et distingué, elle montra la porte en face, celle de gauche. Puis elle disparut et revint avec une clef. Tiens..., se dit-il, debout derrière elle tandis qu'elle ouvrait. Vous êtes une créature de cauchemar, comme un personnage d'Hoffmann, chère Madame... Elle décrocha la lampe à pétrole et le fit entrer.

C'était une petite chambre basse au plancher brun ; mais ses murs étaient revêtus jusqu'en haut de nattes jaune paille. La fenêtre sur le mur du fond, à droite, était voilée par un rideau de mousseline blanche à longs plis étroits. La porte blanche de la pièce voisine s'ouvrait à main droite.

---

5. **Gewächs,** n. : de **wachsen (u/a)** : *croître, pousser ;* 1) *plante* ; 2) *abcès, tumeur.* L'indication supplémentaire de la mousse montre que la vieille est une créature mi-humaine, mi-végétale.

6. **Figur,** f. : 1) *figure géométrique* ; 2) *silhouette* ; 3) (ici) *personnage.*

7. **Hoffmann** Ernst Theodor Amadeus (1776-1822) : compositeur et critique musical, surtout connu pour son œuvre littéraire. Voir dans la même collection le volume *Don Juan / Der Sandmann.*

8. **Petroleum,** n. : *pétrole* (lampant). La matière première : **Erdöl,** n.

9. **verhüllen** : v. formé sur **Hülle,** f. : *enveloppe, masque, voile.*

Die alte Dame öffnete und hob ihre Lampe empor. Dieses Zimmer war erbärmlich kahl, mit nackten, weißen Wänden, von denen sich drei hellrot lackierte Rohrstühle abhoben wie Erdbeeren von Schlagsahne. Ein Kleiderschrank, eine Waschkommode nebst Spiegel... Das Bett, ein außerordentlich mächtiges[1] Mahagonimöbel, stand frei in der Mitte des Raumes.

» Haben Sie etwas dawider[2]? « fragte die alte Dame und fuhr mit ihrer schönen, langen, weißen Hand leicht über das Moosgewächs an ihrer Stirn[3]... Es war, als sagte sie das nur aus Versehen, als könne sie sich eines gewöhnlicheren Ausdruckes für den Augenblick nicht entsinnen[4]. Sie fügte sofort hinzu : » Sozusagen— ? «

» Nein, ich habe nichts dawider «, sagte van der Qualen. » Die Zimmer sind ziemlich witzig eingerichtet. Ich miete[5] sie... Ich möchte, daß irgend jemand meine Sachen vom Bahnhofe abholt, hier ist der Schein. Sie werden die Gefälligkeit haben, das Bett, den Nachttisch herrichten zu lassen... mir jetzt sogleich den Hausschlüssel, den Etagenschlüssel einzuhändigen... so wie Sie mir auch ein paar Handtücher verschaffen[6] werden. Ich möchte ein wenig Toilette machen, dann in die Stadt zum Essen gehen und später zurückkehren. «

Er zog ein vernickeltes Etui aus der Tasche, entnahm ihm Seife und begann, sich an der Waschkommode Gesicht und Hände zu erfrischen.

---

1. **mächtig** : même radical que **Macht,** f. : *le pouvoir* ; le suffixe **-ig** permet lui aussi de former des adj., cf. n. 6, p. 58.

2. **dawider** : est inusité. On attendrait **dagegen,** d'où la remarque du narrateur.

3. **Stirn,** f. : *le front.* Ce geste est dans tout le recueil le symbole de l'effacement de la sphère intellectuelle devant la puissance de la Nature. Cf. Préface, p. 16.

4. **sich entsinnen** (+ Gén.) : expr. relevée pour **sich erinnern an** (+ Acc.) : *se souvenir.*

La vieille dame l'ouvrit et leva sa lampe. Cette pièce était lamentablement vide, avec des murs blancs et nus, sur lesquels trois chaises d'osier laqué rouge clair se détachaient comme des fraises sur de la crème fouettée. Une armoire, un meuble de toilette pourvu d'un miroir... Le lit, un meuble d'acajou extraordinairement imposant, était tout seul en plein milieu de la pièce.

« Avez-vous quelque chose là contre ? » demanda la vieille dame et elle passa légèrement sa belle main longue et blanche sur la mousse de son front... Elle dit cela comme par mégarde, comme si elle ne pouvait pour le moment se rappeler une expression plus courante. Elle ajouta aussitôt : « Pour ainsi dire... ?

— Non, je n'ai rien là contre, dit van der Qualen... Ces chambres sont assez bizarrement meublées. Je les loue... Je voudrais que quelqu'un aille chercher mes affaires à la gare, voici le bulletin de consigne. Vous aurez l'obligeance de faire préparer le lit, la table de nuit... de me remettre immédiatement la clef de la maison et de l'appartement... de me procurer également quelques serviettes. Je souhaite faire un peu de toilette, puis aller en ville dîner, et je reviendrai plus tard. »

Il tira de sa poche un étui nickelé, y prit un savon et se mit à se rafraîchir le visage et les mains à la table de toilette.

---

5. **mieten** : *louer* (pour un locataire) ; ≠ **vermieten** : *louer* (pour un propriétaire) ; **Miete**, f. : *le loyer.*

6. **jm etwas verschaffen** : *procurer qqch. à qqn.* Dans cette composition, **schaffen** est faible, et ne signifie pas *créer,* comme c'est le cas de la conjug. forte **u/a.**

Zwischendurch blickte er durch die stark nach außen gewölbten Fensterscheiben tief hinab über kotige Vorstadtstraßen[1] im Gaslicht, auf Bogenlampen und Villen... Während er seine Hände trocknete, ging er hinüber zum Kleiderschrank. Es war ein vierschrötiges, braungebeiztes, ein wenig wackeliges Ding mit einer einfältig[2] verzierten Krönung und stand inmitten der rechten Seitenwand genau in der Nische einer zweiten weißen Tür, die in die Räumlichkeiten führen mußte, zu welchen draußen an der Treppe die Haupt- und Mitteltür den Eingang bildete. Einiges in der Welt ist gut eingerichtet[3], dachte van der Qualen. Dieser Kleiderschrank paßt in die Türnische, als wäre er dafür gemacht... Er öffnete... Der Schrank war vollkommen leer, mit mehreren Reihen von Haken an der Decke; aber es zeigte sich, daß dieses solide[4] Möbel gar keine Rückwand besaß, sondern hinten durch einen grauen Stoff, hartes, gewöhnliches Rupfenzeug, abgeschlossen war, das mit Nägeln oder Reißstiften an den vier Ecken befestigt[5] war.—

Van der Qualen verschloß den Schrank, nahm seinen Hut, klappte den Kragen seines Paletots wieder empor, löschte die Kerze und brach auf. Während[6] er durch das vordere Zimmer ging, glaubte er, zwischen dem Geräusch seiner Schritte, nebenan, in jenen anderen Räumlichkeiten, einen Klang zu hören, einen leisen, hellen metallischen Ton, ... aber es ist ganz unsicher, ob es nicht Täuschung war.

---

1. **kotige *Vorstadt-strassen** : cette image réunit les deux thèmes de la boue et du peuple. Pour ces deux thèmes, cf. Préface pp. 11 et 14.

2. ***ein-fältig** : *naïf, simple* (sens figuré), à rapprocher de ***viel-fältig** : *multiple* (sens propre).

3. **eingerichtet** : Albrecht reprend son terme du début du récit qui constatait de manière frustrante la loi de la concurrence : **Jeder für sich. So ist's eingerichtet** (p. 48). Arrivé dans la chambre, il commence à éprouver de la satisfaction.

De temps en temps, il regardait par les vitres bombées vers l'extérieur les rues boueuses de banlieue éclairées au gaz, puis les lampes à arc et les villas... En s'essuyant les mains, il alla vers l'armoire. C'était une espèce de meuble grossier, teinté en brun, un peu branlant, avc un fronton naïvement décoré; elle était placée au milieu du mur de droite, juste dans l'embrasure d'une seconde porte blanche qui devait conduire aux pièces auxquelles on accédait par la porte principale du milieu, dehors sur le palier. Il y a quelque chose de bien fait dans ce monde, pensa van der Qualen. Cette armoire se loge dans l'embrasure de la porte comme si elle était faite pour cela... Il ouvrit... L'armoire était parfaitement vide, il y avait plusieurs rangées de crochets fixés dans sa partie supérieure; mais il apparut que ce meuble massif n'avait pas de fond, mais qu'il était fermé à l'arrière par un tissu gris, du coutil raide très ordinaire qui était fixé aux quatre coins par des clous ou des punaises...

Van der Qualen ferma l'armoire, prit son chapeau, releva de nouveau le col de son manteau, éteignit la bougie et sortit. En traversant la pièce de devant, il crut entendre quelque chose à côté, dans ces autres pièces, entre les bruits de ses pas, un léger son clair et métallique... mais il est tout à fait impossible de décider que cela n'ait pas été une illusion.

---

4. **solide :** ce mot a bien ici le sens français de *solide, résistant.* Mais, selon le processus de glissement du sens des mots étrangers, expliqué n. 1 p. 56, il a deux autres sens : a) *fiable* (personne), *solvable* (entreprise) ; b) *équilibré* (personne, mode de vie).

5. **befestigen :** *attacher, fixer.* Radical très riche : **fest :** *ferme* ; **Festung,** f. : *forteresse.*

6. **Während er... :** le verbe principal **glaubte** est séparé de sa subordonnée par 3 compléments : **zwischen..., nebenan, in jenen...** Après la fin de la subordonnée **(zu hören),** le complément d'objet est repris par un nom et trois adjectifs **einen leisen, hellen, metallischen Ton.** Le style du narrateur se greffe sur la sensation du personnage.

Wie wenn ein goldener Ring[1] in ein silbernes Becken fällt, dachte er, während er die Wohnung verschloß, ging die Treppen hinunter, verließ das Haus und fand den Weg zurück zur Stadt.

In einer belebten Straße betrat er ein erleuchtetes Restaurant und nahm an einem der vorderen Tische Platz[2], indem er aller Welt den Rücken zuwandte. Er aß eine Kräutersuppe mit geröstetem Brot, ein Beefsteak mit Ei, Kompott und Wein, ein Stückchen grünen Gorgonzola[3] und die Hälfte einer Birne. Während er bezahlte und sich ankleidete, tat er ein paar Züge aus einer russischen Zigarette, zündete dann eine Zigarre an und ging. Er schlenderte ein wenig umher, spürte[4] seinen Heimweg[5] in die Vorstadt auf und legte ihn ohne Eile zurück.

Das Haus mit den Spiegelscheiben lag völlig dunkel und schweigend da, als van der Qualen sich die Haustür öffnete und die finsteren Stiegen hinanstieg. Er leuchtete mit einem Zündhölzchen vor sich her und öffnete im dritten Stockwerk die braune Tür zur Linken, die in seine Zimmer führte. Nachdem er Überzieher und Hut auf den Diwan gelegt, entzündete er die Lampe auf dem großen Schreibtisch und fand daselbst seine Reisetasche sowie die Plaidrolle mit dem Regenschirm. Er rollte die Decke auseinander und zog eine Kognakflasche hervor, worauf er der Ledertasche ein Gläschen entnahm und, während er seine Zigarre zu Ende rauchte, im Armstuhle hier und da einen Schluck tat.

---

1. **ein goldener Ring** : Albrecht a désormais échappé à la cacophonie du monde moderne. Il perçoit un bruit fugitif, unique, harmonieux, qui provient d'une matière noble. L'objet qu'imagine Albrecht se rattache également à la symbolique classique, qui signifie mariage, fidélité, etc.

2. **nahm... Platz** : intéressant ex. de structuration de la phrase allemande par le groupe verbal. **Platz** clôt la principale comme une particule séparable.

3. **ein Stückchen grünen Gorgonzola** : fluctuation en all. pour le cas de l'apposition à un substantif de quantité ; soit cas de la fonction

Comme un anneau d'or qui tombe dans une coupe d'argent, pensa-t-il, en fermant à clef son appartement ; puis il quitta la maison et prit le chemin qui ramenait en ville.

Dans une rue animée, il entra dans un restaurant vivement éclairé et prit place à une des tables du devant, tournant le dos à tout le monde. Il mangea une soupe de légumes avec des croûtons, un bifteck avec un œuf, de la compote et du vin, un petit morceau de gorgonzola vert et la moitié d'une poire. En payant et en se rhabillant, il tira quelques bouffées d'une cigarette russe, puis alluma un cigare et s'en alla. Il flâna un peu au hasard, redécouvrit ensuite le chemin de sa banlieue et rentra sans hâte.

La maison aux vitres réfléchissantes était complètement plongée dans l'obscurité et le silence, lorsque van der Qualen ouvrit la porte d'entrée et monta les escaliers sombres. Il éclairait devant lui avec une allumette et au troisième étage, à sa gauche, il ouvrit la porte brune qui conduisait dans ses pièces. Après avoir mis son pardessus et son chapeau sur le divan, il alluma la lampe sur le grand bureau et y trouva son sac de voyage et son plaid, roulé avec son parapluie. Il déroula la couverture et sortit une bouteille de cognac, prit un petit verre dans son sac de cuir et, tout en finissant son cigare dans le fauteuil, but une gorgée de temps en temps.

---

grammaticale du groupe nominal considéré (ici : **er aß,** donc accusatif) ; soit génitif. La première solution l'emporte en all. courant moderne.

4. **auf/spüren :** *découvrir,* de **Spur,** f. : *la trace.*

5. **Heimweg :** Albrecht a désormais un *chez lui* ; **Heim,** n., a en all. une connotation d'intimité, de chez-soi, par opposition à **Haus,** n., qui peut désigner tout bâtiment où quelqu'un habite.

Angenehm, dachte er, daß es auf der Welt doch immerhin Kognak gibt... Dann ging er ins Schlafzimmer, wo[1] er die Kerze auf dem Nachttisch entzündete, löschte drüben die Lampe und begann sich zu entkleiden. Er legte Stück für Stück seines grauen[2], unauffälligen[3] und dauerhaften Anzuges auf den roten Stuhl am Bette; dann jedoch, als er das Tragband löste, fielen ihm Hut und Paletot ein, die noch auf dem Diwan lagen; er holte sie herüber, er öffnete den Kleiderschrank... Er tat einen Schritt rückwärts und griff mit der Hand hinter sich nach einer der großen, dunkelroten Mahagonikugeln, welche die vier Ecken des Bettes zierten.

Das Zimmer mit seinen kahlen, weißen Wänden, von denen sich[4] die rotlackierten Stühle abhoben wie Erdbeeren von Schlagsahne[5], lag in dem unruhigen Lichte der Kerze. Dort aber[6], der Kleiderschrank, dessen Tür weit offenstand: er war nicht leer, jemand stand darin, eine Gestalt, ein Wesen, so hold, daß Albrecht van der Qualens Herz einen Augenblick stillstand und dann mit vollen, langsamen, sanften Schlägen zu arbeiten fortfuhr... Sie war ganz nackt und hielt einen ihrer schmalen, zarten Arme empor, indem sie mit dem Zeigefinger einen Haken an der Decke des Schrankes umfaßte. Wellen ihres langen, braunen Haares ruhten auf ihren Kinderschultern[7], von welchen ein Liebreiz ausging, auf den man nur mit Schluchzen antworten kann[8].

---

1. **wo = in dem.** Il est possible de remplacer une liaison relative de lieu (ici) ou de temps par **wo.**

2. **grau:** le contraste entre les couleurs de la bourgeoisie (gris) et celle du peuple (rouge de la chaise) est éclatant.

3. ***un-auf-fällig:** m. à m.: *qui n'est pas frappant*: **un-**: préfixe de négation; **fallen (ie/a):** *tomber*; **jm auf/fallen:** *tomber sous les yeux de qqn., être remarqué.*

4. **von denen sich: sich** se rapporte au verbe **ab/heben,** mais le **sich** est volontiers placé en première place avant le sujet dans les subordonnées et dans les principales avec inversion du sujet.

5. **Erdbeeren von Schlagsahne:** en dehors des couleurs qui détonnent

C'est agréable, pensa-t-il, que dans le monde il y ait au moins le cognac... Puis il alla dans la chambre à coucher où il alluma la bougie sur la table de nuit, éteignit la lampe de l'autre côté, et commença à se déshabiller. Il déposa pièce par pièce son costume gris, discret et résistant, sur la chaise rouge près du lit; mais ensuite, alors qu'il détachait ses bretelles, il se ressouvint de son manteau et de son chapeau qui étaient encore sur le divan; il les rapporta, puis il ouvrit l'armoire... Il recula d'un pas et s'agrippa derrière lui à l'une des grosses boules d'acajou rouge sombre qui ornaient les quatre coins du lit.

La chambre avec ses murs blancs et nus, sur lesquels les chaises laquées rouge se détachaient comme des fraises sur de la crème fouettée, était baignée de la lueur inquiète de la bougie. Mais là-bas l'armoire, dont la porte était grande ouverte... Elle n'était pas vide, quelqu'un s'y tenait debout, une forme, un être tellement gracieux que le cœur d'Albrecht van der Qualen s'arrêta un moment puis se remit en route, avec de longues pulsations, pleines et douces... Elle était toute nue, et levait l'un de ses bras minces et délicats pour attraper de son index un crochet dans le haut de l'armoire. Les vagues de ses longs cheveux bruns reposaient sur ses épaules enfantines, d'où émanait un charme auquel on ne pouvait répondre que par un sanglot.

---

dans cette chambre, cette expr. renvoie, en Allemagne, à la métaphore culinaire canonique grâce à laquelle les clercs catholiques expliquent et décrivent la sexualité aux enfants. Cf. Heinrich Böll, *Portrait de groupe avec dame,* pp. 33 et 44, Le Seuil, 1973.

6. **Dort aber... :** phrase sans verbe : effet d'exclamation.

7. ***Kinder-schulter : Kinder-** est conceptuel et ne renvoie pas à un enfant précis : ***Kinder-garten, *Kinder-krankheit** ; **Kindes-** insiste plus sur la singularité : ***Kindes-mörderin :** *(meurtrière de son propre enfant)* ; ***Kindes-raub** *(kidnapping)*.

8. **antworten kann :** *pouvait répondre.* L'auxiliaire de mode **können** est ici au présent. En effet, la concordance des temps n'existe pas en all., et on se place au moment où le locuteur supposé parle.

In ihren länglichen schwarzen Augen spiegelte sich der Schein der Kerze... Ihr Mund war ein wenig breit, aber von einem Ausdruck, so süß wie die Lippen des Schlafes, wenn sie sich nach Tagen der Pein auf unsere Stirn senken. Sie hielt die Fersen fest geschlossen, und ihre schlanken Beine schmiegten sich aneinander...

Albrecht van der Qualen strich sich mit der Hand über die Augen und sah... er sah auch, daß dort unten in der rechten Ecke das graue Rupfenzeug[1] vom Schranke gelöst[2] war... »Wie?« sagte er... »Wollen Sie nicht hereinkommen?... wie soll ich sagen... herauskommen? Nehmen Sie nicht ein Gläschen[3] Kognak? Ein halbes Gläschen?...« Aber er erwartete keine Antwort hierauf und bekam auch keine. Ihre schmalen, glänzenden und so schwarzen Augen, daß sie ohne Ausdruck, unergründlich und stumm erschienen, — sie waren auf ihn gerichtet[4], aber ohne Halt und Ziel, verschwommen[5] und als sähen sie ihn nicht.

»Soll ich dir erzählen?« sagte sie plötzlich mit ruhiger, verschleierter[6] Stimme.

»Erzähle...«, antwortete er. Er war in sitzender Haltung auf den Bettrand gesunken, der Überzieher lag[7] auf seinen Knien, und seine zusammengelegten Hände ruhten darauf. Sein Mund stand[7] ein wenig geöffnet, und seine Augen waren halb geschlossen. Aber das Blut kreiste warm und milde pulsierend durch seinen Körper, und in seinen Ohren sauste es leise.

---

1. **Rupfenzeug** : cette toile de jute joue le rôle de rideau de théâtre et éloigne le narrateur du théâtre réel. Albrecht rejoint ici toute la tradition des poètes et prosateurs du *théâtre dans un fauteuil* (en France, Musset, les Symbolistes).

2. **lösen** : 1) *détacher* ; 2) *résoudre* (un problème).

3. **nicht ein Gläschen... keine Antwort** : **nicht ein** ne se remplace pas systématiquement par **kein.** Il y a la même différence de sens qu'en français entre *pas* et *aucun* comme l'indique la traduction.

4. **richten** : *poser le regard, diriger.* Cf. **Richtung,** f. : *la direction.*

Dans ses yeux noirs en amande se reflétait la lueur de la bougie... Sa bouche était un peu large, mais avait une expression aussi délicieuse que les lèvres du sommeil lorsque, après des journées de souffrance, elles se penchent sur notre front. Elle tenait les talons collés et ses minces jambes se serraient l'une contre l'autre...

Albrecht van der Qualen se passa la main sur les yeux et regarda... et il vit aussi qu'en bas, dans le coin droit, le coutil gris était détaché de l'armoire... « Comment ? dit-il... Ne voulez-vous pas entrer ?... comment dire... sortir ? Ne prendriez-vous pas un petit verre de cognac ? Un demi-verre ?... » Mais il n'attendait aucune réponse à sa question et en effet il n'en reçut point. Ses yeux étroits, brillants, si noirs qu'ils en semblaient insondables, dénués d'expression et muets — étaient posés sur lui, mais sans repère ni but, flous, comme s'ils ne le voyaient pas.

« Puis-je te raconter quelque chose ? » dit-elle soudain d'une voix calme et voilée.

« Raconte... » répondit-il. Il s'était glissé sur le rebord du lit, et restait assis, son manteau sur les genoux et ses mains jointes par-dessus. Sa bouche était entrouverte et ses yeux mi-clos. Mais le sang circulait dans son corps par de chaudes et douces pulsations, et bourdonnait doucement dans ses oreilles.

---

5. **verschwommen** : comme les reflets flous du miroir, l'apparition a un regard trouble et une voix voilée.

6. ***ver-schleiert** : *voilé* (une femme, le ciel, une voix). Vient bien de **Schleier**, m. : *le voile.*

7. **lag... stand...** : remarquer la présence des verbes de position **liegen (a/o), stehen (a/a),** ce qui correspond en français pour l'un à un verbe inexprimé, pour l'autre au verbe *être.*

Sie hatte sich im Schranke niedergelassen[1] und umschlang mit ihren zarten Armen das eine ihrer Knie, das sie emporgezogen hatte, während das andere Bein nach außen hing. Ihre kleinen Brüste wurden durch die Oberarme zusammengepreßt, und die gestraffte Haut ihres Knies glänzte. Sie erzählte... erzählte mit leiser Stimme, während die Kerzenflamme lautlose Tänze aufführte[2]...

Zwei gingen über das Heideland, und ihr Haupt lag auf seiner Schulter. Die Kräuter dufteten stark, aber schon stiegen die wolkigen Abendnebel vom Grunde: So fing es an. Und oftmals waren es Verse, die sich auf so unvergleichlich leichte und süße Art reimten[3], wie es uns hie und da in Fiebernächten im Halbschlaf geschieht. Aber es ging nicht gut aus. Das Ende war so traurig, wie wenn zwei sich unauflöslich umschlungen halten und, während ihre Lippen aufeinanderliegen, das eine dem anderen ein breites Messer oberhalb des Gürtels in den Körper stößt, und zwar aus guten Gründen. So aber schloß es. Und dann stand sie mit einer unendlich stillen und bescheidenen Gebärde auf, lüftete[4] dort unten den rechten Zipfel des grauen Zeuges, das die Rückwand des Schrankes bildete, und war nicht mehr da.

Von nun an fand er sie allabendlich in seinem Kleiderschranke und hörte ihr zu[5]... wie viele Abende? Wie viele Tage, Wochen oder Monate verblieb er in dieser Wohnung und in dieser Stadt?

---

1. **sich nieder/lassen (ie/a):** 1) *s'asseoir*; 2) *s'installer* (entreprise). Cf. **Niederlassung,** f.: *succursale, agence.*

2. **auf/führen:** a) *construire* (une maison), **auf-** idée d'élévation; b) *réaliser, présenter* (film, pièce de théâtre), (ici) *exécuter.*

3. **sich reimen:** *rimer*; intransitif en français, réfléchi en all. Albrecht a retrouvé un langage artistique et structuré.

4. **lüften:** *soulever.* Littéralement: *faire passer de l'air.* D'où: *aérer* (un lit). Cf. **Luft,** f.: *l'air.*

Elle s'était assise dans l'armoire et enserrait de ses bras délicats un de ses genoux qu'elle avait redressé, tandis que l'autre jambe sortait au-dehors. Ses petits seins étaient comprimés par ses avant-bras, et la peau tendue de son genou luisait. Elle raconta... raconta d'une voix basse, tandis que la flamme des bougies exécutait des danses silencieuses...

Il y en avait deux qui s'en allaient sur la lande, et la tête de la femme reposait sur son épaule à lui. Les herbes sentaient fort, mais déjà les brouillards vaporeux du soir s'élevaient : cela commençait ainsi. Et il y avait très souvent des vers qui rimaient de façon incomparablement légère et douce, comme cela nous arrive parfois durant des nuits de fièvre, dans le demi-sommeil. Mais cela se terminait mal. La fin était triste, comme lorsque deux êtres se tiennent indissolublement embrassés, leurs lèvres jointes, et que l'un plonge un large couteau dans le corps de l'autre, au-dessus de la ceinture — et pour de bonnes raisons. Mais c'est ainsi que cela finissait... Puis elle se leva d'un mouvement infiniment silencieux et modeste, et là, en bas, souleva le coin droit du coutil gris qui formait le fond de l'armoire, et soudain disparut.

Désormais, il la trouva chaque soir dans son armoire, et il l'écouta... Combien de soirs ? Combien de jours, de semaines ou de mois resta-t-il dans cet appartement et dans cette ville ?

---

5. **jm zu/hören** : *écouter* ; dat. en all. ; acc. en français ; ≠ **jn/etwas hören** = *entendre*.

— Niemandem würde es nützen, wenn hier die Zahl stünde[1]. Wer würde sich an einer armseligen Zahl erfreuen?... Und wir wissen[2], daß Albrecht van der Qualen von mehreren Ärzten nicht mehr viele Monate zugestanden bekommen hatte.

Sie erzählte ihm... und es waren traurige Geschichten, ohne Trost; aber sie legten sich als eine süße Last auf das Herz und ließen es langsamer und seliger schlagen. Oftmals vergaß er sich... Sein Blut wallte[3] auf in ihm, er streckte die Hände nach ihr aus, und sie wehrte ihm nicht. Aber er fand sie dann mehrere Abende nicht im Schranke, und wenn sie wiederkehrte, so erzählte[4] sie doch noch mehrere Abende nichts und begann dann langsam wieder, bis er sich abermals vergaß.

Wie lange dauerte das... wer weiß es? Wer weiß auch nur, ob überhaupt Albrecht van der Qualen an jenem Nachmittage wirklich erwachte und sich in die unbekannte Stadt begab; ob er nicht vielmehr schlafend in seinem Coupé erster Klasse verblieb und von dem Schnellzuge Berlin—Rom mit ungeheurer Geschwindigkeit über alle Berge[5] getragen ward? Wer unter uns möchte sich unterfangen, eine Antwort auf diese Frage mit Bestimmtheit und auf seine Verantwortung hin zu vertreten? Das ist ganz ungewiß[6]. » Alles muß in der Luft stehen... «

---

1. **stünde :** subj. II irrégulier de tous les v. en **-stehen (a/a).** Le subj. II est normalement formé sur le prét. en y ajoutant une inflexion, ex. : **würde** formé sur **wurde.**

2. **Und wir wissen :** ceci renvoie à la p. 50, où Albrecht est condamné par les médecins. Le narrateur inclut explicitement le lecteur dans le processus de narration. Mais la fin du récit s'avère plus complexe... Cf. la n. 6, ci-dessous, et la n. 1, p. 46.

3. **wallen :** 1) *bouillir* ; 2) *onduler* (chevelure). Racine commune avec **Welle,** f. : *la vague.* La construction **auf in ihm** ajoutée par T.M. place le mot entre les deux images.

— Mais il ne serait utile à personne qu'il y ait ici un chiffre. Qui prendrait plaisir à un misérable chiffre ?... Et nous savons que de nombreux médecins n'avaient accordé à Albrecht van der Qualen que peu de mois à vivre.

Elle racontait... Et c'étaient des histoires tristes, désespérées ; mais elles se posaient comme un doux fardeau sur son cœur et le faisaient battre plus lentement, plus sereinement. Bien souvent il perdait tout contrôle... Son sang bouillonnait, il tendait les mains vers elle et elle ne le repoussait pas ; mais ensuite, plusieurs soirs d'affilée, il ne la trouvait plus dans l'armoire, et lorsqu'elle revenait, pendant plusieurs soirs encore, elle ne racontait rien et recommençait ensuite lentement jusqu'à ce que, de nouveau, il perdît tout contrôle.

Combien de temps cela a-t-il duré ?... Qui le sait ? Qui sait même si Albrecht van der Qualen s'est vraiment réveillé cet après-midi-là pour se rendre dans cette ville inconnue ; n'est-il pas plutôt resté à dormir dans son compartiment de première, emporté au loin à une vitesse inouïe par le rapide Berlin-Rome ? Qui d'entre nous oserait répondre avec certitude à cette question, prendre personnellement une telle responsabilité ? C'est tout à fait incertain... « Tout doit être comme suspendu... »

---

4. **so erzählte sie... nichts** : la relation sexuelle avec l'apparition provoque son silence, qui est un symbole de mort. Les trois nouvelles de Thomas Mann dans le présent recueil montrent que s'approcher d'une figure maternelle met en danger de mort. Cf. Préface, p. 15.

5. **über alle Berge** : m. à m. : *au-delà de toutes les montagnes.* Expr. un peu pop., au sens fig. : *au loin.*

6. **ungewiß** : le récit se termine sur une mise en abîme. Le dernier mot du récit est remporté par le personnage qui répète ce que vient d'écrire le narrateur... Le sous-titre du récit (p. 45) se voit ici pleinement justifié.

Frank Wedekind

Der greise Freier[1]

Le Vieux Prétendant

Leonie Fischer war eine feine Natur. Ihre Züge waren eher süß als schön zu nennen. Der Reiz lag in dem Ausdruck der Augen[2] und in den etwas emporgezogenen Mundwinkeln. Der Menschenkenner[3], der sie sah, mußte sich aber sagen, daß das keine vergänglichen Reize waren, sondern daß die alte Frau in weißem Haar noch ebensosehr dadurch auffallen werde, wie es jetzt das junge Mädchen tat[4]. Von vollendeter Schönheit war ihre Kopfform und der eigentümliche Ansatz der glänzend schwarzen Haare, die sich dicht an den Kopf anschmiegten. Ihre Büste war knospenhaft[5], ihre Hüften hätten stärker sein können, aber ihr Schuhwerk[6] trug die Nummer 36 und ihre Hände wären jedenfalls hübsch gewesen, wenn sie nicht, seit sie die Schule verlassen[7], zu Hause die Wirtschaft[8] geführt, gekocht, geputzt und gewaschen hätte.

---

1. **Der greise Freier**: paru en août 1896 dans l'hebdomadaire *Simplicissimus.* Cf. Préface, pp. 9-10.

2. **der Augen**: les parties du corps sont désignées en all. par l'article défini et sans possessif lorsque le sujet est suffisamment explicite.

3. **Menschenkenner**: le narrateur a, comme dans *La Vaccination,* une prétention moraliste et anthropologique. *L'Esprit de la Terre,* première partie du cycle de *Lulu,* débute également par un Prologue où le narrateur du drame, cette fois travesti en bateleur, nous annonce qu'il va nous présenter ses animaux.

4. **tat**: le v. **tun** traduit une activité abstraite et sert même de semi-auxiliaire; **machen** sert à exprimer des activités concrètes. Ex.: **Aufgaben, Geld machen**: *faire des devoirs, de l'argent.*

Léonie Fischer était une délicate jeune fille. Ses traits avaient plus de douceur que de beauté. Son charme résidait dans l'expression de ses yeux et dans les commissures de ses lèvres un peu relevées. Un connaisseur des êtres humains, en la voyant, ne pouvait s'empêcher de penser que ce n'était pas là des charmes éphémères, mais qu'au contraire la femme aux cheveux blanchis attirerait encore l'attention, autant que la jeune fille actuelle. La forme de sa tête était d'une beauté achevée, ainsi que l'implantation très particulière de son éclatante chevelure noire, lissée en bandeaux sur sa tête. Sa poitrine n'était que naissante, ses hanches auraient pu être plus fortes, mais elle chaussait du trente-six et ses mains auraient été très jolies si après avoir quitté l'école, elle n'avait tenu la maison, fait la cuisine, le ménage et les lessives.

---

5. **knospenhaft :** expr. métaphorique, pop., formée sur **Knospe,** f., *bourgeon.*

6. **Schuhwerk :** subst. neutre collectif pour **Schuhe,** plur.

7. **verlassen :** sous-entendu **hatte** ; procédé fréquent dans la langue ancienne.

8. **Wirtschaft,** f. : ici *le ménage, le foyer,* et non *l'économie* (sens abstrait).

Leonie Fischer war eine von jenen Naturen, die sich in allen Lebenslagen und unter Menschen jedes Standes zurecht finden, die niemals anstoßen, dank einem angeborenen feinen seelischen Takt und einer selbstlosen[1] Denkungsart; eine von jenen Naturen, die immer mit anderen empfinden und die nur glücklich sein können, wenn es[2] ihre Umgebung ist.

Leonie Fischer hatte seit ihrem fünften Jahr keine Mutter[3] mehr und war nie aus dem kleinen Städtchen Lenzburg[4] herausgekommen. Ihr Vater stand den Tag über in seinem Spezereiladen[5] und abends saß er mit einigen griesgrämigen Graubärten in einer der unzähligen Wirtschaften um einen runden, spärlich erleuchteten Tisch herum[6] und kam nie vor elf Uhr nach Hause. Seit ihre ältere Schwester tot war, hatte das Mädchen fast jeden Abend zu Hause allein zugebracht mit einer feinen Häkelei und einem Buch aus der Stadtbibliothek und hatte sich nie gelangweilt. Schon mit siebzehn Jahren hätte sie sich sehr gut verheiraten können. Ihr Vater hatte damals mit der Faust auf den Tisch geschlagen und sie eine verdrehte Fratze genannt[7], weil sie die Partie ausgeschlagen. Aber sie hatte nur ruhig vor sich hingelächelt; sie wartete, bis der Rechte kam, sie war nicht für das Herumprobieren. Und als der Rechte kam, da besann sie sich auch nicht erst lange, sondern griff gleich mit beiden Händen zu.

---

1. ***selbst-los**: *dépourvue d'égoïsme, désintéressée*; de **selbst**: pr. réfléchi, *soi-même* et **-los**: suffixe privatif, *sans*. Cf. **selbst-bezogen**: *égoïste,* littéralement *tourné vers soi.*

2. **es**: le sujet est **ihre Umgebung** et non **es**, qui est mis pour **glücklich.**

3. **keine Mutter**: cette structure de famille est fort répandue dans l'œuvre de F.W. Dans *L'Éveil du printemps,* Wendla est apparemment orpheline de père, c'est le cas également pour Lulu.

Léonie Fischer était l'une de ces natures qui sont à l'aise dans toutes les situations, dans tous les milieux, et qui ne heurtent jamais personne, grâce à un tact inné très subtil, une façon de voir dépourvue d'égoïsme ; une de ces natures qui comprennent toujours les autres et ne peuvent être heureuses qu'à l'unisson de leur entourage.

Léonie Fischer avait perdu sa mère avant d'avoir cinq ans et, de sa vie, elle n'était jamais sortie de la petite bourgade de Lenzburg. Son père passait toute la journée dans son épicerie ; le soir, en compagnie de quelques vieilles barbes grincheuses il occupait une table ronde, chichement éclairée, dans l'une des innombrables auberges, et ne rentrait jamais avant onze heures. Depuis la mort de sa sœur aînée, la jeune fille avait passé presque toutes les soirées seule à la maison, sur un délicat ouvrage de crochet et avec un livre de la bibliothèque municipale ; elle ne s'était jamais ennuyée. Dès dix-sept ans, elle aurait très bien pu se marier. À l'époque, son père avait tapé du poing sur la table et l'avait traitée de petite cinglée parce qu'elle refusait le parti qui se proposait. Mais elle s'était contentée de sourire tranquillement ; elle attendait la venue de l'élu ; elle n'était pas pour les expériences. Et quand vint l'élu, elle ne mit pas longtemps à réfléchir, et chercha aussitôt à s'en emparer.

---

4. **Lenzburg** : nom du château en Suisse où F.W. a passé son enfance. Son père, poursuivi pour raisons politiques après 1848, avait quitté l'Allemagne pour les États-Unis. En souvenir, F.W. avait comme prénoms Benjamin Franklin, abrégé en Frank. La famille Wedekind revient en Allemagne en 1864, mais en 1871, à la fondation du Reich, elle la quitte de nouveau pour se rendre en Suisse.

5. **Spezerei,** f. : *épice, denrée.* Mot vieilli, encore usité en Autriche et Suisse ; cf. **Kramladen** ou **Lebensmittelgeschäft,** *l'épicerie.*

6. **um** + acc. **...herum** : l'emploi de **herum** n'est pas obligatoire, et ne sert qu'à renforcer.

7. **nennen (nannte, genannt)** : 1) *nommer* ; 2) (ici) *traiter de.*

Er war von mittlerer Statur, fünfunddreißig Jahr alt, hatte einen elastischen[1] Gang, ein einträgliches Geschäft und, was seiner Braut beinah die Hauptsache war, er verstand es, wenn es ihr gerade darum zu tun[2] war, ernst zu sein, und sie konnte mit ihm ruhig über Dinge reden, die weder mit seinem Geschäft noch mit der Spezereihandlung ihres Vaters in Beziehung standen.

Das junge Paar machte seine Hochzeitsreise an den Gardasee. Da saßen sie am Nachmittag im Sonnenschein nebeneinander auf der Veranda, sprachen wenig, schämten sich ein wenig ihrer Mattigkeit und waren mit vollem Herzen dem Augenblick für seine Schönheit dankbar. Leonies feine Mundwinkel verzogen sich zu einem Lächeln, so oft ihre Augen denen ihres Gatten begegneten. Er warf ihr dann einen strengen Blick[3] zu, darauf wurde sie jedesmal rot bis unter die Haare, und dann sah er sie so hilflos flehentlich an, als wollte er sie um Verzeihung bitten. Der Schluß war immer der, daß sie ihre Hand in die seinigen legte und mit warmer Empfindung von ihm kajolieren[4] ließ. So ging es täglich bis Sonnenuntergang. Leonie genoß ihr junges Glück ohne Ziererei, in absoluter Hingebung, aber auch ohne Urteil, ohne jedes Ansehen der Person. Sie liebte vorderhand nur die Liebe, und nur manchmal freute sie sich im stillen für die Zukunft darüber, einen so liebenswürdigen braven Lebensgefährten gefunden zu haben.

---

1. **elastisch** : terme au sens plus étendu en all. qu'en français : **eine elastische Frisur** : *une coiffure souple, naturelle* ; **bleiben Sie elastisch ! Treiben Sie Sport !** *Restez en forme ! Faites du sport !* Encore aujourd'hui, **elastisch** renvoie à un dynamisme sportif et moderne. F.W. en fait une notion qui désigne certains personnages de son œuvre. Ici, élasticité physique et succès économique sont liés et rappellent les qualités de Witznagel dans *Luischen* de T.M. Son contraire chez T.M., l'artiste malade, n'existe pas dans sa pureté chez F.W. Dans *La Vaccination,* il a du succès auprès des femmes. Chez F.W., élasticité et maladie sont incarnées par le même personnage et remplacées par une succession d'ascension, sexuelle et/ou économique, et de chute vertigineuse.

Il était de stature moyenne, âgé de trente-cinq ans ; il avait une démarche élastique, un métier lucratif et, ce qui était presque l'essentiel pour sa fiancée, il savait être sérieux lorsqu'elle en avait besoin ; elle pouvait tranquillement parler avec lui de sujets qui n'avaient rien à voir ni avec son métier à lui ni avec l'épicerie paternelle.

Le jeune couple fit son voyage de noces au lac de Garde. L'après-midi, ils s'asseyaient au soleil, côte à côte sur la véranda, parlaient peu, avaient un peu honte de leur fatigue et avaient le cœur rempli de gratitude pour ces instants de toute beauté. Léonie, de ses lèvres aux fines commissures, composait un sourire chaque fois que ses yeux rencontraient ceux de son époux. Lui, alors, jetait sur elle un regard sévère ; à chaque fois, elle rougissait jusqu'à la racine des cheveux ; puis, il la regardait d'un air désemparé et suppliant, comme s'il voulait lui demander pardon. Voilà comment cela finissait toujours : elle mettait sa main dans les siennes, et, toute brûlante, se laissait cajoler. Ainsi en allait-il chaque jour jusqu'au coucher du soleil. Léonie jouissait sans manières de son jeune bonheur, elle s'y abandonnait pleinement et sans réflexion, sans considération de la personne. Pour l'heure elle n'aimait que l'amour, et c'est seulement de temps à autre, en pensant à l'avenir, qu'elle se réjouissait en son for intérieur d'avoir trouvé un si gentil compagnon, si digne d'être aimé.

---

2. **wenn es ihr darum zu tun war : jm ist (es) um jn oder etw. zu tun :** langage relevé pour : **jm geht es um jn. oder etw. :** *il importe à qqn que...*

3. **einen strengen Blick :** il y a quelque chose d'animal dans cette relation qui renvoie à l'alternance de la domination dans l'œuvre de F.W. Ce bref affrontement rappelle le Prologue de *L'Esprit de la Terre,* où le dompteur parle de la bête Lulu : **« Ein eisig kalter Herrscherblick — Die Bestie beugt entartet das Genick » :** *Le maître jette un regard glacé — La bête courbe, radoucie, la nuque.*

4. **kajolieren :** mot français qui n'est plus compris de nos jours.

So hatte sie es sich auch erträumt, während all der Jahre, wenn sie abends allein zu Hause saß. Als sie vor dem Altar neben ihrem Erwählten das Ja aussprach, hatte sie sich im stillen das Versprechen gegeben[1], nie jemand anders als nur sich selbst dafür verantwortlich machen zu wollen, ob[2] sie glücklich werde oder nicht. Und außerdem hatte sie inbrünstig zum Himmel gefleht, ihr und den Ihrigen seine schweren, unvorhergesehenen Schicksalsschläge ersparen zu wollen.

Es war ruhig geworden in dem großen Hotel. Die Zimmertüre war fest verriegelt, die schweren grünen Vorhänge waren geschlossen, auf dem Tisch brannte die Nachtlampe; Mitternacht war längst vorbei und das Pärchen konnte den Schlaf nicht finden. Das kam jedenfalls, weil man sich tagsüber[3] so wenig Bewegung machte, und weil man nach dem Abendessen noch eine Tasse Kaffee getrunken hatte. »Wie kommt es«, sagte der junge Mann im Flüsterton, »daß du mit deinen zwanzig Jahren und mit der Leidenschaft, die du in dir hast, sonst immer so ruhig bist. Wenn man dich draußen im Leben sieht, wie du sprichst und wie du dich benimmst, möchte[4] man glauben, du wärest früher schon einmal auf der Welt gewesen. Andere Mädchen in deinem Alter sind immer gleich aus dem Häuschen, und du wirst nur immer stiller und gefaßter, wenn dir etwas Unangenehmes in den Weg kommt.«

»Vielleicht kommt es von dem, was ich als Kind durchgemacht«, sagte das junge Weib.

---

1. **sich** (dat.) **das Versprechen geben**: *se promettre* (à soi-même). La formule est syntaxiquement compliquée, mais le verbe **versprechen (a/o)** est déjà très utilisé pour d'autres expr. comme : **ich verspreche** ***mir*** **viel von diesem Kurs**: *j'attends beaucoup de ce cours*; à distinguer de **ich verspreche** ***mich*** **oft**: *je fais souvent des lapsus.*

2. **ob**: on attendrait plutôt **daß**, après **dafür verantwortlich machen.** Ce flottement dans la syntaxe est sans doute provoqué par l'alternative **ob... oder... nicht**, qui peut être une expr. conjonctive à part entière.

C'est bien ce dont elle avait rêvé pendant toutes ces années où elle était seule le soir à la maison. Quand elle prononça le « oui » devant l'autel, aux côtés de son élu, elle s'était promis à part soi de ne jamais tenir personne d'autre qu'elle-même pour responsable de son bonheur ou de son malheur à venir. De plus, elle avait prié le ciel avec ferveur de lui épargner, à elle-même et aux siens, les imprévisibles et terribles coups du sort.

Le calme régnait à présent dans le grand hôtel. La porte de la chambre était bien verrouillée, les lourds rideaux verts étaient tirés ; sur la table brûlait la veilleuse ; minuit était passé depuis longtemps, et le jeune couple ne pouvait trouver le sommeil. C'était sans doute parce qu'on ne faisait aucun exercice pendant la journée et qu'on avait bu encore une tasse de café au repas du soir. « Comment se fait-il, chuchota le jeune mari, qu'avec tes vingt ans et la passion qui est en toi, tu sois toujours aussi calme ? Lorsqu'on te voit vivre, on croirait, à ta façon de parler et de te comporter, que tu as déjà vécu une autre vie. À ton âge, les autres jeunes filles perdent toujours immédiatement la tête ; toi, tu deviens encore plus paisible et réfléchie, si quelque chose de désagréable t'arrive.

— Cela vient peut-être de ce que j'ai dû subir dans mon enfance », dit la jeune femme.

Ex. : **ob Sie mich fragen oder den Professor, Sie erhalten die Auskunft nicht.** *Que vous me demandiez à moi ou au professeur, vous n'aurez pas le renseignement.*

3. ***tags-über** : *pendant la journée ;* ≠ **über Tage** : *plusieurs jours, pendant des jours.*

4. **möchte** : littéralement, *on pourrait croire* ; **mögen** a ici son plein sens de la possibilité (cf. **möglich** : *possible*) et non celui du souhait.

In ihren Augen[1] spiegelte sich ein feiner Lichtschimmer. Sonst war alles Nacht umher[2].

» Was hast du denn durchgemacht ? «

» Als meine Schwester starb. Habe ich dir das nie erzählt ? «

» Nein. Ich erinnere mich wenigstens nicht. «

» Du hast ihre Photographie gesehen. Sie war beinahe einen Kopf größer, als ich jetzt bin, und viel kräftiger, am ganzen Körper. Sie hatte Arme, daß ich sie mit beiden Händen kaum umspannen konnte. Aber sie war gar nicht plump oder schwerfällig. Sie war gelenkiger als ich, und wenn sie ging, dann sah es aus, als ob sich der Boden bei jedem Schritt ihrem Fuß[3] anschmiegte. Das kam vielleicht, weil sie so volle, breite Hüften hatte. Das Schönste an ihr war der Hals. Wenn ich jetzt an sie zurückdenke, sehe ich immer zuerst ihren schönen runden Hals und die runden Schultern darunter. Aber sie war als Mädchen schon so stark, wie es sonst eine Frau erst[4] wird, wenn sie zwei oder mehr Kinder gehabt hat. Kein Mensch hätte gedacht, daß sie sterben müßte. Nur sie selber, sie machte sich immer die schrecklichsten Gedanken, soweit ich mich erinnern kann. Das stand ihr auch in den Augen geschrieben. Wenn man sie ansah, glaubte man, im nächsten Augenblick kommen ihr die Tränen. Sie erzählte einem lange Geschichten von einem Unglück, das geschehen sei, oder das kommen werde ; und wenn man nachher ruhig darüber nachdachte, so war nichts, aber auch gar nichts daran. Immer war sie aufgeregt und scheu.

---

1. **Augen** : comparer avec les reflets dans les yeux de la créature de *L'Armoire*, p. 70. Comme dans *L'Armoire* de T.M., l'histoire de la conteuse va être une histoire qui finit mal.

2. **umher** : est normalement employé en composition avec des verbes, avec le sens de : *dans toutes les directions.* Ex. : **umher/fliegen.** Ici, il est équivalent à **herum.**

Dans ses yeux se reflétait une faible lueur. Sinon, tout était plongé dans la nuit.

« Qu'as-tu donc subi ?

— Quand ma sœur est morte. Je ne t'ai jamais raconté ?

— Non. Du moins, je ne me rappelle pas.

— Tu as vu sa photo. Elle avait presque une tête de plus que moi maintenant, et était beaucoup plus forte, de partout. Elle avait des bras que je pouvais à peine entourer de mes deux mains. Mais elle n'était ni lourdaude, ni pataude. Elle était plus souple que moi. Et lorsqu'elle marchait, on aurait dit que le sol, à chacun de ses pas, se caressait à son pied. Cela venait peut-être de ce qu'elle avait des hanches si pleines et si larges. Mais ce qu'elle avait de plus beau, c'était son cou. Quand aujourd'hui je repense à elle, c'est toujours son beau cou rond et ses épaules rondes que j'ai d'abord sous les yeux. Étant jeune fille, elle était déjà bâtie comme une femme qui a eu deux enfants ou plus. Personne n'aurait pensé qu'elle dût mourir. Mais elle, autant que je me souvienne, avait toujours les idées les plus terrifiantes. Cela se lisait également dans ses yeux. En la regardant, on avait l'impression que les larmes allaient lui venir. Elle vous racontait de longues histoires sur un malheur passé ou à venir ; et quand on y repensait ensuite à tête reposée, on s'apercevait que cela ne tenait pas debout, mais pas le moins du monde. Elle était toujours excitée ou craintive.

3. **Fuß :** la notion d'élasticité est également physique. Ainsi Lulu, qui sera assassinée comme Clara, est une bonne danseuse.

4. **erst... wenn :** *seulement... lorsque ;* **erst** correspond à un *seulement* en français, mais est justifié par la perspective temporelle qui exclut **nur**.

Vor lauter Angst, vor Unglück[1] und Tod fand sie eigentlich nie recht den Mut, auf der Welt zu sein, bis ganz zuletzt, da kam es ihr anders. Aber das war es eben auch, was ihr nie Ruhe gelassen. Sie hatte kaum lange Kleider[2] bekommen und war konfirmiert worden, da dachte sie schon immer nur an das eine: wie und wann sie sich verheiraten werde. Und dabei hatte sie so eine Ahnung, ich weiß nicht woher, daß es niemals kommen werde, daß sie es nicht erleben würde, daß sie vorher fort müßte. Das war auch der Grund von allem, was sich schließlich zutrug[3].

Ich erinnere mich, fuhr Leonie fort, ich war vielleicht zehn Jahr alt, da schliefen wir zusammen in einem Bett. Neben dem Bett stand die Wiege, in der meine Puppe schlief, und im andern Bett schlief die Lisbeth, unsere alte Magd. Lisbeth schnarchte so laut, daß wir oft beide mitten in der Nacht erwachten. Dann sprachen wir leise im Dunkeln, gerade so, wie wir jetzt sprechen, nur daß wir kein Himmelbett hatten. Und einmal, da fragte mich Klara, wenn ich mich einmal[4] verheirate[5], wie mein Mann dann sein müsse. Ich hatte noch gar nie darüber nachgedacht. Ich sagte, ich weiß es nicht. Da erzählte sie mir von sich, sie wünsche sich einen, der müsse breite Schultern haben und groß gewachsen[6] sein. Er müsse eine gerade kurze Nase haben, darunter einen kleinen blonden Schnurrbart und schöne blendendweiße Zähne.

---

1. **Vor lauter Angst, vor Unglück...**: construction un peu maladroite. Le premier **vor** est causal et marque une action subie par le sujet de l'action (à la différence de **aus**, qui marque une volonté déterminée); les deux **vor** qui suivent sont régis par **Angst (Furcht, Angst haben vor** + datif). **lauter** est un adv. invar. qui renforce **Angst**: *par pure peur*.

2. **lange Kleider**: le passage des jupes courtes aux robes longues d'adolescente constitue, dans *L'Éveil du printemps*, le sujet de la première scène et le traumatisme initial de Wendla qui mourra d'une tentative d'avortement. Clara en parlera plus tard à Léonie.

3. **sich zu/tragen (u/a) = geschehen (a/e)**: langage relevé.

À cause de sa peur du malheur et de la mort, elle ne trouva au fond jamais le courage d'être au monde ; ce n'est qu'à la fin que les choses changèrent. Mais alors, ce qu'il lui fallut vivre fut ce qu'elle avait toujours craint. À peine avait-elle commencé à porter des robes longues et fait sa confirmation qu'elle n'eut plus qu'une idée en tête : comment et quand se marierait-elle ? Or elle avait, je ne sais pourquoi, le pressentiment que cela n'arriverait jamais, qu'elle ne vivrait pas ce moment, qu'elle disparaîtrait avant. Et cette attitude fut la cause de ce qui finit par se produire.

Je me souviens, continua Léonie, j'avais peut-être dix ans, nous dormions dans le même lit. À côté du lit se trouvait le berceau où dormait ma poupée, et dans un autre lit dormait Lisbeth, notre vieille servante. Lisbeth ronflait si fort que souvent nous nous réveillions toutes les deux en pleine nuit. Alors nous parlions à voix basse dans le noir, justement comme nous maintenant, sauf que nous n'avions pas de lit à baldaquin. Une fois, Clara me demanda comment devrait être mon mari, si je me mariais un jour. Je n'y avais encore jamais réfléchi. Je lui dis que je n'en savais rien. Alors elle me parla d'elle : elle en voulait un qui ait de larges épaules et qui soit grand. Il devrait avoir un nez court et droit, au-dessous une petite moustache blonde et de belles dents d'un blanc éclatant.

---

4. **einmal** : le premier **einmal** veut dire *une fois* et est temporel (cf. l'amorce des contes : **es war einmal...**) ; le deuxième est une copule de renforcement. Ex. : **Sag (ein)mal** : *dis donc.*

5. **sich verheiraten mit jm = jn heiraten** : *épouser qqn.*

6. **gewachsen** : part. passé de **wachsen (u/a)** : *pousser, grandir.* Il s'emploie toutefois de manière indépendante comme ici pour appécier la taille des individus. Ex. : **eine gutgewachsene Frau** : *une femme de belle taille.*

Er müsse[1] das Haar kurz geschoren tragen und dürfe keine großen Ohren haben, aber[2] seine Beine müßten schön sein, und er müsse hohe Stiefel tragen mit großen Sporen[3]. Sie erzählte mir die halbe Nacht von ihm. Wir suchten unter unseren Bekannten, aber da war keiner, der ihr stattlich genug gewesen wäre. Und schließlich sagte sie dann, indem sie ihre Stirne an meine Brust drückte und ordentlich schluchzte: »Ich glaube, daß ich einmal einen alten Mann von fünfzig oder sechzig Jahren heiraten muß, einen, der keine Zähne mehr im Munde hat, und der bei jedem Wort, das er sagt, grinst und hustet. O Leonie, Leonie, wenn du wüßtest, wie ich mich davor fürchte, wie mir graut[4]!« — Ich fühlte, sie hatte alles Blut im Kopf, und ihre feisten Arme waren heiß wie Feuer. Sie war damals erst ein Jahr aus der Schule.

Und in einer anderen Nacht, als Lisbeth wieder so fürchterlich schnarchte, daß der Ofen zitterte, da erzählte sie mir dann alles, wie es einem ergeht im Leben, warum man sich verheiratet, und weswegen wir Mädchen nicht ebenso gekleidet gehen, wie ihr Männer. Ich fand das alles ganz natürlich, aber sie machte eine große unheimliche Geschichte daraus. Sie konnte kaum reden[5], und ich hörte, wie ihr unter der Decke das Herz klopfte. Ich hatte noch nichts davon gewußt, aber ich hatte mir auch nie irgend etwas Unnatürliches gedacht.

---

1. **Er müsse**: comme dans les deux phrases précédentes, p. 88, le subj. I de **wünsche** et **müsse** signale le récit rapporté au style indirect.

2. **aber**: *de plus, ensuite*; **aber** n'a pas ici le sens de *mais*, mais sert de relais dans l'énumération.

3. **Sporen**: comme plus loin pour le vieil homme, ces souhaits cadreront avec Rudolf qui a fait son service dans l'artillerie (tirée à l'époque par des chevaux). C'est un processus habituel des personnages de F.W. Lulu rêve de Jack l'Éventreur avant qu'il arrive sur scène. C'est ce qui confère à ce récit et aux pièces de F.W. une ambiance de destin inéluctable.

Il devrait porter les cheveux courts et ne pas avoir de grandes oreilles ; de plus ses jambes devraient être belles, et il devrait porter de hautes bottes avec de grands éperons. Elle me parla de lui la moitié de la nuit. Nous cherchâmes parmi nos connaissances, mais personne ne faisait vraiment l'affaire. À la fin, elle appuya son front contre ma poitrine et me dit en sanglotant pour de bon : « Je pense que je serai contrainte d'épouser un vieil homme de cinquante ou soixante ans, un qui n'aura plus de dents, qui ricanera et toussera à chaque mot qu'il prononcera. Oh, Léonie, Léonie, si tu savais comme j'en ai peur, comme cela me fait horreur ! » ... Je sentais que tout son sang lui était monté à la tête, et que ses bras fermes étaient brûlants comme du feu. À cette époque, elle avait quitté l'école depuis seulement un an.

Une autre nuit, alors que Lisbeth ronflait encore à faire trembler le poêle, elle me raconta tout ce qui peut arriver dans la vie, pourquoi on se marie, et pourquoi nous, les jeunes filles, nous ne nous habillons pas comme vous, les hommes. Je trouvais cela très naturel, mais elle en faisait toute une affreuse histoire. Elle pouvait à peine parler, et j'entendais son cœur battre sous la couverture. Je ne savais encore rien de toutes ces choses, mais en tout cas je n'avais jamais songé que cela pût être contre nature.

---

4. **mir graut** : **es** est sous-entendu, comme dans d'autres formes verbales : **mich friert** : *j'ai froid* ; **mir schwindelt** : *j'ai le vertige.*

5. **reden** : par rapport à **sprechen**, ce verbe a une connotation d'inarticulé. Ici, c'est l'acte de parler, sans idée de produire du sens. Autre emploi : **man redet über dich** : *on raconte des choses sur toi ;* **über etw.** (acc.) **reden** au sens de *parler de qqch.* est éprouvé comme de l'allemand courant.

Als sie dann drei Jahre später aus dem Welschland zurückkam — sie war derweil wirklich ein sehr schönes, prächtiges Mädchen geworden, abgesehen von ihrer Korpulenz[1] — da machte ihr aber weiß Gott gleich ein alter Mann, es war der alte wackelige Gerichtsschreiber[2], der uns schräg gegenüber wohnte, einen Heiratsantrag. Vier Wochen lang konnte sie sich von dem Entsetzen nicht erholen. Sie ging nicht aus, sie sprach nicht, sie schlug die Augen nicht auf[3], sie sah niemandem mehr ins Gesicht. Es war beinahe, als wollte sie den Verstand verlieren. Der Gerichtsschreiber war sonst ein sehr geachteter Mann; meine Liebe freilich wäre er auch nicht gewesen. Er erzählte dem Vater, er hätte die Klara gern zur Frau gehabt, weil sie die Lippen[4] nie ganz geschlossen halte; sie müsse viel Gemüt haben. Darin hatte er auch recht. Sie hatte ihn zuerst ganz freundlich empfangen. Als sie dann aber gemerkt, was er ihr zumutete, da hatte sie nur so herausgeheult und Gliederkrämpfe bekommen. Wir mußten ihr den ganzen Tag Eisumschläge machen.

Im darauffolgenden Sommer kam Rudolf Elsner nach Lenzburg. Das war wirklich, wie wenn der Himmel zwei Menschen zueinander geführt hätte, die jeder extra nur für den anderen geboren und herangewachsen waren, und die sonst vielleicht die halbe Welt hätten absuchen können, ohne zu finden, was für sie das Richtige war. Sie war ihm zuerst in der Vorstadt begegnet, als sie zum Baden ging[5];

---

1. **Korpulenz**: Clara a des traits du monstrueux avocat Jacoby de *Luischen* (cf. p. 196). Le début de *La Boîte de Pandore*, deuxième et dernière partie du cycle de *Lulu*, où l'acrobate Rodrigo se désole de la maigreur de Lulu après son séjour en prison, nous fait imaginer une Lulu au début un peu grasse.

2. ***Gerichts-schreiber**: *greffier*, littéralement *écrivain auprès du tribunal.* Comme les médecins et les pasteurs, les juristes ne sont pas des personnages sympathiques chez F.W. Dans *L'Éveil du printemps*, la figure très répressive du père de Melchior, personnage qui rompt avec la société, est un juriste. Médecine, religion, droit sont en général pour F.W. des discours servant des intérêts personnels.

Quand trois ans plus tard elle rentra de Suisse romande, étant devenue vraiment une fille de toute beauté, aux formes magnifiques, bien que très épanouies, un vieil homme... mon Dieu oui !... le vieux greffier branlant qui habitait juste en face de chez nous, lui fit une demande en mariage. Un mois durant, elle ne put se remettre de son épouvante. Elle ne sortait pas, elle ne parlait pas, elle ne levait pas les yeux, elle ne regardait plus personne en face. On aurait dit qu'elle cherchait à perdre la raison. Le greffier, cependant, était un homme très respecté ; il est vrai que je ne serais pas non plus tombée amoureuse de lui. Il raconta à mon père qu'il prendrait bien Clara pour femme, parce qu'elle ne tenait jamais les lèvres tout à fait fermées : elle devait avoir beaucoup de cœur. Il ne se trompait pas sur ce point. D'abord elle l'avait reçu très poliment. Mais quand elle eut compris ce qu'il voulait, elle poussa des hurlements et fut prise de convulsions dans les membres. Nous dûmes lui faire des compresses glacées toute la journée.

L'été suivant, Rudolf Elsner arriva à Lenzburg. Ce fut vraiment comme si le ciel avait rapproché deux êtres qui semblaient être nés et avoir grandi exprès l'un pour l'autre, et qui auraient pu, sinon, parcourir la moitié du monde sans trouver ce qu'il leur fallait. Elle l'avait rencontré pour la première fois dans les faubourgs, alors qu'elle allait se baigner ;

---

3. **auf/schlagen (u/a)** : 1) intrans. : (tennis) *faire le service* ; (prix) *augmenter* ; 2) trans. : *ouvrir* (un livre) ; (ici) *lever les yeux.*

4. **Lippen** : chez F.W., l'individu a une physionomie physique et psychique cohérente. Jack l'Éventreur reconnaîtra dans la rue la beauté du corps tout entier de Lulu simplement en voyant sa bouche.

5. **Baden** : chez F.W., la natation est, comme la danse, une expression d'élasticité.

aber gleich war es ihr auch aufgegangen wie ein Nordlicht. Sie hatte kaum einen Schritt weiter können. Sie erzählte es mir, als wir am Abend allein waren; im ganzen Körper hätte sie gefühlt, wie ihr das Blut hinauf und hinunter wallte[1]. Als sie zum Abendbrot heim kam, hatte sie sich nur über das Wasser im Bach beklagt[2]; es sei so lau und trocken gewesen. Dabei war es elf Grad.

Es wurde ihr furchtbar schwer, sich nichts merken[3] zu lassen; aber ihm war es mit ihr nicht besser gegangen. Am nächsten Mittag kam er schon und kaufte Zigarren. Klara und ich standen oben am Fenster. Es war ein wahrer Herkules; seine Brust war so voll und gewölbt, man hätte mit einem Steinwagen darüberfahren können; die Knie[4] drückte er durch; wir hörten seinen Schritt drüben vom Rathaus zurückhallen[5]; Schnurrbart hatte er noch nicht, er war erst dreiundzwanzig Jahre alt; um so besser sah man den breiten vollen Mund, nicht viel Lippen, aber Ausdruck darin. Als er durch das untere Tor ging, bückte er sich unwillkürlich; von hinten war es, als sähe man seine Arme durch die Rockärmel durch. Den Hut trug er hinten auf dem Kopf; das war das einzig Nachlässige an ihm; darunter glänzte sein weißer Nacken. Sein Kopf war gedrungen[6], aber elegant und beweglich; er trug ihn nicht starr zur Erde wie ein Stier, sondern hoch und stolz wie ein Löwe.

---

1. **wallen**: cf. n. 3, p. 74. L'image est la même que chez T.M. lorsqu'il décrit dans *L'Armoire* (p. 71) la sensation d'Albrecht face à l'apparition. Cf. Préface, p. 17.

2. **sich beklagen über** (+ acc.): plainte générale sans destinataire précis; **sich bei jm. über etw.** (= acc.) **beschweren**: insiste sur le destinataire.

3. **sich** (= dat.) **etw. merken lassen**: *manifester, laisser transparaître* (joie, peine, colère...); avec **nicht**: *dissimuler ses sentiments.*

4. **die Knie durch/drücken**: littéralement *appuyer le genou en marchant.* Expr. très pop. Rudolf est ridicule, et a très franchement tous les traits du bellâtre.

ce fut aussitôt pour elle comme le lever d'une aurore boréale. Elle avait été presque incapable de faire un pas. Elle me le raconta le soir, quand nous fûmes seules; elle avait senti le sang bouillonner dans tout son corps. À son retour, pour le dîner, elle s'était seulement plainte de l'eau du ruisseau : il était tiède et presque à sec. En réalité, l'eau n'avait que onze degrés.

Elle eut un mal fou à ne rien laisser paraître ; mais pour lui, vis-à-vis d'elle, cela n'avait pas été plus facile. Dès le lendemain midi, il vint acheter des cigares. Clara et moi, nous nous tenions en haut, à la fenêtre. C'était un véritable Hercule ; sa poitrine était si pleine et si bombée qu'on aurait pu passer dessus avec un tombereau de cailloux ; il tendait bien le jarret ; nous entendîmes son pas résonner depuis l'hôtel de ville ; il n'avait pas encore de moustache, car il n'avait que vingt-trois ans ; on n'en voyait que mieux sa bouche pleine et large, avec des lèvres minces mais expressives. Quand il passa la Porte Basse, il se courba sans le vouloir ; de derrière, on avait l'impression de voir ses bras à travers ses manches. Il portait son chapeau en arrière : son seul trait négligé ; et dessous ressortait la blancheur éclatante de sa nuque. Sa tête était massive, mais élégante et mobile ; il ne la tenait pas fixement dirigée vers le sol, comme un taureau, mais haute et fière comme un lion.

---

5. **zurück/hallen :** *résonner*. Même racine que *halle* en français.
6. **gedrungen :** *massif, râblé,* (nez) *épaté* ; part. passé de **dringen (a/u) :** *forcer, pousser*, au sens devenu indépendant.

Er hatte eben seinen Militärdienst gemacht, ich glaube, die Offiziersschule[1], er war bei der Artillerie; und nun war er als Kommis in der Eisenhandlung neben dem unteren Tor eingetreten. — Ich bebte vor bangem Entzücken[2], als ich Klara so völlig selbstvergessen und schweratmend neben mir stehen sah. Ich war noch durchaus Kind, aber ich darf wohl sagen, als sie sich vierzehn Tage darauf[3] heimlich verlobten, da habe ich mich gewiß mindestens ebensosehr darüber gefreut, wie sie selber.

Sie trafen sich am Postschalter, er schrieb eine Postkarte, sie wollte auch eine schreiben, er gab ihr die Feder, dann hatten sie sich verlobt. Geredet hatten sie kaum ein Wort. Er hatte sich auf die Lippen gebissen und ihr in die Seele hinuntergesehen; sie hatte es ebenso mit ihm gemacht, womöglich noch leidenschaftlicher, und dann war alles im klaren und abgemacht, so fest wie der Himmel über der Erde gebaut ist. Sie kam nach Hause, kniete am Sofa nieder[4], heulte und schrie vor Glück und schlug mit den Füßen auf die Dielen.

Öffentlich verloben konnten sie sich noch nicht. Es ging nicht, weil er erst Kommis war; aber er hatte Aussicht, sich als Kommanditär in der Eisenhandlung zu beteiligen[5]. Sein Vater war ein sehr reicher Müller, und Klara bekam ja auch Geld mit[6]; aber sie mußten wenigstens noch ein Jahr warten.

---

1. **Offiziersschule** : les officiers de réserve étaient à l'époque très prisés pour leur proximité avec les officiers de carrière qui, eux, appartenaient aux cercles aristocratiques. Cette prétention des officiers de réserve était l'objet de nombreuses caricatures, en particulier dans le *Simplicissimus*, journal auquel collaborait F.W. Cf. Préface, p. 10.

2. **vor bangem Entzücken** : **bang** est souvent employé comme adj. pour préciser un état psychique. Ex. : **von banger Sorge erfüllt** : *rempli d'angoisse*. **Entzücken**, n. : v. substantivé : *le ravissement*.

3. ***dar-auf** : **auf** traduit ici la succession comme dans : **Schlag auf Schlag** : *promptement* (m. à m. : *coup sur coup* ; à un coup adverse succède immédiatement une réponse).

Il venait de faire son service militaire, l'école d'officiers je crois, et il était dans l'artillerie ; désormais, il travaillait comme commis dans une quincaillerie, proche de la Porte Basse. Je tremblais d'une crainte mêlée de joie en voyant Clara qui, à mes côtés, perdait la tête et respirait avec peine. J'étais encore une enfant, mais je peux assurément dire que, lorsque quinze jours plus tard ils se fiancèrent secrètement, je m'en suis réjouie au moins autant qu'elle.

Ils se rencontrèrent au bureau de poste : il écrivait une carte postale, elle voulait en écrire une aussi ; il lui donna sa plume et ils se fiancèrent. Ils avaient à peine prononcé une parole. Il s'était mordu les lèvres et l'avait regardée jusqu'au fond de l'âme ; elle avait fait de même, d'une manière encore plus passionnée si c'est possible ; ainsi tout était réglé et convenu, aussi certainement que le ciel tient au-dessus de la terre. Elle rentra à la maison, se laissa tomber devant le canapé, poussa des hurlements et des cris de bonheur, trépigna sur le plancher.

Ils ne pouvaient pas encore se fiancer publiquement. C'était exclu parce qu'il n'était encore que commis ; mais il avait l'espoir de devenir commanditaire de la quincaillerie. Son père était un très riche minotier, et Clara de son côté avait une belle dot ; mais ils devaient attendre au moins une année.

---

4. **nieder/knien,** intrans. : de **Knie,** n. : *genou,* = *s'agenouiller*, (ici) *s'asseoir.* Le bonheur est si intense, que les jambes de Clara, symbole de son élasticité, ne la soutiennent plus.

5. **sich beteiligen an** + dat. : *participer à.* Ce v. s'emploie dans un contexte économique plus volontiers que **teil/nehmen an** + dat.

6. **bekam Geld mit** : la particule **mit** permet de comprendre qu'il s'agit d'une dot ; cf. ***Mit-gift,** f. : *la dot* ; de **mit/geben (a/e).**

Und nun gingen wir jeden Abend, wenn[1] die Eisenhandlung geschlossen wurde, zusammen hinaus in den Wald, Klara und ich, nach dem Römerstein. Sie mußte mich mitnehmen, weil ihr sonst andere Mädchen nachgelaufen[2] wären, um zu sehen, wohin sie ging. Und da küßten sie sich dann eine Stunde lang, bis zum Abendessen. Ich saß immer daneben; Klara hatte mir befohlen, sie nie einen Augenblick mit ihm allein zu lassen, und ich glaube, er war ihr aufrichtig dankbar dafür; wenigstens verstand er sie; sie wollten sich ihr Lebensglück ungefährdet[3] bewahren. Aber für mich war es keine Kleinigkeit, Abend für Abend mit anzusehen, wie sie beide rot im Gesicht wurden und zu zittern begannen und[4] eine Stunde lang kein Wort sprachen und dabei so ernst und unheilvoll aussahen wie die Wolken, aus denen der Blitz durch den Himmel fährt[5]. Rudolf, wenn er sich einmal umwandte, sah immer freundlich zu mir herüber. Ich hatte mein deutsches Lesebuch[6] mitgenommen, aber manchmal schwirrten mir die Buchstaben durcheinander. Wenn ich dann zu Klara aufsah, trocknete sie sich die Tränen aus den Augen. — Oft, wenn wir heimgingen, hatte ich tiefes Mitleid mit ihr, aber ich war so andächtig, ich wagte nichts zu sagen. So ging es ein volles Jahr, bei Sonnenschein, bei Regen und im Schnee. Im Winter zerriß mir einmal der Rock, als ich von der Bank aufstand; ich war angefroren, während neben mir, über Rudolf und Klara, der Reif von den Zweigen taute.

---

1. **wenn**: exemple de répétition dans le passé avec **wenn**. Un événement unique serait marqué par **als**.
2. **nach/laufen (ie/a)**: **nach** exprime ici la direction *vers qqch.* comme : **nach/reisen, nach/reiten...** ; dans **nach/prüfen** : *vérifier,* **nach** est temporel.
3. ***un-gefähr-det**: vient de **Gefahr,** f. : *danger*; **gefährden**: *mettre en danger.*
4. **und**: remarquer la suite de **und** qui rompt l'expression habituelle de l'énumération, avec des virgules et un **und** pour lier le dernier terme. La narratrice est en désarroi.

Alors chaque soir, lorsque la quincaillerie était fermée, nous allions ensemble dans la forêt, Clara et moi, derrière la ruine romaine. Elle devait m'emmener, parce que sinon, d'autres filles l'auraient suivie pour savoir où elle allait. Et là, ils s'embrassaient une heure durant, jusqu'au dîner. Je restais toujours assise auprès d'eux ; Clara m'avait ordonné de ne jamais la laisser seule avec lui, pas un seul instant, et je crois qu'il lui en était sincèrement reconnaissant ; du moins, il la comprenait ; ils ne voulaient pas mettre en péril le bonheur de leur vie. Mais pour moi ce n'était pas une petite affaire de les voir, soir après soir, rougir et trembler, rester une heure sans une parole avec des airs si graves et si inquiétants, comme des nuages d'où sort l'éclair qui traverse le ciel. Quand il se tournait vers moi, Rudolf me regardait toujours d'un air gentil. J'emportais avec moi mon livre de lectures allemandes, mais par moments les lettres me dansaient devant les yeux. Quand je levais les yeux sur Clara, je la voyais sécher des larmes... Souvent, lorsque nous rentrions, j'avais une profonde compassion pour elle, mais j'étais si recueillie que je n'osais rien dire. Ainsi passa toute une année, au soleil, à la pluie et à la neige. Un jour d'hiver, je déchirai ma jupe en me relevant du banc : elle était gelée, alors que près de moi, au-dessus de Rudolf et Clara, le givre fondait sur les rameaux.

---

5. **fahren (u/a) :** ne marque pas seulement les voyages en véhicule. **Ein Gedanke *fährt* mich durch den Kopf :** *une pensée me traverse l'esprit.*

6. **deutsches Lesebuch :** F.W. égratigne le savoir scolaire en désaccord complet avec les choses de la vie. Comme Moritz, qui finalement se suicidera, dans *L'Éveil du printemps*, la narratrice se réfugie à ce moment dans le savoir scolaire. Comme celles de Moritz, ses tentatives sont vaines, et les lettres lui dansent devant les yeux.

Als der nächste Sommer zu Ende ging, im September ungefähr, reiste Rudolf dann auf[1] einen Tag nach Hause und machte alles mit seinem Vater ab. In sechs Monaten wollte ihm sein Vater das Geld geben, daß er als Teilhaber ins Geschäft treten könne. Das wäre also im Februar gewesen; dann dürfe er Klara heiraten und eine Reise mit ihr nach Italien machen. Sofort wurden Karten verschickt, ganz Lenzburg gratulierte, und Klara fand ein wenig Zerstreuung dabei. Es erschien ihr das alles so komisch, daß sie manchmal ebenso fröhlich und munter wurde, wie es andere Mädchen in der Brautzeit[2] sind. Aber nun kam er jeden Abend zu uns ins Haus. Der Vater saß im Wirtshaus, und ich machte meine Schulaufgaben. Sie gaben sich alle Mühe, nicht mehr so aufgeregt zu sein; über das Küssen waren sie hinaus, es war doch nicht mehr das gleiche[3] wie zu Anfang; sie waren gescheiter geworden, und die Hochzeit rückte ja mit jedem Tage näher. Sie verschlangen sich nur schon gegenseitig mit den Augen; ich sehe sie noch einander stumm gegenübersitzen, sie im Sofa und er auf dem Taburett[4] ohne Lehne, aufrecht, regungslos, wie auf Kohlen. Manchmal sah ich von meinem Platz aus unter den Tisch, weil ich erst gar nicht daran glauben konnte, daß das Wetter so ruhig geworden, aber auch da war nichts. Ich erzählte, um ihnen die Zeit zu vertreiben, von dem, was ich gerade las, bis ich merkte, daß mir niemand zuhörte. Da schwieg ich auch und schrieb meinen Aufsatz[5]. Es war totenstill. Man hörte nur die Lampe und meine Feder und das Atmen.

---

1. **auf einen Tag**: **auf** dans ce sens est syn. de **für**.

2. ***Braut-zeit**: période qui s'étend entre les fiançailles et le mariage lui-même; **Braut,** f.: *la mariée* (seulement le jour du mariage); **Bräutigam,** m.: *le marié*; ***Braut-zug,** m.: *le cortège nuptial.*

3. **gleich**: comme **selb-, gleich** se traduit en français par *même.* Mais ils désignent deux rapports d'identité différents: **gleich** = *semblable*; **selb-** = *identique.*

Quand l'été suivant se termina, Rudolf rentra un jour chez lui, disons en septembre, pour tout régler avec son père. Dans un délai de six mois, il allait lui donner l'argent qui lui permettrait d'acquérir une partie du commerce. Cela aurait donc été fait en février; ensuite, il pourrait épouser Clara et faire avec elle un voyage en Italie. Aussitôt, des faire-part furent envoyés; tout Lenzburg les félicita, et Clara y trouva un peu de distraction. Tout cela lui paraissait si comique qu'elle en devenait aussi joyeuse et gaie qu'une fiancée normale. Mais maintenant, Rudolf venait chaque soir à la maison. Le père était à l'auberge et moi je faisais mes devoirs. Ils s'efforçaient de modérer leur trouble; ils avaient dépassé le stade des baisers, ce n'était vraiment plus comme au début; ils étaient devenus plus réfléchis, et le mariage approchait à grands pas. Leurs yeux leur suffisaient à se dévorer; je les vois encore, l'un en face de l'autre, elle sur le sofa, lui sur un petit siège sans dossier: muets, bien droits, sans mouvement, sur des charbons ardents. Parfois, de ma place, je regardais sous la table, car je ne pouvais croire que l'atmosphère soit devenue si calme, mais là non plus on ne voyait rien. Pour leur faire passer le temps, je racontais ce que j'étais en train de lire, jusqu'à ce que je remarque que personne ne m'écoutait. Alors je me taisais et j'écrivais ma rédaction. Il régnait un silence de mort. On entendait seulement la lampe, ma plume et les respirations.

---

4. **Taburett,** n.: *tabouret.* Vieilli, usité seulement en Suisse, syn. **Hocker,** m.

5. **schwieg... auch... schrieb... Aufsatz**: allitération, effet de style assez rare chez F.W. Bien qu'il renonce au dialecte employé systématiquement dans le théâtre naturaliste de Gerhard Hauptmann, F.W. reste un partisan du langage courant et s'oppose par là au drame classique. La querelle des Anciens et des Modernes prend en Allemagne un aspect linguistique et dure pendant tout le XIXe siècle.

... am ersten Dezember[1] bekam Klara einen furchtbaren Anfall. Es war gleich nach Tisch. Die Sinne vergingen ihr, ihr Gesicht und ihre Hände wurden blau, wie mit Tinte übergossen, von Atmen merkte man nichts mehr und ihr Herz klopfte so, daß man es, trotzdem[2] sie so stark war, durch das Kleid durchsah. Den ganzen Vormittag hatte sie gefürchtet, an ihrem Hochzeitstage werde Krieg ausbrechen, weil Rudolf dann hätte mit der Artillerie reiten[3] müssen. Ich knöpfte ihr die Taille auf und öffnete ihr das Korsett, aber es half nichts. Als der Doktor[4] kam, hatten wir sie schon zu Bette gebracht. Er sagte, sie habe einen schweren Herzfehler[5]. Er gab ihr etwas, daß sie wieder zu sich kam. Ihr erstes Wort war, als sie die Augen öffnete: »Leonie, o Leonie, ich muß sterben!«

Am Abend kam der Doktor wieder; Rudolf und ich standen an ihrem Bett; er wußte, daß Klara und Rudolf verlobt waren. Als er fortging, sagte er mir, unter keinen Umständen dürfe[6] ich Rudolf wieder zu ihr hinauflassen; es rege sie zu sehr auf, er habe es gesehen; der ganze Anfall rühre überhaupt nur von der entsetzlichen Aufregung her[7], in der sie sich befinde; wenn ich ihn nochmal vor ihr Bett lasse, so könne es ihr Tod sein[8]. Dasselbe sagte er dem Vater unten vor dem Laden. Ich wurde beauftragt, es Rudolf mitzuteilen. Natürlich ging ich am anderen Tag nicht zur Schule.

---

1. **Dezember**: ici se clôt le cycle naturel. L'histoire va bientôt se terminer. (Cf. Préface, p. 18.)

2. **trotzdem**: emploi irrégulier de **trotzdem** comme conjonction de subordination, mais toléré; **trotzdem** est habituellement un adv. qui équivaut à **dennoch**. Ici on attendrait plutôt **obwohl**.

3. **reiten (i/i)**: *se déplacer à cheval.* Le français ne précise pas le mode de locomotion.

4. **Doktor**: terme familier pour **Arzt**; s'emploie en général plutôt pour le grade universitaire.

5. ***Herz-fehler,** m.: **Fehler**: 1) *faute*; 2) (ici) *défaut* (moral, de fabrication).

... Le 1er décembre Clara eut une terrible crise. Ce fut juste après le repas. Ses sens l'abandonnèrent, son visage et ses mains devinrent bleus, comme couverts d'encre, on ne percevait plus son souffle et son cœur battait tellement fort qu'on le voyait soulever sa robe — bien que Clara eût été si forte. Toute la matinée elle avait craint que la guerre n'éclatât le jour de son mariage, parce que Rudolf aurait dû partir avec l'artillerie. J'ouvris son vêtement à la taille et délaçai son corset, mais rien n'y fit. Quand le docteur arriva, nous l'avions déjà mise au lit. Il dit qu'elle avait une grave faiblesse cardiaque. Il lui donna quelque chose qui la fit revenir à elle. Ses premières paroles, quand elle ouvrit les yeux, furent : « Léonie, oh, Léonie, je dois mourir ! »

Le soir, le docteur revint ; Rudolf et moi, nous nous tenions auprès du lit ; le docteur savait que Rudolf et Clara étaient fiancés. Quand il s'en alla, il me dit que sous aucun prétexte je ne devais à nouveau laisser Rudolf monter chez elle ; elle se troublait trop, il l'avait vu ; toute cette crise venait uniquement de l'émotion terrible où elle était ; si je le laissais venir encore une fois auprès de son lit, ce pourrait être fatal. Il répéta la même chose à notre père, en bas devant le magasin. Je fus chargée d'en faire part à Rudolf. Naturellement, je n'allai pas à l'école le jour suivant.

---

6. **dürfe ich** : comme les verbes suivants (**rege, habe, rühre, befinde, lasse, könne**), on trouve ici un subj. 1, dépendant de **sagte er mir** ; c'est du style indirect.

7. **von etw. her/rühren** : *provenir de* (causal).

8. **so könne es ihr Tod sein** : littéralement *ce pouvait (= pourrait) être sa mort.*

Die alte Lisbeth war fort, seit Klara aus dem Welschland[1] zurückgekommen und in der Wirtschaft mithelfen konnte. Seitdem hatte ich das Bett, in dem die Lisbeth geschlafen, seit die Mutter tot war. In der ersten Nacht stand ich jede Stunde auf und legte Klara frische Eisumschläge[2] auf ihr Herz. Am anderen Tag, als es nicht besser werden wollte[3], nahmen wir eine Krankenpflegerin an, die den Tag über dablieb und auch in der Wirtschaft mithalf, damit[4] ich die Schule nicht zu versäumen brauchte. Rudolf war wie in Stein verwandelt, als ich ihm sagte, daß er nicht zu ihr dürfe; er entgegnete keine Silbe; mir war, als hätte er mich gar nicht verstanden. Früh am[5] Morgen, am Mittag und am Abend kam er dann in den Laden und fragte, wie es ginge. Es ging nicht gut. Klara hatte die ganze Nacht hindurch Atemnot und schlief keine Minute. Immer erst am Vormittag kam ihr für ein paar Stunden der Schlummer. Schmerzen hatte sie nicht, aber sobald sie das Bett verließ, wurde ihr schwindlig. Dabei sah sie nicht anders aus, als gewöhnlich, eher noch besser; ihre großen, feuchten Augen glänzten so feurig[6], und ihre Züge hatten etwas so Gewaltiges; eigentlich war sie herrlich anzuschauen. Natürlich sprach sie immer von ihm; sie bat mich unter Tränen, ihn doch heraufzuholen. Ich sagte ihr, es ginge nicht; bald würde ihr besser werden, und dann könnten sie ja gleich heiraten.

---

1. ***Welsch-land :** désigne ici la Suisse francophone, et plus largement, en all., l'Italie, la France, l'Espagne. Même racine que les mots *Gaule* et *Galles* en français. Le motif de ce séjour reste assez curieusement inconnu. Il semble que le seul fait que Clara ait été soumise à l'influence de la latinité suffise (cf. Préface, p. 12 et pp. 20-21).

2. ***Eis-umschläge :** de **Eis,** n. : *la glace,* et **Umschlag,** m. : tout ce qui enveloppe ; *enveloppe* (poste) ; dans le même domaine qu'ici, **Breiumschlag :** *cataplasme.*

3. **... wollte :** n'a pas ici le sens de *vouloir*, mais signale que l'événement attendu ne se produit pas.

4. **damit :** est quasiment toujours suivi d'un indicatif, à la différence du français.

La vieille Lisbeth était partie depuis que Clara n'était plus en Suisse romande et pouvait aider à la maison. Depuis, j'avais le lit dans lequel Lisbeth avait dormi après la mort de notre mère. La première nuit, je me levai toutes les heures et disposai des compresses de glace sur la poitrine de Clara, sur son cœur. Le jour suivant, comme cela n'allait pas mieux, nous prîmes une infirmière qui restait là toute la journée et qui pouvait également aider à la maison, afin que je ne sois pas obligée de trop manquer l'école. Rudolf sembla pétrifié quand je lui dis qu'il ne devait pas retourner auprès d'elle ; il ne prononça pas une syllabe ; j'eus le sentiment qu'il ne m'avait pas comprise du tout. Tôt le matin, à midi, le soir, il venait au magasin et demandait comment elle allait. Cela n'allait pas bien. Toute la nuit, Clara avait de la peine à respirer, et ne fermait pas l'œil une seule minute. Ce n'est que dans la matinée qu'elle pouvait enfin sommeiller quelques heures. Elle ne souffrait pas, mais aussitôt qu'elle se levait, le vertige la prenait. À part cela, rien de changé, elle paraissait plutôt mieux que d'habitude ; ses grands yeux humides brillaient d'un tel feu, et ses traits avaient quelque chose de si imposant : elle était vraiment splendide à voir. Naturellement, elle parlait sans cesse de lui ; les larmes aux yeux, elle me supplia d'aller le chercher, malgré tout. Je lui dis que ce n'était pas possible ; bientôt elle irait mieux et ils pourraient se marier aussitôt.

---

5. **am...** + dat. : exprime la date précise ; ex. : **am Samstag, dem...**, mais aussi la répétition, comme ici.

6. **feuchte Augen... feurig** : Clara est, en approchant de sa mort, un mélange de deux principes, l'eau et le feu. L'eau est progressivement repoussée par le feu. Les yeux flamboyants sont le signe de la lucidité extrême. Ils sont mis en valeur par le développement inverse du cycle des saisons dans les récits : ils brillent en fin d'année (en automne, ici en hiver), ou de nuit, comme les yeux de Léonie au début du récit.

Aber sie sah hinauf an den weißen Plafond, als wisse sie ganz genau, daß es nicht sein werde. Dabei hörten wir Rudolfs Schritt[1] von der Straße herauf. Jede Nacht bis um elf, zwölf Uhr[2] ging er ums Haus herum. Ich fühlte, wie wenn mir etwas die Kehle zuschnürte. Am liebsten wäre ich am Bette niedergesunken und hätte selber mit meiner Schwester gejammert. Aber ich sagte mir, du darfst dir nichts merken lassen, damit sie nicht gänzlich[3] den Mut verliert, und würgte es hinunter.

In der folgenden Nacht hatte ich im Traum eine Unterredung mit Rudolf. Ich sah ihn vor mir auf den Knien liegen, die Hände zu mir erhoben, in denen er, nach unten gekehrt, ein Messer hielt, mit dem er sich umbringen wollte. Ich sagte nur immer: »Nein, nein, nein, nein, nein!« und freute mich noch, ihn so quälen zu können. Auf einmal war alles Blut. Ich erwachte darüber[4] und hörte Klara mit sich selber sprechen: »Barmherziger Gott, erbarme dich mein[5]!« stammelte sie. »Erbarme dich mein! Womit habe ich das verdient. O Rudolf, Rudolf!«

Ich stand auf und gab ihr ein Pulver[6]. Dann stellte ich mich im Nachthemd an den Ofen und ließ mir, um sie zu beruhigen, alles Mögliche[7] von ihr über ihn erzählen, was er ihr aus seinem Militärdienst und der Offiziersschule erzählt hatte.

---

1. **Schritt**: c'est l'un des ressorts de la tension dramatique et du comique wedekindien. Dans *L'Éveil du printemps*, Wendla, qui mourra d'un avortement, effraie sa mère en lui décrivant un géant déambulant dans la rue.

2. **zwölf Uhr**: cette heure, fin absolue de la journée, correspond au mois de décembre dans le cycle des saisons.

3. **gänzlich**: équivaut à peu près à **ganz**, mais en général seulement sous forme d'adv. (**ganz** est aussi adj.) et associé à une négation comme ici.

4. **darüber**: 1) = **über dieses** pour satisfaire à la règle de certains verbes construits avec **über** + acc.; 2) (quantitatif) *plus, davantage*; 3) (ici) temporel = *entre-temps, là-dessus.*

Mais elle leva les yeux vers le plafond blanc, comme si elle savait exactement que cela ne serait pas. Et nous entendions le pas de Rudolf en bas dans la rue. Chaque nuit, jusqu'à onze heures, minuit, il tournait autour de la maison. J'avais l'impression qu'on me serrait à la gorge. J'aurais voulu m'effondrer sur le lit et me lamenter avec ma sœur. Mais je me disais : tu ne dois rien laisser paraître, pour qu'elle ne perde pas tout à fait courage, et je ravalais mes sanglots.

La nuit suivante, j'eus en rêve une conversation avec Rudolf. Je le vis à genoux devant moi, les mains levées vers moi, tenant pointe en bas un couteau avec lequel il voulait se tuer. Je ne faisais que répéter : « Non ! non ! non ! non ! non !... », et en plus je me réjouissais de pouvoir le tourmenter ainsi. Soudain, il y eut du sang partout. Là-dessus, je me réveillai et entendis Clara qui se parlait à elle-même : « Dieu de miséricorde, aie pitié de moi ! », bégayait-elle. « Aie pitié de moi ! Qu'ai-je fait pour mériter cela ? Oh, Rudolf, Rudolf ! »

Je me levai et lui donnai un médicament. Puis je me plaçai près du poêle, en chemise de nuit, et, pour la calmer, je lui fis raconter sur lui toute sorte de choses, tout ce qu'il lui avait raconté sur son service militaire, son école d'officiers.

---

5. **sich erbarmen** + gén. : ici le complément est **mein**, car c'est une formule consacrée et le pr. pers. **meiner** est très peu usité ; **erbarmen** vient d'un ancien v. ***ab/arm-en** : littéralement : *faire sortir de la pauvreté* ; cf. l'adj. ***barm-herzig** (ci-dessus **Barmherziger Gott !**) signifiant littéralement *qui a du cœur envers les pauvres.*

6. **ein Pulver**, n. : il s'agit donc d'une *poudre.*

7. **alles Mögliche** : expression lexicalisée, litt. : *tout ce qui est possible* (ss-ent. : *de s'imaginer*) = *toute sorte de choses, tout et n'importe quoi.*

Am nächsten Morgen hatten wir zuerst Rechenstunde[1]. Die Aufgaben hatte ich gemacht, aber als ich vorn an der Tafel rechnen sollte, da wußte ich nicht einmal, wieviel zweimal vierzig ist. Die anderen Mädchen fragten mich in der Freiviertelstunde[2], was mit mir sei. Ich sah sie im Springseil ums Schulhaus herumlaufen, wie wenn es Gespenster gewesen wären, und mußte immer an Rudolf und Klara denken. Mit Marie Hemmann, meiner Freundin, ging ich Arm in Arm nach Hause. Sie war taktvoll genug, mich nicht zu fragen[3], warum ich kein Wort sprach, und als wir Rudolf vor unserem Haus trafen, ließ sie mich gleich mit ihm allein.

Es war, wie wenn man an einen Eichbaum die Axt angelegt hat, so zitterte er, als er vor mir stand. Er griff sich an die Brust und sagte, da fühle er es, wie das Mädchen da oben leiden müsse, und wenn ihr etwas den Tod bringen könne, so sei es die Verordnung, die der Doktor getroffen; er möchte den Unmensch[4] totschlagen für seine mörderische Wissenschaft. — Ich sagte, er solle es dem Doktor selber sagen, ich verstände ihn wohl, aber ich könne ihm ja doch nicht helfen. Da nahm er meine Hand in die seinige und preßte sie, daß es mir weh tat, und mit der anderen streichelte er mir die Haare: » Nein «, sagte er, » du kannst mich nicht verstehen, du bist ja noch Schulmädchen. Aber helfen kannst du mir. Dein Vater geht ja doch jeden Abend ins Wirtshaus, dann bist du mit Klara allein, und dann... «

***Rechen-stunde :** de **rechnen :** *compter* et **Stunde,** f. : *heure.* Composition difficile car le mot **Rechen,** m., existe, mais désigne un *râteau.* En fait le **n** de ***rech-nen** appartient à un suffixe verbal. ***rech-nen** produit donc 1) des dérivés du v. avec un **n : Rech-nung** = *addition* ; **Rech-ner,** m. = *ordinateur* ; 2) des compositions sans **n : Rechen-fehler,** m. = *erreur de calcul.*

2. ***Frei-viertel-stunde** = *récréation,* de **frei** = *libre* et **Viertelstunde,** f. : *quart d'heure.* On peut écrire les fractions et les substantifs regroupés lorsqu'ils forment une notion.

Le lendemain matin, nous avions d'abord une leçon de calcul. J'avais fait mes devoirs, mais quand je dus aller au tableau pour faire des calculs, je ne savais même plus combien font deux fois quarante. À la récréation, les autres filles me demandèrent ce que j'avais. Je les voyais courir avec leur corde à sauter autour du bâtiment de l'école, mais j'avais l'impression de fantômes : je n'arrêtais pas de penser à Rudolf et Clara. Je rentrai à la maison, bras dessus bras dessous avec Marie Hemmann, mon amie. Elle eut le tact de ne pas demander pourquoi je restais muette, et quand nous rencontrâmes Rudolf devant la maison, elle me laissa tout de suite seule avec lui.

C'était comme si l'on avait attaqué un chêne à la cognée, tant il tremblait, là, devant moi. Il mit ses mains sur sa poitrine, et dit qu'il sentait combien la jeune fille, là-haut, devait souffrir, et que si quelque chose pouvait la tuer, c'était la prescription du médecin ; il voulait tuer cet être inhumain, pour lui faire payer sa science meurtrière. ... Je répondis qu'il lui fallait s'adresser au docteur lui-même ; je le comprenais mais je ne pouvais l'aider. Alors il prit ma main dans la sienne et la serra au point de me faire mal, tandis que de l'autre il me caressait les cheveux. « Non, me dit-il, tu ne peux me comprendre, tu n'es encore qu'une écolière. Mais tu peux m'aider. Tu sais que ton père va chaque soir à l'auberge ; à ce moment-là tu es seule avec Clara et alors...

---

3. **mich nicht zu fragen** : la subordonnée complétive en all. se traduit souvent par une subordonnée finale en français, introduite par *pour* ; **um** serait ici possible ; l'allemand littéraire le supprime volontiers pour alléger la phrase.

4. **Unmensch** : la forme correcte (à l'acc.) serait ici **Unmenschen**, mais F.W. choisit ici un effet de style oral, de langage parlé ; *id.* p. 116, n. 3.

»O Gott«, sagte ich, »ich kann nicht! Ich kann nicht!« und riß mich los von ihm und lief ins Haus. Ich konnte nicht zu Klara hinauf. Ich saß in der Küche und weinte und weinte, bis die Suppe auf dem Tische stand.

Gegen Abend kam der Doktor und machte ein sehr bedenkliches[1] Gesicht, obschon wir gar nichts merken konnten, daß es schlimmer ging. Aber er hatte Klara den Puls gefühlt und eine halbe Stunde lang das Herz abgeklopft. »Nur keine Aufregung! Um Gottes willen keine Aufregung!« sagte er. — Nach dem Nachtessen[2] war ich dann wieder mit ihr allein, und sie sagte mir ganz dasselbe, mit denselben Worten, was mir Rudolf gesagt hatte. Es war gerade so, als wenn sie sich miteinander verabredet hätten. Sie schalt[3] mich lieblos; ich sei nicht ihre Schwester. Dabei schluchzte sie, daß das Kopfkissen durch und durch naß wurde. Ich solle ihn holen, er sei ja unten; sie wolle ja gerne sterben, sie wisse es ja, daß sie verloren sei, aber ich müsse sie mit ihm allein lassen. — Sie hielt die Ellbogen aufgestützt, und der Schmerz erschütterte ihr alle Glieder. Ich glaubte schon[4], es werde nicht mehr aufhören. Erst als seine Schritte in der Straße verhallten, wurde sie ruhiger[5]. Mitten in der Nacht erwachte ich dann plötzlich von einem Jammergeschrei, das ich in meinem Leben nicht vergessen werde. Ich sprang auf und gab ihr Wasser zu trinken. Sie trank die ganze Flasche aus. Sie habe geträumt, sagte sie. Am Morgen, während ich mich wusch und ankleidete, erzählte sie mir dann, was ihr geträumt hatte[6]. — Es ist fürchterlich.

---

1. **bedenklich**: 1) *inquiétant*; 2) (ici) *inquiet, préoccupé.*
2. ***Nacht-essen,** n.: allemand du Sud = **Abendessen.**
3. **schelten (a/o)**: *traiter de* = **nennen (a/a)**, mais en général avec une connotation péjorative; cf. l'autre sens du mot, syn. alors de **schimpfen**: **über/auf jdn schelten**: *critiquer, fulminer contre qqn.*
4. **schon**: traduit en français par *bien*. En effet, **schon** n'est pas ici un adv. de temps *(= déjà)*, mais une particule qui décrit un état d'émotion du locuteur (= **Füllwort**).

— Oh mon Dieu, dis-je, je ne peux pas, je ne peux pas ! » Je m'arrachai à son étreinte et je courus dans la maison. Je ne pus monter chez Clara. Je m'assis dans la cuisine et je pleurai, pleurai, jusqu'au moment où la soupe fut sur la table.

Vers le soir, le docteur vint ; il avait un visage très soucieux, bien que nous n'ayons remarqué aucune aggravation. Mais il avait pris le pouls de Clara et écouté son cœur une bonne demi-heure. « Surtout pas d'émotion ! Pour l'amour de Dieu, pas d'émotion ! » disait-il. ... Après le dîner je me retrouvai seule avec elle, et elle me dit exactement ce que m'avait dit Rudolf, dans les mêmes termes. On aurait juré qu'ils s'étaient concertés. Elle me dit que je n'avais pas de cœur, que je n'étais pas sa sœur. Puis elle éclata en sanglots, au point de tremper complètement son oreiller. Je devais aller le chercher, il était en bas ; elle voulait bien mourir ; elle le savait, qu'elle était perdue, mais je devais la laisser seule avec lui. ... Elle se dressait sur ses coudes, et la douleur faisait trembler tous ses membres. Je crus bien que cela ne finirait jamais. Elle se calma seulement quand les pas de Rudolf résonnèrent en bas dans la rue. En pleine nuit, un cri de détresse me réveilla soudain, un cri que je n'oublierai jamais. Je bondis pour lui donner à boire. Elle but toute la bouteille d'eau. Elle avait rêvé, dit-elle. Le matin, tandis que je me lavais et m'habillais, elle me raconta son rêve... C'est terrifiant.

---

5. **werden** + comparatif de supériorité est une construction de l'allemand pour marquer une progression dans un état. Autre ex. : **Der Läufer wird langsamer** : *le coureur ralentit.*

6. **was ihr geträumt hatte** : il est intéressant de noter cette construction verbale impersonnelle, équivalant à ... *le rêve qui lui était venu*, car la tournure en all. souligne l'aspect involontaire du rêve.

Sobald sie die Augen schließe, erzählte sie, sähe sie einen alten Mann. Das erstemal sei er gekommen, als sie in ihrem Anfall ohne Besinnung war. Er habe eine Glatze[1] bis auf[2] die Ohren hinunter und große, abstehende, blätterförmige Ohren, dazu einen kurzgeschorenen, grauen Bart und eine ganz kleine, winzige Nase. Um die Brust sei er wie ein Kind, und seine dünnen Beinkleider seien vorn durchgestoßen vor den Knien. Er komme immer im Zylinder[3] und schwarzen Frack und taste mit einem Krückstock vor sich her. Im Gesicht habe er etwas so Abscheuliches, daß einem das Blut friere. Er habe sich ihr gleich als ihr Bräutigam vorgestellt; in vierzehn Tagen werde er Hochzeit mit ihr machen. Jedesmal küsse er sie; sie stemme sich mit ihren Knien und Ellbogen gegen ihn, aber er halte ihren Kopf so fest zwischen seinen Händen, daß sie seinen Kuß dulden müsse. Und in der letzten Nacht, da hätte er sie mitnehmen wollen. Rudolf hätte sie beschützt, aber der Alte habe ihm eins mit seinem Krückstock über die Augen gezogen[4]. Dann habe er sich über sie gebeugt. Sie habe ganz genau gewußt, daß sie zu Bett[5] liege. Immer näher habe sie seine schielenden, rotumränderten Augen über sich gesehen, und sein gelbes Gesicht mit den braunen Leberflecken; und da, gerade als sie seine dürre Hand unter ihrem Nacken gespürt, da habe sie aufschreien können. —— »O Rudolf[6] «, jammerte sie mit gefalteten Händen, »ich sehe dich nicht mehr wieder, ich sehe dich nicht mehr wieder! «

---

1. **Glatze,** f. : même racine que **glatt** = *lisse*.

2. **bis auf** + acc. = tournure qui signifie souvent *sauf, à l'exception de* ; mais ici, complétée par **hinunter**, elle a un sens propre : la calvitie *descend jusqu'à* la racine des oreilles.

3. **Zylinder** : une célèbre photo représente F.W. jouant lui-même l'Homme Masqué qui emmène Melchior à la fin de *L'Éveil du printemps*. Il porte redingote et haut-de-forme, avec, de plus, un masque. Ici également, comme on le voit à la phrase suivante, le visage du vieillard se révèle d'abord impossible à décrire. Le visage de Rudolf va aussi disparaître. Un rapport surprenant apparaît donc entre *Le Vieux Prétendant* et *La Vaccination*, où le mari trompé ne peut voir la

Dès qu'elle ferme les yeux, raconta-t-elle, elle voit un vieil homme. C'est durant sa crise, quand elle s'est évanouie, qu'il est venu pour la première fois. Il est chauve jusqu'aux oreilles, il a de grandes oreilles décollées, en feuilles de chou ; il a une barbe courte et grise, et aussi un nez tout petit, minuscule. Son torse est celui d'un enfant et ses pantalons tout minces sont comme troués par ses genoux. Il vient toujours en haut-de-forme et frac noir, et marche en tâtant le sol avec sa béquille. Son visage a quelque chose de si horrible qu'il glace le sang. Il s'est tout de suite présenté à elle comme son fiancé ; dans les quinze jours il l'épousera. Chaque fois, il l'embrasse ; elle s'arc-boute contre lui avec les genoux et les coudes, mais il lui tient si fort la tête entre ses mains qu'elle doit subir son baiser. Et la nuit dernière, il a voulu l'emmener. Rudolf avait cherché à la protéger, mais le vieux, de sa béquille, lui avait flanqué une rossée. Ensuite, il s'était penché sur elle. Elle avait parfaitement conscience d'être couchée au lit. Elle voyait ses yeux rougis et bigles s'approcher toujours plus près, et son faciès jaune, parsemé de taches de son ; et c'est seulement quand elle a senti sa main sèche sur son cou qu'elle a pu crier... « Oh Rudolf », se lamentait-elle, les mains jointes, « je ne te verrai plus, je ne te reverrai plus ! »

---

tête de sa femme. Chez F.W. en général, il y a une liaison directe entre un psychisme immature et cette disparition de la figure. Notons toutefois que la réapparition de la figure, quelques lignes plus bas, est signe de mort.

4. **eins über die Augen ziehen** : expression très populaire = *rosser qqn* = **eins auf die Birne geben.**

5. **zu Bett** : **zu** comme préposition locale sans mouvement ne s'emploie plus que dans des expressions comme celle-ci. Le sens dynamique **zu Bett gehen** *aller au lit* est plus courant aujourd'hui.

6. **...« O Rudolf »** : les tirets **(Gedankenstrich)** équivalent en français aux points de suspension. Ils indiquent un instant de silence. Il faut du reste noter que cette exclamation n'est pas le cri poussé dans son rêve par Clara. Cf. aussi la fin du récit, p. 128.

Als ich hinunterkam, stand Rudolf beim Vater im Laden, mit gesenktem Kopf, aber so männlich, so jugendlich, mit so seelenvollem Ausdruck, wie ich ihn nie gesehen. Er wollte mir nach[1], aber ich lief, was ich konnte, zur Schule.

Während der ersten zwei Stunden war mir ganz wirr[2]. Ich hatte nur immer das alte Ungeheuer[3] vor Augen, wie es sich über meine Schwester zu Hause niederbeugt. Dann hatten wir deutschen Aufsatz, da kamen mir nach und nach die Gedanken. Der Lehrer war selber ein alter Mann, aber gutherzig; jede Stunde lasen wir ihm alle fünfzehn der Reihe nach den gleichen Aufsatz vor, an dem er bei jeder etwas anderes zu loben fand. Das einzige, was er nicht leiden konnte, war, wenn unsere Kleider zu kurz waren, und wenn wir bunte Schleifen im Haar trugen. Dann nannte er uns eitle Fratzen. Marie Hemmann entgegnete ihm einmal, als er sich über ihr Kleid aufhielt[4], sie könne nichts dafür, daß sie so lange Beine habe[5]. Da schlich[6] er hinter sein Pult, klappte den Deckel hinauf und kam während einer Viertelstunde nicht mehr zum Vorschein. —

Es ist der Tod, sagte ich mir; es ist der Tod, der sie holen[7] will. Und dann beschloß ich, gleich nach Schluß der Schule zum Doktor zu gehen und ihn zu fragen, ob es mit Klara wieder besser werden würde oder nicht.

---

1. **mir nach**: dans certains sens de **nach** (+ dat.), la postposition peut être adoptée à condition que le complément porte la marque du cas. Ainsi dans **nach Deutschland**, la postposition est *a priori* impossible puisque **Deutschland** ne porte pas la marque du datif.

2. **wirr**: adj. Sous forme de locution en général complétée: **mir ist (ganz) wirr im Kopf.**

3. **das alte Ungeheuer**: cf. n. 5, p. 34. Cette expression rappelle bien sûr le titre du récit *Der Greise Freier*; on remarque d'autre part que les figures masculines âgées sont multiples: cf. ci-après « le maître » mais aussi « le père » et « le docteur »; voir n. 1, p. 124.

Quand je descendis, Rudolf se tenait auprès de mon père dans le magasin, la tête basse, mais avec une expression si virile, si jeune, si inspirée, comme je ne l'avais jamais vu. Il voulut me suivre, mais je courus aussi vite que je pus, jusqu'à l'école.

Les deux premières heures, je ne parvins pas à m'arracher à mon trouble. J'étais obsédée par la vision du vieux monstre penché sur ma sœur, à la maison. Puis nous eûmes composition allemande, et les idées me revinrent peu à peu. Le maître était lui-même un vieux monsieur, mais il avait bon cœur ; à chaque leçon, les quinze écolières lui lisaient l'une après l'autre presque le même texte, et pour chacune de nous il trouvait un nouveau motif de félicitations. La seule chose qu'il ne pouvait souffrir, c'était que nos jupes soient trop courtes ou que nous portions des rubans de couleur dans les cheveux. Alors il nous traitait de petites prétentieuses. Marie Hemmann, un jour qu'il lui reprochait sa robe trop courte, lui répondit qu'elle n'y pouvait rien si elle avait de longues jambes. Alors il se glissa derrière son pupitre, en souleva le couvercle et ne réapparut pas pendant un quart d'heure...

C'est la mort, me dis-je, c'est la mort qui vient la prendre. Et je décidai d'aller voir le docteur, dès après la classe, pour lui demander si l'état de Clara allait s'améliorer ou non.

---

4. **sich auf/halten** : 1) **bei** : *passer un séjour chez* ; 2) (ici) **über** : *critiquer qqn, reprocher qqch. à qqn* ≠ **sich über etw. unterhalten** : *parler, s'entretenir de qqch.*

5. **... so lange Beine** : ce thème des robes courtes ou longues a déjà été abordé (p. 91) et il est central dans la première scène de *L'Éveil du printemps.*

6. **schleichen (i/i)** : désigne un mouvement rapide, de reptile (sens propre) ; cf. **sich schleichen,** pop. : *se tirer, partir en douce.*

7. **holen** : *aller chercher,* mais aussi *prendre, emporter.* Ex. : **hol dich der Teufel !** : *que le diable t'emporte !*

Es nagte etwas in mir, ich habe das Gefühl seither[1] nicht mehr gehabt, aber ich glaubte jeden Moment, mir würde unwohl vor Schmerz. Ich fühlte nichts anderes, als wenn ich selber an Klaras Stelle gewesen wäre. Ich fühlte ihre heiße Sehnsucht nach Rudolf und ihr Grauen vor dem Alten. Du bist ein grausamer Teufel ohne Gefühl und Herz, sagte ich mir; Klara ist so furchtbar aufgeregt, weil sie ihn nicht sieht, es kann sie unmöglich[2] mehr aufregen, wenn er zu ihr kommt, und wahrscheinlich wird es sie doch nur beruhigen. Und wenn sie sterben müßte, wenn sie wirklich sterben müßte und könnte nicht einmal Abschied von ihm nehmen! — Und dann sagt ich mir[3], daß der Alte kein Recht auf sie hat, daß nur Rudolf allein das Recht hat, sie zu küssen. Der Alte, sagt ich mir, ist der Tod, und Rudolf ist das Leben. Wenn Rudolf bei ihr ist, dann wird der Alte sich nicht heranwagen. Und wenn der Alte sie doch bekommen soll, dann macht es ja doch nichts, ob sie sich vorher noch einmal an Rudolfs stattlichem Anblick gefreut hat oder nicht.

Um zwölf Uhr, als die Schule aus war, lief ich zum Doktor; den Schulsack[4] hatte ich in der Schule gelassen; ich muß ganz vergeistert ausgesehen haben. Er zog mich an sich und sagte, er habe ja längst gewußt, daß sie nicht zu retten gewesen wäre; seine Hilfe sei völlig nutzlos bei ihr gewesen, und ich sollte doch nicht weinen, sie sei ja jetzt oben beim lieben Gott.[5] — Da stürzten mir die Tränen aus den Augen;

---

1. **seither**: adv. de temps. Ne peut être qu'adv., à la différence de **seitdem**, qui peut être aussi conjonction de subordination.

2. **unmöglich**: l'allemand courant exprime volontiers l'impossibilité par la formule **unmöglich** + verbe. Ex.: **So eine Panzertür kriegt man unmöglich auf!**: *Une porte blindée comme ça, on ne l'ouvre pas!*

3. **sagt ich**: allemand courant, le e du prétérit se prononce à peine. F.W. veut donner l'impression d'un récit oral, cf. p. 108, n. 4. La forme écrite est **sagte**.

Quelque chose me rongeait, un sentiment que je n'ai jamais eu depuis ; j'avais à chaque instant l'impression de me trouver mal, de douleur. Je sentais les choses exactement comme si j'étais à la place de Clara. Je ressentais son brûlant désir de Rudolf et son horreur du vieillard. Tu es un démon sans cœur, me disais-je ; Clara est dans cet état d'excitation parce qu'elle ne le voit pas, ce ne peut être pire s'il vient, et vraisemblablement ça ne pourra que la calmer. Et si elle devait mourir, si elle allait vraiment mourir sans même pouvoir lui dire adieu ! ... Puis je songeai que le vieillard n'avait aucun droit sur elle, que seul Rudolf avait le droit de l'embrasser. Le vieux, me dis-je, c'est la mort, et Rudolf, c'est la vie. Si Rudolf est près d'elle, le vieux ne pourra plus rien. Et si c'est au vieux qu'elle doit malgré tout appartenir, cela ne fait rien qu'elle ait eu la joie de voir son splendide Rudolf ou non, encore une fois.

À midi, après la classe, je courus chez le docteur ; j'avais laissé mon sac à l'école ; je devais avoir l'air un peu fou. Il me prit contre lui et me dit qu'il savait depuis longtemps qu'on ne pourrait pas la sauver ; son aide lui était totalement inutile, mais je ne devais pas pleurer, car ma sœur était dès maintenant dans le ciel auprès du bon Dieu. ... Alors les larmes jaillirent de mes yeux ;

4. **Schulsack,** f. : usité seulement en Suisse, gallicisme. = **Schulranzen, Schultasche.**

5. **...Gott** : ici comme dans *L'Éveil du printemps*, le docteur est un ignorant qui abonde dans le sens de la morale.

ich sagte, ich habe ihn ja nur fragen wollen. Da sagte er, es werde wieder besser werden, aber so trostlos, jetzt wußte ich alles.

Ich fürchtete, das Entsetzliche möchte[1] schon gewesen sein, ohne daß sie Rudolf noch einmal gesehen, und lief nach Hause, fand aber Klara gerade so wie sie immer war, schön wie eine Rose in ihrer vollsten Pracht, nur sprach sie sehr lebhaft. »Laß ihn zu mir, Leonie; laß ihn zu mir herauf«, schluchzte sie, und ich sagte: »Ja, heute abend.« Da schlang sie mir ihre vollen Arme um den Hals und küßte mich ab und drückte mich an ihre Brust[2], als wenn[3] ich selber ihr Rudolf[4] gewesen wäre. Ich mußte dabei an den Doktor denken, was er gesagt, und an das alte Ungeheuer. Ehe sie mich aus ihren Armen ließ, flüsterte sie mir ins Ohr: »Aber du mußt mich mit ihm allein lassen.« Ich sagte »ja«; und dann kam die Krankenwärterin[5] mit der Suppe für Klara und rief mich zum Essen ins Wohnzimmer.

Aber noch während wir bei Tisch saßen, durchfuhr mich plötzlich ein Gedanke wie ein Dolchstich[6]. Gestern schon hatte sie mir gesagt, ich müsse sie mit ihm allein lassen. Obschon ich noch zur Schule ging, wußte ich schon genug von der Welt, um zu begreifen, was sie wollte. Mir wurde heiß und kalt[7]. Nein, sagt ich mir, das darfst du nicht tun. Klara war bis jetzt ein anständiges Mädchen, und wenn sie das tut, dann ist sie es nicht mehr.

---

1. **möchte**: même valeur que p. 84, voir la n. 4.

2. **Brust**: ce n'est pas la première fois qu'un contact érotique est suggéré entre Léonie et Clara. Plus jeunes, elles dormaient ensemble, cf. pp. 88 et 90; de plus, p. 88, Léonie associe explicitement ses conversations au lit, avec sa sœur, et la longue confidence qu'elle est en train de faire à son jeune mari: **gerade so wie wir jetzt sprechen...**

3. **als wenn**: conjonction de subordination un peu moins fréquente que **als ob**, syn.

4. **ich selber ihr Rudolf**: en confirmation d'une sorte « d'équivalence » fantasmatique, voir la note 2 ci-dessus.

je lui dis que j'avais seulement voulu lui poser la question. Il me répondit que cela pouvait encore s'améliorer, mais d'un tel ton désespéré que maintenant je savais tout.

Je craignais que l'irréparable ne soit déjà arrivé avant qu'elle ait revu Rudolf, et je courus à la maison ; mais je trouvai Clara dans son état habituel, belle comme une rose dans toute sa splendeur ; simplement, elle parlait avec une grande vivacité. « Laisse-le venir, Léonie, laisse-le monter auprès de moi », sanglotait-elle, et je répondis : « Oui, ce soir. » Alors elle me mit ses beaux bras autour du cou, m'embrassa, me serra contre sa poitrine comme si j'avais été moi-même son Rudolf. Je ne pus m'empêcher de penser au docteur, à ce qu'il m'avait dit, ainsi qu'au vieux monstre. Avant de détacher ses bras de mon cou, elle me chuchota à l'oreille : « Mais tu dois me laisser seule avec lui. » Je dis : « Oui » ; puis l'infirmière vint avec la soupe de Clara, et m'envoya déjeuner dans la salle à manger.

Mais alors que nous étions encore à table, une pensée me traversa soudain, comme un poignard. Hier déjà, elle m'avait demandé de la laisser seule avec lui. Quoique je fusse encore une écolière, je savais suffisamment de choses pour comprendre ce qu'elle voulait. Je frissonnais, je transpirais. Non, me dis-je, tu ne peux pas faire cela. Jusqu'à présent, Clara était une jeune fille honnête, et si elle fait cela, elle ne le sera plus.

---

5. **die Krankenwärterin** : syn. plus courant aujourd'hui **Krankenschwester,** f.

6. **Dolchstich** : la métaphore du poignard est riche de symboles et rappelle le rêve que Léonie fait de Rudolf.

7. **heiß und kalt** : ce froid et cette chaleur simultanés sont sans doute l'expression de la rencontre des sphères intellectuelle et *physique*, voir Préface pp. 16 à 18.

Und dann dachte ich[1] an den Alten, der sie vergewaltigen wollte. Und dann dachte ich daran, daß sie am Ende sterben mußte, sterben mußte, ohne geliebt zu haben, wie es andere Frauen ihr ganzes Leben lang tun, wenn sie sich verheiraten. Und dann dachte ich, daß der liebe Gott doch furchtbar grausam ist. Wenn ein Mädchen für die Liebe geschaffen[2] war, dann war es doch meine Schwester, das wußte ich ja so gut.

Am Nachmittag um eins hatten wir Konfirmationsunterricht. Vor der Stunde ging ich mit Marie Hemmann im Korridor auf und ab. Die Knaben, die mit uns Unterricht hatten, standen da und gafften uns auf die Füße. Marie trug hohe, gelbe Schnürstiefel, und ich hatte ein Paar nagelneue Halbschuhe[3] an. Sie fragte mich nach meiner Schwester, und es drückte und quälte mich, ihr etwas von alledem, was mir auf der Seele lag[4], zu sagen. Aber nach den ersten Worten merkte ich, daß sie gar nicht begriff, um was es sich handelte. Ich hätte ihr erst alles explizieren[5] müssen, und so schwieg ich lieber. — Während der Stunde[6] erklärte uns der Pfarrer[7], in den die Mädchen alle verliebt waren, wie die Sadduzäer zu Christus kamen und ihn fragten, wenn ein Mann sieben Frauen gehabt, welche Frau er dann im Himmel haben werde, und wie er ihnen geantwortet, daß es im Himmel weder Frauen noch Männer geben werde, sondern daß der Unterschied ganz wegfalle[7]. Da fiel es mir wie eine Zentnerlast vom Herzen:

---

1. **Und dann dachte ich**: est répété trois fois, soulignant l'effet d'un récit oral.

2. **geschaffen**: un des deux participes passés de **schaffen**: 1) **schuf, geschaffen**: *produire, créer, faire*; 2) **schaffte, geschafft**: autre sens de **schaffen** comme: a) *réussir à*; b) *mettre*.

3. **Halbschuhe**: cette évocation des chaussures n'est pas fortuite. Chez F.W., certaines femmes arrivent à marcher pieds nus ou à porter des ballerines. Cette symbolique est liée à celle de la danse. Il est donc suggéré ici que Léonie n'a pas encore atteint ce stade. L'implication érotique de cette image est suggérée déjà dans la phrase précédente par le regard des garçons.

Puis je repensai au vieux, qui voulait la violer. Puis je pensai qu'à la fin elle devrait mourir, mourir sans avoir aimé, comme les autres femmes le font toute leur vie, si elles se marient. Puis je pensai que le bon Dieu est vraiment trop cruel. Si une fille était faite pour l'amour, c'était vraiment ma sœur, je le savais.

À une heure de l'après-midi, nous avions notre préparation de confirmation. Arrivée en avance, j'arpentais le corridor avec Marie Hemmann. Les garçons qui suivaient le cours en même temps que nous restaient à regarder nos pieds d'un air bête. Marie portait de hautes bottines jaunes à lacets, et moi des souliers bas, flambant neufs. Elle m'interrogea sur ma sœur, et cela me fit souffrir, cela me tortura d'essayer de lui dire tout ce que j'avais sur le cœur. Mais après quelques mots, je constatai qu'elle ne comprenait rien de ce dont il s'agissait. J'aurais dû commencer par tout lui expliquer, et je préférai me taire. ... Pendant le cours, le pasteur, dont toutes les filles étaient amoureuses, nous raconta comment les Sadducéens vinrent au Christ pour lui demander qui serait, dans le ciel, l'épouse d'un mari qui se serait marié sept fois sur terre ; et comment le Christ leur avait répondu qu'au ciel il n'y aurait ni hommes ni femmes, que cette différence serait abolie. Cela m'ôta du cœur un immense fardeau :

---

4. **auf der Seele liegen (a/e) :** le verbe **liegen** exprime non seulement la position couchée, mais aussi l'idée de pesanteur, comme ici. Autre ex. : **das Essen liegt mir im Magen :** *le repas m'est resté sur l'estomac.*

5. **explizieren :** langage soutenu = **erklären.** F.W. veut peut-être produire une rupture de style et montrer l'influence de la culture scolaire sur Léonie.

6. **Während der Stunde :** littéralement *l'heure* (durée) ; à comprendre ici comme ***Unterrichts-stunde :** *l'heure du cours* ; ≠ **es ist fünf Uhr** = *il est cinq heures* (sens ponctuel).

7. **der Pfarrer... ganz wegfalle :** sur le sens de ce passage, voir la Préface, p. 21.

Wenn es im Himmel weder Frauen noch Männer gab, dann konnte es nichts ausmachen[1], ob Klara noch einmal mit ihm zusammen war oder nicht. Da war mein Entschluß gefaßt[2]. Und da sagte ich, während der Pfarrer weiter sprach, bei mir im stillen folgendes[3] zum lieben Gott: Wenn du willst, daß ich Rudolf nicht zu ihr hinauflasse, dann laß es bis heute abend besser mit ihr werden. Das kannst du, wenn du willst. Ich werde bis heute abend nicht nach Hause gehen, und wenn es dann nur ein klein wenig besser mit ihr geworden, dann werde ich ihn nicht zu ihr hinauflassen. Aber wenn es nicht besser mit ihr geworden, dann werde ich es tun. Du, lieber Gott, sagte ich, kannst mich ja immer noch daran hindern, wenn du nicht willst, daß es geschieht. Du kannst mir einen Ziegelstein auf den Kopf fallen lassen, oder mich von einem Mörder umbringen lassen. Ich will mein Leben gerne aufs Spiel setzen, so jung ich noch bin. Aber wenn das alles nicht geschieht, dann hast du es nicht anders gewollt, denn du kannst alles, was du willst.

Den ganzen Nachmittag lief ich draußen vor der Stadt zwischen den schneebedeckten Feldern umher. Ich ging auch in den Wald, und als ich zum Römerstein kam, da fürchtete ich wirklich, jeden Augenblick möchte jemand aus dem Gebüsch auf mich losstürzen[4] und mir ein Ende machen. Als es sechs Uhr im Städtchen schlug, kehrte ich heim. Klara lag zu Bett und klagte über Herzklopfen. Er sei wieder dagewesen, der Alte, sagte sie mir. Es sei ein fürchterlicher Kampf gewesen.

---

1. **aus/machen**: 1) *éteindre*; 2) *convenir de* (rendez-vous); 3) *faire* avec plusieurs sens: a) *coûter*. Ex.: **das macht zehn Mark aus.** b) (ici) **das macht nichts aus**: *cela ne fait rien.*

2. **fassen**: également au sens littéral *prendre, saisir.*

3. **folgendes**: ne se substituant pas à un substantif déterminé, **folgendes** ne prend pas de majuscule.

Si dans le ciel il n'y avait plus ni hommes ni femmes, cela ne faisait rien que Clara soit encore une fois avec lui. Ma résolution était prise. Puis, pendant que le pasteur continuait son discours, je me dis en moi-même, à l'intention du bon Dieu : Si tu veux que je ne laisse pas Rudolf monter chez elle, alors, fais en sorte qu'elle aille mieux, d'ici ce soir. Tu le peux, si tu le veux. Jusqu'à ce soir, je ne retournerai pas à la maison, et si je la retrouve seulement un tout petit peu mieux, alors je ne le laisserai pas monter. Mais si elle ne va pas mieux, alors je le ferai. Et toi, mon Dieu, dis-je, tu peux toujours m'en empêcher, si tu ne veux pas que la chose arrive. Tu peux faire que je reçoive une tuile sur la tête, ou que je sois tuée par un assassin. Je veux bien mettre ma vie en jeu, si jeune que je sois. Mais si rien de tout cela n'arrive, alors c'est que tu n'as pas voulu les choses autrement, toi qui peux tout ce que tu veux.

Tout l'après-midi je me promenais dehors, à l'extérieur de la ville, dans les champs couverts de neige. J'allai aussi dans la forêt, je m'approchai de la ruine romaine, et là j'eus vraiment peur : à chaque instant quelqu'un pouvait sortir des taillis, se jeter sur moi et me faire un sort. Quand six heures sonnèrent en ville, je rentrai à la maison. Clara était au lit et se plaignait de palpitations cardiaques. « Il est revenu, le vieux, me dit-elle. Le combat a été terrible.

---

4. **los/stürzen** : dans les œuvres de jeunesse de F.W., la forêt est le lieu du déchaînement de la sensualité (*L'Éveil du printemps*, Acte I, scène 5). La ruine romaine évoque également un mythe politique de F.W., retraçant l'histoire de l'Humanité, où, dans une époque préhistorique, les jeunes filles sont sacrifiées à une divinité solaire du plaisir (non publié, fonds Wedekind de Munich).

Als er gegangen, habe er gesagt, diese Nacht sei Hochzeit, und sie habe gesagt: »Ja, mit Rudolf, mit Rudolf; aber nicht mit dir!«

Um sieben Uhr ging der Vater[1] ins Wirtshaus, und um acht Uhr ging die Krankenwärterin fort. Da schlich ich hinunter, öffnete leise die Haustüre und ließ ihn herein. Als ich hinter ihm die Treppe hinaufging, merkte ich gar nichts Besonderes an ihm. Aber als ich die Tür öffnete und ihn eintreten ließ, da sah ich, wie ihm bei jedem Schritt, den er sich dem Bett näherte, die Kraft aus den Beinen[2] schwand, so daß er, wie wenn er hingeschleudert wäre, gegen die Bettstatt[3] fiel. Ich zog die Türe leise zu und ging in die Küche hinunter, wo nur eine Ligroin[4]-Lampe brannte. Da warf ich mich am Herd in die Knie und flehte zum lieben Gott, er möchte nicht Klara entgelten lassen, was sie jetzt tat; er möge[5] sie nicht dafür strafen, wie es der Doktor gesagt, sondern er möge sich an mir vergreifen, ich wollte ja gerne alles dulden, alle Qualen, damit Klara am Leben bleibe, weil ich ja doch nur die Schuld trüge, wenn sie sich verging.—

Ich hörte es neun Uhr schlagen. Gleich darauf schlug es zehn Uhr. Die Zeit verging mir[6], als wäre es ein Augenblick gewesen. Um halb elf ging ich mit dem Lichte hinauf. Ich wäre um ein Haar eingetreten, aber ich blieb vor der Türe. Ich klopfte leise an und sagte, es sei halb elf. Dann verging eine Viertelstunde, ewig lang.

---

1. **Vater**: récapitulons: il y a trois figures masculines en jeu: le père, le mari, le vieillard, qui est la Mort. Cette tripartition rappelle, comme dans *L'Armoire* de T.M., les trois Parques de Freud (cf. Préface, pp. 13 et 14). Cette structure fondamentale semble inévitable également chez F.W. Comme justement chez Freud, la pathologie de Clara consiste en fait à traverser toutes les étapes du psychisme humain en un temps relativement court.

2. **Beine**: Rudolf perd donc toute élasticité. Il prend l'aspect du vieillard en se rapprochant de Clara.

3. **Bettstatt**, f.: poétique = **Bettgestell**, n.: *montant de lit.*

Au moment de partir, il a dit : cette nuit, c'est le mariage. Elle a répondu : « Oui, avec Rudolf, avec Rudolf ; mais pas avec toi ! »

À sept heures, notre père se rendit à l'auberge, et à huit heures l'infirmière partit. Alors je me glissai en bas, j'ouvris doucement la porte de la maison et je le laissai entrer. En montant l'escalier à sa suite, je ne remarquai chez lui rien de particulier. Mais quand j'ouvris la porte pour le faire entrer, je vis qu'à chaque pas en direction du lit, ses jambes faiblissaient, si bien qu'il buta contre le bord, comme si on l'avait poussé en avant. Je tirai doucement la porte et descendis dans la cuisine où brûlait seulement une lampe à ligroïne. Là je me jetai à genoux près du feu et j'implorai le bon Dieu qu'il veuille bien ne pas punir Clara de ce qu'elle était en train de faire ; qu'il ne la punisse pas, malgré ce qu'avait dit le docteur ; mais qu'il se retourne contre moi, j'étais prête à tout supporter, tous les tourments, pour que Clara reste en vie, parce que, si elle agissait mal, j'en porterais seule la faute...

J'entendis sonner neuf heures. Juste après, ce fut dix heures. Pour moi, le temps passait en un clin d'œil. À dix heures et demie, je montai avec la lampe. Pour un peu, je serais entrée, mais je restai devant la porte. Je frappai doucement et dis qu'il était dix heures et demie. Ensuite un quart d'heure passa... une éternité.

---

4. **Ligroin,** n. : *ligroïne, éther de pétrole.*

5. **er möge :** expr. de la prière dans le style indirect ; subj. 1, qui est plus impératif que **er möchte**, subj. 2, de la ligne précédente.

6. **Die Zeit verging mir, als... gewesen :** la communion de Léonie avec Clara et Rudolf est marquée par une *rétraction* du temps subjectif par rapport au temps réel. À la fin de la page au contraire, Léonie, face à la porte fermée de la chambre, reprend conscience de la distance qui la sépare des deux amoureux, et éprouve une *dilatation* du temps subjectif **(ewig lang).**

Ich hielt den Atem an; ich fürchtete etwas vor dem Hause zu hören, aber ich hörte nur Küsse und Seufzer von innen. Dann klopfte ich wieder. Gleich darauf trat Rudolf heraus, in seinen Mantel gehüllt, den Hut tief in der Stirn[1]. Ich leuchtete ihm hinunter. Im Gang unten drückte er mir, ohne ein Wort zu sagen, die Hand. Dann ließ ich ihn hinaus.

Ich war darauf gespannt[2], wie ich Klara finden würde. Es war, als läge milder Abendsonnenschein über ihr, und sie war so hoffnungsselig[3], wie ich sie, soweit ich zurückdenken konnte, nie gesehen. Von Sterben[4] kein Wort. Sie sprach nur von ihrer Hochzeit, und daß sie dann zusammen nach Italien reisen würden. Morgen werde sie wieder aufstehen können, und dann kam sie auf einmal auf die frühesten Zeiten zu sprechen[5], wie wir als Kinder miteinander gespielt und sie mich manchmal so malträtiert hatte. Da lachte sie, daß ich vor Freude wieder weinen mußte an ihrem Bett.

Sie konnte sich lange nicht beruhigen. Schließlich schlief sie doch ein. Am Morgen, als ich aufstand, lag sie ganz ruhig, und ich dachte, ich wollte sie nicht stören. Sie lag tief in den Kissen, und ich ging auf den Zehen[6] und kam ihrem Bett nicht nahe und schlich leise zur Türe hinaus. Unten sagte ich, daß sie schliefe.

---

1. **...Stirn** : le manteau et le chapeau sont les attributs de Jack l'Éventeur lorsqu'il assassine Lulu. Inversement, le personnage qui ramène à la vie Melchior, le personnage principal de *L'Éveil du printemps*, est aussi un Homme Masqué. La fin du présent récit se veut également très ouverte : de Rudolf, on ne voit plus le visage, on n'entend plus la voix. Comme l'indiquait déjà la transformation de ses jambes, il prend ici une autre signification qu'avant. Rudolf a pour habitude de porter son chapeau « **hinten auf dem Kopf** » (p. 94) et non comme ici. La nouvelle position de son chapeau dans cette nuit décisive indique un changement, voire une ambivalence du personnage.

2. **darauf gespannt** : allemand courant = *être curieux de savoir si* ; **spannen** : *tendre*, ss-ent. **wie ein Flitzebogen** : *comme un arc*.

Je retenais mon souffle ; je crus entendre un bruit devant la maison, mais je n'entendais que des baisers et des soupirs à l'intérieur. Ensuite je frappai de nouveau. Aussitôt après, Rudolf sortit, enveloppé dans son manteau, le chapeau enfoncé sur le front. Je l'éclairai jusqu'en bas. Dans le corridor il me serra la main sans dire un mot. Puis je le fis sortir.

J'étais impatiente de savoir comment j'allais trouver Clara. On aurait dit, sur elle, la douceur d'un coucher de soleil ; elle respirait l'espoir, et aussi loin que remontent mes souvenirs, je ne l'avais jamais vue ainsi. De la mort, il ne fut pas question. Elle ne parla que de son mariage, disant qu'après, ils iraient tous les deux en Italie. Demain elle se lèverait à nouveau ; et ensuite, brusquement, elle se mit à parler des temps anciens : comment, petites filles, nous jouions ensemble et comment, parfois, elle m'avait tellement maltraitée. Puis elle riait de telle sorte que moi, de joie, je ne pouvais m'empêcher de pleurer, appuyée contre son lit.

Longtemps elle ne parvint pas à se calmer. À la fin, pourtant, elle s'endormit. Le matin, quand je me levai, elle était toute tranquille, et je pensai qu'il ne fallait pas la déranger. Elle était profondément enfoncée dans ses oreillers. Je marchai sur la pointe des pieds sans m'approcher de son lit, et je me glissai sans bruit jusqu'à la porte. En bas, je dis qu'elle dormait.

---

3. ***hoffnung-s-selig** : inusité ; de **Hoffnung**, m. : *espoir* et **selig** : *heureux*.

4. **sterben (a/o)** : il s'agit du verbe, ici substantivé, signifiant *trépasser*, (le fait de) *mourir* ; à distinguer de **tot sein** : *être mort*, et du substantif **Tod**, m. : *la mort* (cf. p. 102, n. 8).

5. **auf etw.** (acc.) **zu sprechen kommen** : *en venir à un sujet*.

6. **Zehe, f.** : *orteil*.

Aber kaum war ich in der Schule, da kam die Krankenwärterin angerannt[1] und holte mich zurück. Als ich ins Zimmer trat, standen der Vater und der Doktor an ihrem Bett. Sie war tot. «

——— Es war mäuschenstill in dem großen Hotel. Der neugebackene[2] Ehemann hatte den Erinnerungen seines jungen Weibchens mit sehr geteilten Empfindungen gelauscht. Dann aber sagte er sich, daß ein Wesen, welches mit fünfzehn Jahren schon imstande war, mit seinem Gefühlsleben so ganz und gar in demjenigen seiner Umgebung aufzugehen, es als erwachsene Frau noch bei weitem mehr sein werde. Und er pries[3] sich glücklich, einen solchen Schatz von ruhiger Überlegung, von Selbstlosigkeit und warmer Hingebung an seiner Seite zu haben.

---

1. ***an-gerannt**: le participe passé est pratiquement la seule forme de ce verbe, toujours combinée avec **kommen**.

2. **— — — Es war...**: sur cet effet de ponctuation, voir la n. 6, p. 112.

3. ***neu-gebacken: de backen, backte, gebacken.** 1) sens propre : *frais* (pain) ; 2) sens fig. : *jeune* (au sens de nouveau), *frais émoulu, nouveau.*

Mais à peine étais-je à l'école que l'infirmière arriva en courant pour me ramener à la maison. Quand j'entrai dans la chambre, je vis notre père et le docteur debout devant son lit. Elle était morte. »

... Dans le grand hôtel, on aurait entendu voler une mouche. Le jeune époux venait d'écouter les souvenirs de sa femme avec des sentiments très partagés. Mais il finit par se dire qu'un être qui, à quinze ans, est à ce point capable de se sacrifier pour autrui, doit l'être encore davantage une fois devenu adulte. Et il se félicita d'avoir à ses côtés ce trésor de calme intelligence, d'oubli de soi, et de généreux abandon.

L'idée d'un mari novice et inexpérimenté est ici présente. Les louanges excessives de Léonie par son mari en apparaissent d'autant plus grinçantes.

4. **preisen (le/le) :** 1) *vanter* ; 2) (ici) *estimer*.

THOMAS MANN

Der Wille zum Glück[1]

La Volonté de bonheur

Der alte Hofmann hatte sein Geld als Plantagenbesitzer in Südamerika verdient. Er hatte dort eine Eingeborene[2] aus gutem Hause geheiratet und war bald darauf mit ihr nach Norddeutschland, seiner Heimat, gezogen. Sie lebten in meiner Vaterstadt, wo auch seine übrige Familie[3] zu Hause war. Paolo wurde hier geboren.

Die Eltern habe ich übrigens nicht näher[4] gekannt. Jedenfalls war Paolo das Ebenbild[5] seiner Mutter. Als ich ihn zum ersten Male sah, das heißt, als unsere Väter uns zum ersten Male zur Schule brachten, war er ein mageres Bürschchen mit gelblicher Gesichtsfarbe. Ich sehe ihn noch. Er trug sein schwarzes Haar[6] damals in langen Locken, die wirr auf den Kragen seines Matrosenanzuges[7] niederfielen und sein schmales Gesichtchen umrahmten[8].

---

1. Texte paru en août 1896 dans *Simplicissimus*, cf. Préface p. 10.

2. **Eingeborene** : m. à m. *l'indigène, l'autochtone* ; T.M. lui-même avait une mère brésilienne.

3. **übrige Familie** : et plus loins **die übrige... Jugend** (paragraphe suivant) noter cette expr. **übrige** : *le reste de* ; **im übrigen** = *au reste* ; **übrig sein** = *rester, être de plus* (diff. de **bleiben (ie/ie** = *rester, ne pas partir*).

4. **näher** : comparatif de supériorité de **nah** : *proche, près.* Autre ex. de sens fig. : **in näher Beziehung mit jm stehen** : *être en relation étroite avec qqn.*

5. **Ebenbild,** n. : le narrateur insiste sur cette ressemblance, qui justifiera les traits « orientaux » de Paolo, cf. Préface, pp. 11-12.

6. **schwarzes Haar** : le teint jaune et les cheveux noirs sont également les caractéristiques d'Albrecht van der Qualen dans *L'Armoire* (p. 50). Cf. Préface, p. 20.

Le vieux Hofmann avait gagné sa vie comme propriétaire d'une plantation en Amérique du Sud. Il y avait épousé une femme de là-bas, d'une bonne famille, et peu de temps après était reparti avec elle en Allemagne du Nord, sa patrie. Ils vivaient dans ma ville natale, où le reste de sa famille avait également élu domicile. C'est là que Paolo naquit.

Je ne connaissais d'ailleurs pas ses parents plus que cela. En tout cas, Paolo était un portrait criant de sa mère. Lorsque je le vis la première fois, c'est-à-dire lorsque nos pères nous amenèrent à l'école pour la première fois, c'était un gamin maigrichon au teint jaunâtre. Je l'ai encore devant les yeux. Il avait alors de longs cheveux noirs bouclés qui retombaient en désordre sur son costume marin et encadraient son petit visage étroit.

---

7. **Matrosenanzug,** m. : les jeunes garçons de l'époque portaient effectivement des costumes de matelot, ainsi Tadzio, dans *La Mort à Venise* (même collection, p. 99). Mais cela confère dans le contexte une touche supplémentaire d'exotisme à Paolo

8. ***um-rahmen :** *encadrer* ; **Rahmen,** m. : *le cadre.*

Da wir es beide zu Hause sehr gut gehabt hatten, so waren wir mit der neuen Umgebung, der kahlen Schulstube und besonders mit dem rotbärtigen, schäbigen[1] Menschen, der uns durchaus das Abc lehren wollte, nichts weniger als einverstanden. Ich hielt meinen Vater, als er sich entfernen wollte, weinend am Rocke fest, während Paolo sich gänzlich passiv verhielt. Er lehnte regungslos an der Wand, kniff die schmalen Lippen zusammen und blickte aus großen, tränenerfüllten Augen auf die übrige hoffnungsvolle Jugend, die sich gegenseitig in die Seiten stieß und gefühllos grinste.

In dieser Weise von Larven umgeben, fühlten wir uns von vornherein zueinander hingezogen und waren froh, als der rotbärtige Pädagoge uns nebeneinander sitzen ließ. Wir hielten uns fortan zusammen, legten gemeinschaftlich den Grund[2] zu unserer Bildung und trieben täglich Tauschhandel mit unserem Butterbrot[3].

Er war übrigens schon[4] damals kränklich, wie ich mich erinnere. Er mußte dann und wann[5] längere Zeit die Schule versäumen, und wenn er wiederkam, zeigten seine Schläfen und Wangen noch deutlicher als gewöhnlich das blaßblaue Geäder[6], das man gerade bei zarten brünetten Menschen häufig bemerken kann. Er hat das immer behalten. Es war das erste, was mir hier bei unserem Wiedersehen in München auffiel und auch nachher in Rom.

---

1. **schäbig** : *miséreux, pouilleux*, vient de **schaben** : *râper*, cf. (pour un animal) **abgeschabtes Fell** : *pelage râpé.*

2. **den Grund legen** = expression, un peu vieillie, qui donne le subst. **Grundlage,** f. : *la base, le fondement.*

3. **Butterbrot,** n. : ce texte est, à son début, riche de détails sur l'univers de la jeunesse allemande. Encore aujourd'hui, à l'école, on doit apporter de la maison ses tartines ; et l'usage du « troc » s'est maintenu...

4. **schon** : la place de **schon** suit la même règle que celle de **auch**. Il se rapporte au mot qui le suit.

Comme tous les deux nous avions été très bien traités chez nous, nous étions peu en accord avec notre nouvel environnement, une salle de classe aux murs nus, et surtout avec le minable personnage à barbe rousse qui prétendait nous enseigner l'alphabet. Je m'accrochai en pleurant à la veste de mon père lorsqu'il voulut partir, tandis que Paolo était entièrement passif. Il s'appuyait au mur, pinçait ses lèvres minces, et, de ses grands yeux pleins de larmes, il regardait les autres, cette jeunesse prometteuse qui se donnait des coups de coudes et ricanait sans pitié.

Entourés de la sorte par ces larves, nous nous sentîmes d'emblée attirés l'un vers l'autre et nous réjouîmes lorsque le pédagogue à barbe rousse nous fit asseoir l'un à côté de l'autre. Dès lors, nous fûmes solidaires, nous assurâmes ensemble les bases de notre culture, et nous nous livrâmes chaque jour au troc de nos tartines beurrées.

D'ailleurs à l'époque déjà il était maladif, autant que je m'en souvienne. De temps en temps il était obligé de manquer l'école pour une période assez longue, et lorsqu'il revenait, ses tempes et ses joues montraient encore plus nettement que d'habitude ce réseau de veines bleu pâle que l'on remarque souvent chez les bruns de nature fragile. Il a toujours gardé ce trait caractéristique. C'est ce qui attira mon attention quand nous nous revîmes à Munich, puis plus tard à Rome.

---

5. **dann und wann** : expr. figée, syn. **ab und zu, von Zeit zu Zeit** ; **wann** est par ailleurs le pronom interrogatif temporel *quand...* ?, à distinguer de la conjonction de subordination **wenn** : a) *quand, lorsque* ; b) *si, au cas où*.

6. **das blaßblaue Geäder...** : cette caractéristique de maint personnage chez T.M. désigne les êtres marqués par l'art, et le plus souvent voués à la mort ; ainsi par ex. Mme Klöterjahn, dans la nouvelle *Tristan* (voir p. 142, la note 1, dans la même collection bilingue) ou Thomas Buddenbrook, dans le premier grand roman de T.M.

Unsere Kameradschaft dauerte während all der Schuljahre ungefähr aus demselben Grunde fort, aus welchem sie entstanden. Es war das »Pathos der Distanz[1]« dem größten Teile unserer Mitschüler gegenüber, das jeder kennt, der mit fünfzehn Jahren heimlich Heine liest und in Tertia[2] das Urteil über Welt und Menschen entschlossen fällt.

Wir hatten — ich glaube, wir waren sechzehn Jahre alt — auch zusammen Tanzstunde[3] und erlebten infolgedessen gemeinsam unsere erste Liebe.

Das kleine Mädchen, das es ihm angetan[4], ein blondes, fröhliches Geschöpf, verehrte er mit einer schwermütigen Glut, die für sein Alter bemerkenswert war und mir manchmal direkt unheimlich erschien.

Ich erinnere mich besonders *einer* Tanzgesellschaft. Das Mädchen brachte einem anderen kurz nacheinander zwei Kotillonorden und ihm keinen. Ich beobachtete ihn mit Angst. Er stand neben mir an die Wand gelehnt, starrte regungslos auf seine Lackschuhe und sank plötzlich ohnmächtig[5] zusammen. Man brachte ihn nach Hause, und er lag acht Tage krank. Es erwies sich damals — ich glaube, bei dieser Gelegenheit —, daß sein Herz nicht das gesündeste sei[6].

Schon vor dieser Zeit hatte er begonnen zu zeichnen, wobei er starkes Talent entwickelte. Ich bewahre ein Blatt, das die mit Kohlestift hingeworfenen Züge jenes Mädchens recht ähnlich zur Schau trägt, nebst[7] der Unterschrift: »Du bist wie eine Blume! — Paolo Hofmann fecit.«

---

1. **Pathos der Distanz**: l'expr. vient de Nietzsche *(Au-delà du Bien et du Mal*, § 257 ; cf. Préface p. 19).

2. **Tertia**: vieilli, désigne la cinquième année d'études secondaires.

3. **Tanzstunde**: cours de danse pratiqué encore aujourd'hui par beaucoup de jeunes Allemands.

4. **das es ihm angetan hatte** (sous-entendu): cf. aussi sens négatif **jm etwas/antun**: *s'en prendre à qqn.*

Notre camaraderie dura tout le temps de notre scolarité, à peu près pour la même raison qu'elle était née. C'était le « pathétique de la distance » observée face à la plupart de nos condisciples, et connue de tous ceux qui à quinze ans lisent Heine en cachette et ont, en seconde, assez d'aplomb pour émettre un jugement sur Dieu et les hommes.

Nous avions, je crois, seize ans ; nous fréquentions le même cours de danse et par conséquent nous vécûmes ensemble notre premier amour.

La fillette qui l'avait fasciné, une créature blonde et gaie, il l'adorait avec une ardeur mélancolique qui était remarquable pour son âge et qui me semblait parfois nettement inquiétante.

Je me rappelle en particulier *une* matinée dansante. La jeune fille accorda deux fois de suite un cotillon à un autre, et aucun à lui. Je l'observais avec angoisse. Il était à côté de moi, appuyé au mur, à regarder fixement ses souliers vernis et il s'écroula soudain, évanoui. On le porta chez lui et il resta alité huit jours. Je crois que c'est à cette occasion que l'on découvrit que son cœur n'était pas des plus vaillants.

Déjà auparavant, il avait commencé à dessiner, activité où il déployait un puissant talent. J'ai conservé un fusain représentant très fidèlement les traits de cette jeune fille, avec l'inscription au-dessous : « Tu es pareille à une fleur ! — Paolo Hofmann fecit. »

---

5. **ohnmächtig** : cet évanouissement en public n'est pas sans rappeler la mort de l'avocat Jacoby dans *Luischen* ; l'avocat lui aussi regarde le sol (p. 249). Artiste, Paolo va un peu plus loin dans la découverte de l'univers.

6. **sein Herz... nicht das gesündeste sei** : sur le thème du cœur, cf. Préface, pp. 15-17.

7. **nebst** + dat. = *avec, en compagnie de, accompagné de*, un peu plus relevé que **mit**.

Ich weiß nicht genau, wann es war, aber wir waren schon in den höheren Klassen, als seine Eltern die Stadt verließen, um sich in Karlsruhe[1] niederzulassen, wo der alte Hofmann Verbindungen hatte. Paolo sollte die Schule nicht wechseln und ward[2] zu einem alten Professor[3] in Pension gegeben.

Indessen blieb die Lage auch so nicht lange. Vielleicht war das Folgende nicht gerade die Veranlassung dazu, daß Paolo eines Tages den Eltern nach Karlsruhe nachfolgte, aber jedenfalls trug es dazu bei.

In einer Religionsstunde nämlich schritt plötzlich der betreffende[4] Oberlehrer[5] mit einem lähmenden Blick auf ihn zu und zog unter dem Alten Testament, das vor Paolo lag, ein Blatt hervor, auf welchem eine bis auf den linken Fuß vollendete, sehr weibliche Gestalt sich ohne jedes Schamgefühl den Blicken darbot.

Also Paolo ging nach Karlsruhe, und dann und wann wechselten wir Postkarten, ein Verkehr, der nach und nach gänzlich einschlief.

Nach unserer Trennung waren ungefähr fünf Jahre vergangen, als ich ihn in München[6] wiedertraf. Ich ging an einem schönen Frühlingsvormittag die Amalienstraße hinunter und sah jemanden die Freitreppe der Akademie herabsteigen, der von weitem beinahe den Eindruck eines italienischen Modells machte. Als ich näher kam, war er es wahrhaftig.

---

1. **Karlsruhe** : au long de cette histoire, Paolo effectue un mouvement vers le Sud, depuis cette ville du Nord dont nous n'apprenons pas le nom, vers Munich et Rome. Ce n'est qu'à la fin du récit qu'il remontera vers le Nord ; cf. Préface, p. 12.

2. **ward** : vx, équivaut à **wurde**.

3. **Professor,** m. : ce terme est réservé aujourd'hui à un professeur d'université. Ce grade universitaire, ainsi que celui de docteur, sont en Allemagne de véritables titres dont l'usage est protégé par la loi.

4.. **der betreffende Oberlehrer** : littéralement : *le professeur en question*, cf. **was mich betrifft** = *en ce qui me concerne.*

Je ne sais plus exactement l'époque, mais nous étions déjà dans les grandes classes lorsque ses parents quittèrent la ville pour s'installer à Karlsruhe, où le vieux Hofmann avait des attaches. Mais Paolo ne devait pas changer d'école et fut mis en pension chez un vieux professeur.

Cependant cela ne dura pas longtemps. Un jour, Paolo rejoignit ses parents à Karlsruhe; ce qui va suivre n'en a peut-être pas été la cause, mais y a sans doute contribué.

En effet, pendant un cours d'instruction religieuse, le professeur fonça brusquement sur lui en le foudroyant du regard et tira de dessous l'Ancien Testament posé devant Paolo une feuille sur laquelle un être des plus féminins, à qui il ne manquait que le pied gauche, s'offrait sans aucune pudeur aux regards.

Paolo partit donc pour Karlsruhe, et de temps à autre nous échangions des cartes postales, correspondance qui finit par s'épuiser totalement.

Cinq années environ s'étaient écoulées après notre séparation lorsque je le retrouvai à Munich. Un beau matin de printemps, tandis que je me promenais sur l'Amalienstraße, je vis quelqu'un descendre le perron de l'Académie, quelqu'un qui de loin avait presque l'allure d'un modèle italien. En m'approchant, je vis que c'était bien lui.

---

5. **Oberlehrer,** m.: un grade d'ancienneté. Le système de concours français a toujours été inconnu en Allemagne. **Lehrer** est un terme réservé aux professeurs du secondaire. Cf. note 3.

6. **in München:** T.M. lui-même était venu s'installer à Munich en 1894.

Mittelgroß, schmal, den Hut[1] auf dem dichten schwarzen Haar zurückgesetzt, mit gelblichem, von blauen Äderchen durchzogenem Teint, elegant, aber nachlässig gekleidet — an der Weste waren zum Beispiel ein paar Knöpfe nicht geschlossen —, den kurzen Schnurrbart leicht aufgewirbelt, so kam er mit seinem wiegenden, indolenten Schritt auf mich zu.

Wir erkannten uns ungefähr gleichzeitig, und die Begrüßung war sehr herzlich. Er schien mir, während wir uns vorm Café Minerva wechselseitig über den Verlauf der letzten Jahre ausfragten, in gehobener[2], beinahe exaltierter Stimmung zu sein. Seine Augen leuchteten[3], und seine Bewegungen[4] waren groß und weit. Dabei sah er schlecht aus, wirklich krank. Ich habe jetzt freilich leicht reden[5]; aber es fiel mir tatsächlich auf, und ich sagte es ihm sogar geradezu.

»So, noch immer?« fragte er. »Ja, ich glaube es wohl. Ich bin viel krank gewesen. Noch im letzten Jahre lange sogar schwerkrank. Es sitzt[6] hier.«

Er deutete mit der linken Hand auf seine Brust.

»Das Herz. Es ist von jeher dasselbe gewesen. — In letzter Zeit fühle ich mich aber sehr gut, ganz ausgezeichnet. Ich kann sagen, daß ich ganz gesund bin. Übrigens mit meinen dreiundzwanzig Jahren — es wäre ja auch traurig...«

Seine Laune war wirklich gut. Er erzählte heiter und lebendig von seinem Leben seit unserer Trennung.

---

1. **Hut,** m. : cette description correspond en grande partie à celle de Rudolf dans *Le Vieux Prétendant* de F.W. (p. 94). Toutefois, Paolo est ici la victime et possède tous les traits du malade, en particulier les veinules bleues. Cf. T.M., *Tristan*, même collection, p. 142.

2. **gehoben** : 1) (langue) *soutenu* ; 2) (position sociale) *élevé* ; 3) (humeur) *gai, enjoué*. Vient de **heben (o/o)** : *lever*.

3. **seine Augen leuchteten** : Paolo a bien le regard de feu d'Albrecht van der Qualen (p. 50). C'est à la fois un malade et un artiste.

De taille moyenne, mince, le chapeau rejeté en arrière sur son épaisse chevelure noire, la peau un peu jaune, sillonnée de petites veines bleues, élégant, mais négligé — car sur son gilet par exemple, quelques boutons n'étaient pas mis —, la moustache courte légèrement relevée, il s'approcha de moi de son pas balancé et indolent.

Nous nous reconnûmes à peu près en même temps, et les congratulations furent très cordiales. Pendant qu'à la terrasse du café Minerve nous nous interrogions mutuellement sur le déroulement des dernières années, il me sembla être d'humeur gaie, voire exaltée. Ses yeux brillaient, ses gestes étaient amples et larges. Pourtant il avait mauvaise mine et l'air vraiment malade. Maintenant il m'est facile de parler ainsi; mais il est vrai que cela me frappa et je le lui dis même immédiatement:

« Tiens donc, cela se voit encore? demanda-t-il. Oui, cela ne m'étonne pas. J'ai été longtemps malade. Et même très gravement l'année dernière. C'est ici. »

De la main gauche, il montra sa poitrine.

« Le cœur. Ça a toujours été la même chose... Mais ces derniers temps je me sens très bien, excellemment bien. Je peux dire que je suis en pleine santé. Au reste, à vingt-trois ans, ce serait quand même triste... »

Il était vraiment en forme. Il me raconta sa vie depuis notre séparation, avec entrain et de manière vivante.

---

4. **Bewegungen**: ces mouvements sont le signe de l'élasticité. Ils s'opposent au calme paralysant qui saisit Paolo devant Ada, cf. p. 146.

5. **reden**: **leicht, gut reden haben**: tournure idiomatique = *c'est facile à dire.*

6. **sitzen (a/e)**: 1) *être assis*; 2) (ici) *être, se tenir, se trouver*. Idée de durée, de ténacité. Autre ex.: **bei ou über einer Arbeit sitzen**: *être sur un* (long) *travail.*

Er hatte bald nach derselben[1] bei seinen Eltern es durchgesetzt, Maler werden zu dürfen, war seit etwa dreiviertel Jahren mit der Akademie fertig — soeben[2] war er nur zufällig dort gewesen —, hatte einige Zeit auf Reisen, besonders in Paris gelebt und sich nun seit ungefähr fünf Monaten hier in München niedergelassen... »Wahrscheinlich für lange Zeit — wer weiß? Vielleicht für immer...«

»So?« fragte ich.

»Nun ja? Das heißt — warum nicht? Die Stadt gefällt mir, gefällt mir ausnehmend[3]! Der ganze Ton — wie[4]? Die Menschen! Und — was nicht unwichtig ist — die soziale Stellung als Maler, auch als ganz unbekannter, ist ja exquisit, ist ja nirgends besser...«

»Hast du angenehme Bekanntschaften gemacht?«

»Ja. — Wenige, aber sehr gute. Ich muß dir zum Beispiel eine Familie empfehlen... Ich lernte sie im Fasching kennen... Der Fasching ist reizend hier —! *Stein* heißen sie, *Baron* Stein sogar.«

»Was ist denn das für ein Adel[5]?«

»Was man Geldadel nennt. Der Baron war Börsenmann, hat früher in Wien eine kolossale Rolle gespielt, verkehrte mit sämtlichen[6] Fürstlichkeiten und so weiter... Dann geriet er plötzlich in Décadence, zog sich mit ungefähr einer Million — sagt man — aus der Affaire und lebt nun hier, prunklos, aber vornehm.«

---

1. **derselbe**: peut jouer également le rôle de pronom de rappel *(celle-ci)*; renvoie ici à **Trennung**.

2. **soeben**: syn. **eben, gerade**, désigne avec un v. au passé une action qui *vient de* se produire, et avec un v. au présent une action qui *est en train de* s'effectuer.

3. **ausnehmend**: *extraordinairement*; **Ausnahme**, f.: *l'exception*.

4. **wie?**: il faut comprendre ici **wie soll ich sagen?** littéralement *comment dois-je m'exprimer?*

Très peu après, il avait réussi à obtenir de ses parents l'autorisation de devenir peintre, et avait terminé l'Académie depuis neuf mois environ — c'était donc pur hasard qu'il s'y fût trouvé ; à part cela, il avait passé quelque temps à voyager, il avait vécu en particulier à Paris et s'était installé depuis environ cinq mois ici à Munich... « Vraisemblablement pour longtemps... et qui sait ? peut-être pour toujours...

— Ah ? demandai-je.

— Oui... C'est-à-dire... pourquoi pas ? La ville me plaît, et même extraordinairement ! Toute l'ambiance, comment dire... les gens ! Et — ce qui n'est pas à négliger — le statut social de peintre, même tout à fait inconnu, est ici excellent, comme nulle part ailleurs...

— As-tu fait d'agréables connaissances ?

— Oui. ... Peu, mais de très bonnes. Par exemple, il y a une famille que je dois te recommander... Je les ai connus pendant le carnaval... Le carnaval est charmant ici !... Ils s'appellent *Stein.* Et même, *baron* Stein.

— Qu'est-ce que c'est que cette noblesse ?

— Ce qu'on appelle la noblesse d'argent. Le baron était dans la finance, il a joué autrefois un rôle colossal à Vienne, fréquentait tout le gratin princier et le reste... Puis il a eu soudain des difficultés, s'est retiré avec un million environ, à ce qu'on dit, et il vit maintenant ici, sans faste, mais très bien.

---

5. **Was ist denn das für ein Adel** (m.) **?** : avec l'expr. **was für ein** *(quel genre de)*, cette question peut sembler déjà désobligeante, annonçant la tendance antisémite que la description des Stein par le narrateur, p. 151, confirmera ; voir aussi n. 1, p. 144.

6. **sämtlich** : *tout, complet* : **T.M. sämtliche Werke** : *les œuvres complètes de T.M.* (cf. aussi **das Gesamtwerke**) ; **samt** + dat. : *y compris* ; syn. : **mit samt**.

»Ist er Jude[1]?«

»Er, glaube ich, nicht. Seine Frau vermutlich. Ich kann übrigens nicht anders sagen, als daß es äußerst angenehme und feine Leute sind.«

»Sind da — Kinder?«

»Nein. — Das heißt — eine neunzehnjährige Tochter. Die Eltern sind sehr liebenswürdig...«

Er schien einen Augenblick verlegen und fügte dann hinzu:

»Ich mache dir ernstlich den Vorschlag, dich von mir dort einführen zu lassen. Es wäre mir ein Vergnügen. Bist du nicht einverstanden?«

»Aber gewiß. Ich werde dir dankbar sein. Schon um die Bekanntschaft dieser neunzehnjährigen Tochter zu machen —«

Er blickte mich von der Seite an[2] und sagte dann:

»Nun schön. Schieben wir es dann nicht lange hinaus. Wenn es dir paßt, komme ich morgen um ein Uhr herum oder halb zwei und hole dich ab. Sie wohnen Theresienstraße 25, erster Stock[3]. Ich freue mich darauf, ihnen einen Schulfreund von mir zuzuführen. Die Sache ist abgemacht.«

In der Tat klingelten wir am nächsten Tage um die Mittagszeit in der ersten Etage[4] eines eleganten Hauses in der Theresienstraße. Neben der Glocke war in breiten, schwarzen Lettern der Name »Freiherr von Stein« zu lesen.

---

1. **Jude**: l'antisémitisme du narrateur commence à se préciser ici et franchira très rapidement les limites de l'acceptable. T.M. lui-même vient du reste de collaborer avec son frère Heinrich Mann à une revue antisémite *(Das Zwanzigste Jahrhundert).*

2. **an/blicken**: est éprouvé comme langage soutenu par rapport à **an/sehen**, le verbe courant et **an/gucken**, le verbe familier.

3. **Stock,** m.: s'emploie toujours avec un chiffre, ex.: **im zweiten Stock**; noter le pluriel **Stockwerke**; autres sens: a) *bâton, baguette*; b) *stock* (commercial).

— C'est un Juif?

— Lui, je ne crois pas. Sa femme probablement. Mais je ne peux que le redire, ce sont des gens extrêmement agréables et raffinés.

— Ont-ils... des enfants?

— Non... C'est-à-dire, si... une fille de dix-neuf ans. Les parents sont très aimables... »

Il sembla gêné un instant, puis ajouta :

« Je te propose sérieusement de t'introduire là-bas. Ce me serait un plaisir. N'es-tu pas d'accord?

— Mais bien sûr que si. Je t'en serai reconnaissant. Rien que pour faire la connaissance de cette fille de dix-neuf ans... »

Il me jeta un regard de biais et dit ensuite :

« Bon. Alors ne reportons pas la chose. Si cela te convient, je passe demain te prendre vers une heure, une heure et demie. Ils habitent 25, Theresienstraße, au premier. Je me réjouis de leur amener un ancien camarade d'école. L'affaire est conclue. »

En effet, le lendemain à l'heure du déjeuner, nous sonnions au premier étage d'un élégant immeuble de la Theresienstraße. À côté de la sonnette, on pouvait lire sur la plaque le nom « Baron von Stein » en larges capitales noires.

---

4. **Etage** : comme dans *Luischen*, nous arrivons dans un appartement de parvenus (pp. 214-216). L'appartement semble, dans les premiers textes de T.M., avoir une connotation assez mondaine par rapport à la maison où se déploie en général toute une famille. Cf. *Buddenbrooks* (1901) et aussi *Der Bajazzo* (1897), p. 28 (même collection bilingue).

Paolo war auf dem ganzen Wege erregt und beinahe ausgelassen lustig gewesen; jetzt aber, während wir auf das Öffnen der Tür warteten, nahm ich eine seltsame Veränderung an ihm wahr[1]. Alles an ihm war, während er neben mir stand, bis auf ein nervöses Zucken der Augenlider, vollkommen ruhig, — von einer gewaltsamen, gespannten Ruhe. Er hatte den Kopf ein wenig vorgestreckt. Seine Stirnhaut[2] war gestrammt. Er machte beinahe den Eindruck eines Tieres, das krampfhaft die Ohren spitzt und mit Anspannung aller Muskeln horcht[3].

Der Diener, der unsere Karten davontrug, kehrte zurück mit der Aufforderung, einen Augenblick Platz zu nehmen, da Frau Baronin sofort erscheinen werde, und öffnete uns die Tür zu einem mäßig[4] großen, dunkel möblierten Zimmer.

Bei unserem Eintritt erhob sich im Erker, von dem aus man auf die Straße hinausblickte, eine junge Dame in heller Frühlingstoilette[5] und blieb einen Augenblick mit forschender Miene stehen. »Die neunzehnjährige Tochter«, dachte ich, indem ich unwillkürlich einen Seitenblick auf meinen Begleiter warf, und: »Baronesse Ada[6]!« flüsterte er mir zu[7].

Sie war von eleganter Gestalt, aber für ihr Alter reifen[8] Formen und machte mit ihren sehr weichen und fast trägen Bewegungen kaum den Eindruck eines so jungen Mädchens.

---

1. **wahr/nehmen**: *percevoir*; **Wahrnehmung,** f.: *la perception.*
2. **Stirnhaut**: cf. pour le thème du front, la Préface, p. 16.
3. **horcht**: cf. la description de la locomotive comparée à un cheval, dans *L'Armoire*, p. 48.
4. **mäßig**: 1) *modéré*; 2) (ici) *assez*; 3) *moyen* (dans le sens de *mauvais*). Même racine que **Maß,** m.: *la mesure* et **messen (a/e)**: *mesurer.*
5. **Frühling**: Ada apparaît pour la première fois au printemps. Sur les cycles naturels qui encadrent le récit, voir la Préface, p. 18.

Pendant tout le chemin, Paolo avait été excité et d'une gaieté presque débridée ; mais maintenant, alors que nous attendions que l'on nous ouvre, je perçus chez lui un changement étrange. Il était à mes côtés, et tout en lui semblait parfaitement contrôlé, mis à part une palpitation nerveuse des paupières... d'un calme forcé et tendu. La peau de son front était crispée. Il faisait presque l'effet d'un animal qui pointe ses oreilles palpitantes et écoute en contractant tous ses muscles.

Le domestique qui prit nos cartes revint pour nous prier de nous asseoir un instant, car Madame la baronne allait venir immédiatement, et il nous ouvrit la porte d'une pièce assez grande, aux meubles sombres.

À notre entrée, dans l'encorbellement qui ouvrait sur la rue, une jeune fille en toilette claire, très printanière, se leva et s'arrêta un moment, l'air interrogateur. « La fille de dix-neuf ans », pensai-je en jetant un regard de côté sur mon compagnon ; « la baronesse Ada », me chuchota-t-il.

Elle avait une silhouette élégante, des formes mûres pour son âge et, avec ses mouvements très souples et presque indolents, elle ne donnait guère l'impression d'être une aussi jeune fille.

---

6. **Ada** : c'est aussi le prénom d'une des deux sœurs dans le récit de Heinrich Mann intitulé **Jungfrauen** *(Demoiselles)*, paru dans la même collection bilingue, dans le recueil intitulé *Chroniques berlinoises.*

7. **zu/flüstern** : **zu** particule signifiant ici la direction ; **jdm etw. zu/reichen** : *tendre qqch. à qqn* ; **zu/schicken** : *envoyer à* ; **zu/werfern** : *lancer à.*

8. **reif** : Ada possède des traits qui la rendent à la fois maternelle et attirante par son aspect de femme mûre, thème morbide. Comparer avec Clara, *Le Vieux Prétendant*, p. 86 et voir la Préface, pp. 13-15.

Ihr Haar, das sie über die Schläfen und in zwei Locken in die Stirn frisiert trug, war glänzend schwarz[1] und bildete einen wirksamen Kontrast zu der matten Weiße ihres Teints. Das Gesicht ließ zwar[2] mit seinen vollen und feuchten Lippen, der fleischigen Nase und den mandelförmigen, schwarzen Augen, über denen sich dunkle und weiche Brauen wölbten, nicht den geringsten Zweifel aufkommen über ihre wenigstens zum Teil[3] semitische Abstammung, war aber von ganz ungewöhnlicher Schönheit.

»Ah — Besuch?« fragte sie, indem sie uns ein paar Schritte entgegenkam. Ihre Stimme war leicht verschleiert. Sie führte eine Hand zur Stirn[4], wie um besser sehen zu können, während sie sich mit der anderen auf den Flügel[5] stützte, der an der Wand stand.

»Und sogar sehr willkommener Besuch —?« fügte sie mit derselben Betonung hinzu, als ob sie meinen Freund erst jetzt erkannte; dann warf sie einen fragenden Blick auf mich.

Paolo schritt auf sie zu und beugte sich mit der fast schläfrigen Langsamkeit, mit der man sich einem auserlesenen[6] Genuß hingibt, wortlos auf die Hand nieder, die sie ihm entgegenstreckte[7].

»Baronesse«, sagte er dann, »ich erlaube mir, Ihnen einen Freund von mir vorzustellen, einen Schulkameraden, mit dem ich das Abc erlernte[8]...«

---

1. **schwarz** : sur le motif des cheveux bruns, voir la Préface, pp. 17 et 20.

2. **zwar** : adv. d'opposition signifiant *certes*, qui est le plus souvent en relation avec **aber**, qui se trouve ici cinq lignes plus loin : **war aber von... Schönheit**.

3. **zum Teil** : Ada est, comme Paolo dont la mère est sudaméricaine, un mélange.

4. **Sie führte eine Hand zur Stirn** : sur la valeur de ce geste, voir la Préface, pp. 16-17.

5. **Flügel** : un rapport entre Ada et la musique est légèrement esquissé ici. Dans *Luischen*, le piano sera une véritable « arme ». Noter

Sa chevelure, qu'elle portait frisée sur les tempes et séparée en deux mèches sur le front, était d'un noir éclatant et en contraste saisissant avec la blancheur mate de son teint. Son visage, avec des lèvres pleines et humides, un nez charnu et des yeux noirs en amande que surmontaient des sourcils sombres et bien arqués, ne laissaient aucun doute quant à son origine en partie sémitique, mais il était néanmoins d'une beauté tout à fait inhabituelle.

« Ah... De la visite ? » demanda-t-elle, en faisant quelques pas à notre rencontre. Sa voix était un peu voilée. Elle porta une main à son front comme pour mieux voir, tout en s'appuyant de l'autre sur le piano à queue qui était le long du mur.

« Et même une visite très bienvenue... » ajouta-t-elle avec la même intonation, comme si elle ne reconnaissait mon ami que maintenant ; puis elle me regarda d'un air interrogateur.

Paolo s'avança vers elle et, avec une lenteur presque alanguie, avec l'air de s'abandonner à un plaisir exquis, il s'inclina sans un mot sur la main qu'elle lui tendait.

« Baronesse, dit-il ensuite, je me permets de vous présenter un de mes amis, un camarade d'école avec qui j'ai appris l'alphabet... »

---

le mot **Klavier,** n., plus général que **Flügel** ; p. ex. **Klavier spielen :** *jouer du piano.*

6. **auserlesen :** langage soutenu, syn. : **ausgesucht, raffiniert.** À distinguer de **lesen (a/e) :** *lire.*

7. **entgegen/ :** ici particule verbale, comme plus haut **uns ein paar Schritte entgegenkam,** marquant l'idée de *venir vers, rapprocher de* ; cf. aussi la préposition **entgegen** + dat. au même sens positif, ou aussi négatif, *contrairement à, à l'encontre de.*

8. **erlernen :** par rapport à **lernen,** insiste légèrement sur la *difficulté* et/ou la longueur de l'apprentissage.

Sie reichte auch mir die Hand, eine weiche, scheinbar knochenlose Hand ohne Schmuck.

»Ich bin erfreut —«, sagte sie, während ihr dunkler Blick, dem ein leises Zittern[1] eigen war, auf mir ruhte. »Und auch meine Eltern werden sich freuen... Man hat sie hoffentlich benachrichtigt.«

Sie nahm auf der Ottomane Platz, während wir beide ihr auf Stühlen gegenübersaßen. Ihre weißen, kraftlosen Hände ruhten beim Plaudern im Schoß. Die bauschigen Ärmel reichten nur wenig über den Ellbogen hinüber. Der weiche Ansatz des Handgelenks[2] fiel mir auf.

Nach ein paar Minuten öffnete sich die Tür zum anliegenden[3] Zimmer, und die Eltern traten ein. Der Baron war ein eleganter, untersetzter Herr mit Glatze und grauem Spitzbart; er hatte eine unnachahmliche[4] Art, sein dickes goldenes Armband in die Manschette zurückzuwerfen. Es ließ[5] sich nicht mit Bestimmtheit erkennen, ob seiner Erhebung zum Freiherrn einst ein paar Silben seines Namens zum Opfer gefallen waren; dagegen war seine Gattin einfach eine häßliche kleine Jüdin in einem geschmacklosen grauen Kleid. An ihren Ohren funkelten[6] große Brillanten.

Ich wurde vorgestellt und in[7] durchaus liebenswürdiger Weise begrüßt, während man meinem Begleiter wie einem guten Hausfreunde die Hand schüttelte.

---

1. **Zittern** : ce regard tremblant rappelle celui de la créature de *L'Armoire* (p. 70) et celui d'Amra dans *Luischen* (p. 220), et indique que ces femmes ne considèrent pas l'individualité des gens qu'elles regardent.

2. **der weiche Ansatz des Handgelenks** : sur cette figure féminine, voir la Préface, pp. 12-13.

3. **an/liegen (a/e)** : 1) (ici) *être voisin de* ; 2) (vêtement) *mouler* ; 3) *être joint* (à une lettre) ; 4) **es liegt mir an, ...** : *je voudrais bien.* Cf. **ein dringendes Anliegen haben** : *avoir une demande pressante.*

4. ***un-nachahm-lich** : les formations d'adjectifs avec les suffixes **-lich** ou **-bar** ne sont pas tout à fait équivalentes. Les formations en **-lich** ont

Elle me tendit également la main, une main sans bijou, toute molle, comme désossée.

« Enchantée... dit-elle en posant sur moi son regard sombre, où se remarquait un léger tremblement. Mes parents le seront aussi... J'espère qu'on les a prévenus. »

Elle prit place sur l'ottomane, et nous face à elle sur des chaises. Ses mains blanches et sans vigueur reposaient sur ses genoux, tandis qu'elle causait. Ses manches bouffantes s'arrêtaient juste au-dessous des coudes. La mollesse de l'attache du poignet me frappa.

Quelques minutes après, la porte de la pièce voisine s'ouvrit pour laisser passage aux parents. Le baron était un homme élégant, trapu, avec une calvitie et une barbe grise en pointe ; il avait une manière inimitable de rejeter sa grosse gourmette en or dans sa manchette. On ne pouvait déterminer avec certitude si son titre de baron avait coûté autrefois quelques syllabes à son nom ; sa femme, en revanche, était une petite juive fort laide, et portait une robe grise sans aucun goût. À ses oreilles étincelaient de gros brillants.

Je fus présenté et accueilli de manière tout à fait aimable, tandis que l'on serrait la main à mon compagnon comme à un familier de la maison.

---

cessé, seul le suffixe **-bar** sert aux créations nouvelles. Lorsque les deux formes coexistent, **-lich** est réservé au sens figuré, **-bar** au sens propre.

5. **Es ließ... :** voir aussi les n. 5, p. 142, et 1, p. 144, à propos de ce passage.

6. **funkeln :** *étinceler*, de **Funken**, m. : *étincelle.*

7. **in... liebenswürdiger Weise :** on trouve souvent la construction avec la préposition **auf** (+ acc.) **diese Weise**.

Nachdem über mein Woher und Wieso einige Fragen und Antworten gefallen waren, begann man von einer Ausstellung zu sprechen, in der Paolo ein Bild hatte, einen weiblichen Akt.

»Eine wirklich feine[1] Arbeit!« sagte der Baron. »Ich habe neulich eine halbe Stunde davor gestanden. Der Fleischton auf dem roten Teppich ist eminent wirkungsvoll. Ja, ja, der Herr Hofmann!« Dabei klopfte er Paolo gönnerisch auf die Schulter. »Aber nicht überarbeiten, junger Freund! Um Gottes Willen nicht! Sie haben es dringend nötig, sich zu schonen. Wie steht es denn mit der Gesundheit? —«

Paolo hatte, während ich den Herrschaften über meine Person die nötigen Aufschlüsse erteilte, ein paar gedämpfte Worte mit der Baronesse gewechselt, der er dicht gegenübersaß. Die seltsam gespannte Ruhe, die ich vorhin an ihm beobachtet hatte, war keineswegs von ihm gewichen[2]. Er machte, ohne daß ich genau zu sagen vermöchte, woran es lag, den Eindruck eines sprungbereiten Panthers[3]. Die dunklen Augen in dem gelblichen, schmalen Gesicht hatten einen so krankhaften Glanz, daß es mich nahezu unheimlich berührte[4], als er auf die Frage des Barons im zuversichtlichsten Tone antwortete:

»Oh, ausgezeichnet[5]! Verbindlichen Dank! Es geht mir sehr gut!«

---

1. **fein**: un peu différent de *fin*. Il a en plus un sens d'intensité : **eine besonders feine Ware** = *une marchandise de qualité exceptionnelle* ; **Wie fein!** = *extra, formidable!*

2. **weichen (i/i)**: 1) *s'éloigner, céder la place* ; 2) *céder à* (+ dat.).

3. **Panther**: toutes ces attitudes d'animal de proie avec la tête tendue en avant qui traversent le volume ne traduisent pas la domination, mais la force retenue, voire opprimée, comme dans toute la littérature de l'époque. Chez Rilke, on trouve décrite la panthère du Jardin des Plantes dans les *Neue Gedichte* (1907). Deuxième strophe : *Der weiche Gang geschmeidig starker Schritte / der sich im allerkleinsten Kreise dreht, / ist wie ein Tanz von Kraft um eine Mitte, / in der betäubt ein großer Wille steht.* La démarche feutrée aux pas souples et forts, / elle

Après quelques questions sur ma situation, auxquelles je répondis, on se mit à parler d'une exposition où Paolo présentait une toile, un nu féminin.

« Un travail vraiment raffiné ! » déclara le baron. « J'ai passé dernièrement une demi-heure devant. La couleur chair sur le tapis rouge est du plus bel effet. Hé bien, ce Monsieur Hofmann... ! » En disant cela, il frappait sur l'épaule de Paolo d'un air protecteur. « Mais surtout pas de surmenage, mon jeune ami ! Mon Dieu, surtout pas ! Vous devez absolument vous ménager. Au fait, qu'en est-il de votre santé ?... »

Paolo, pendant que je donnais les renseignements indispensables sur ma personne à ces messieurs dames, avait échangé en aparté quelques paroles avec la baronesse en face de laquelle il était assis. Le calme étrangement tendu que j'avais remarqué auparavant chez lui n'avait point disparu. Sans que je puisse dire exactement à quoi cela tenait, il me faisait l'effet d'une panthère prête à bondir. Ses yeux sombres, dans son étroit visage jaunâtre, brillaient d'un éclat si maladif que j'eus une impression presque inquiétante, lorsqu'il répondit à la question du baron avec la plus grande assurance :

« Oh, à merveille ! Je vous remercie ! Je vais très bien ! »

---

tourne en rond dans un cercle étroit, / c'est comme une danse de forces autour d'un centre / où se tient engourdie une volonté puissante. (Trad. L. Gaspar.)

4. **berühren** : *toucher, émouvoir*, pas uniquement dans le sens d'éveiller la pitié, mais aussi dans celui de frapper désagréablement l'oreille ; cf. l'adj. **unheimlich**, celui-là même dont parle Freud dans son essai de 1919, traduit en français par *L'Inquiétante Étrangeté*.

5. **« Oh, ausgezeichnet !** : entre cette réponse de Paolo et la question posée par le baron, T.M. a choisi d'intercaler un paragraphe entier, créant un remarquable effet de suspension qui illustre la sophistication narrative et l'aspect ludique, virtuose de son style.

— Als wir uns nach Verlauf von etwa einer Viertelstunde erhoben, erinnerte die Baronin meinen Freund daran, daß in zwei Tagen wieder Donnerstag sei, er möge ihren Five o'clock tea[1] nicht vergessen. Sie bat bei dieser Gelegenheit auch mich, diesen Wochentag freundlichst[2] im Gedächtnis zu behalten...

Auf der Straße zündete Paolo sich eine Zigarette an.

» Nun ? « fragte er. » Was sagst du ? «

» Oh, das sind sehr angenehme Leute ! « beeilte ich mich zu antworten. » Die neunzehnjährige Tochter hat mir sogar imponiert[3] ! «

» Imponiert ? « Er lachte kurz auf und wandte den Kopf nach der anderen Seite.

» Ja, du lachst ! « sagte ich. » Und da oben dünkte es mich zuweilen, als trübe — geheime Sehnsucht deinen Blick. Aber ich bin im Irrtum ? «

Er schwieg einen Augenblick. Dann schüttelte er langsam den Kopf.

» Wenn ich nur wüßte[4], woher du... «

» Aber sei so gut ! — Die *Frage* ist für mich nur noch, ob auch Baronesse Ada... «

Er sah wieder einen Augenblick stumm vor sich nieder. Dann sagte er leise und zuversichtlich[5] :

» Ich glaube, daß ich glücklich sein werde. «

Ich trennte mich von ihm, indem ich ihm herzlich die Hand schüttelte, obgleich ich innerlich ein Bedenken nicht unterdrücken konnte.

---

1. **... ihren Five o'clock tea** : l'anglomanie est alors un trait de société très présent, notamment dans le Nord de l'Allemagne, et souvent décrit comme tel par T.M., par ex. dans *Tristan*, voir p. 138 (même collection).

2. **freundlichst** : superlatif mondain, conventionnel de l'adverbe, lexicalisé, au sens affaibli comme par exemple **gefälligst**.

3. **imponieren** : mot d'origine française, mais avec altération du sens : *en imposer à qqn, l'impressionner* (syn. **jdn beeindrucken**) ; à distinguer de **etw. / seinen Willen durch/setzen** : *imposer qqch. / sa volonté.*

... Lorsque, environ un quart d'heure après, nous nous levâmes, la baronne rappela à mon ami que dans deux jours c'était jeudi, et qu'il n'oublie pas son *five o'clock tea.* À cette occasion, elle me pria également de bien vouloir me souvenir de ce jour de la semaine...

Une fois dans la rue, Paolo alluma une cigarette.

« Alors ? demanda-t-il, qu'en dis-tu ?

— Oh, ce sont des personnes très agréables, m'empressai-je de répondre. La fille de dix-neuf ans m'a même impressionné !

— Impressionné ?... Il eut un petit rire et détourna la tête.

— Ah, tu ris ! dis-je. Mais là-haut, il m'a semblé parfois que... qu'un secret désir troublait ton regard. Est-ce que je me trompe ? »

Il resta muet un instant. Puis il secoua lentement la tête.

« Si seulement je savais comment tu...

— Oh !... sois gentil ! La seule *question* qui reste pour moi est de savoir si la baronesse Ada, de son côté... »

Il baissa de nouveau les yeux sans rien dire. Puis il dit à voix basse, d'un ton assuré :

« Je crois que je serai heureux. »

Nous nous séparâmes et je lui serrai chaleureusement la main, mais dans mon for intérieur je ne pus m'empêcher d'être inquiet.

---

4. **Wenn ich nur wüßte... :** on peut hésiter pour attribuer cette réplique et la suivante ; il faut comprendre ici que c'est Paolo qui reprend la parole.

5. ***zu-ver-sicht-lich : Zuversicht** est bien formé à partir de **Sicht,** f. : *la vue*, mais provient d'une expression aujourd'hui disparue, **sich zu jm. versehen :** *avoir confiance en qqn*, syn. **jm. vertrauen**, en usage aujourd'hui.

Es vergingen nur ein paar Wochen, in denen ich hin und wieder[1] gemeinsam mit Paolo den Nachmittagstee in dem freiherrlichen Salon einnahm. Es pflegte dort ein kleiner, aber recht angenehmer Kreis versammelt zu sein: eine junge Hofschauspielerin, ein Arzt, ein Offizier — ich entsinne mich nicht jedes einzelnen.

An Paolo's Benehmen beobachtete ich nichts Neues. Er befand sich gewöhnlich trotz seines besorgniserregenden Aussehens in gehobener, freudiger Stimmung und zeigte in der Nähe der Baronesse jedesmal wieder jene[2] unheimliche Ruhe[3], die ich das erste Mal an ihm wahrgenommen hatte.

Da begegnete mir eines Tages — und ich hatte Paolo zufällig zwei Tage lang nicht gesehen — in der Ludwigstraße der Baron von Stein. Er war zu Pferde, hielt an und reichte mir vom Sattel aus[4] die Hand.

»Erfreut, Sie zu sehen! Hoffentlich lassen Sie sich morgen nachmittag bei uns blicken?«

»Wenn Sie gestatten, zweifellos, Herr Baron. Auch wenn es irgendwie zweifelhaft[5] wäre, daß mein Freund Hofmann wie jeden Donnerstag kommen wird, mich abzuholen...«

»Hofmann? Aber wissen Sie denn nicht — er ist ja[6] abgereist! Ich dachte doch, *Sie*[7] hätte er darüber unterrichtet.«

»Aber mit keiner Silbe!«

---

1. **hin und wieder**: *de temps à autre*; **hin** n'a pas qu'un sens local d'*aller vers*, mais aussi un sens temporel de *s'étendre*; **noch ein paar Monate hin**: *encore quelques mois.*

2. **jene**: cet adj. démonstratif marqué s'emploie pour renvoyer à un élément déjà évoqué ou désigné, et donc connu; pour un cas ordinaire, le démonstratif est **diese** (au f.).

3. **Ruhe**: ce calme ressemble nettement à la paralysie dont est frappé l'avocat Jacoby face à Amra dans *Luischen.* Les salons de parvenus de notre recueil évoquent un monde très proustien, car ils ont quelque chose du salon des Verdurin (*Un amour de Swann*, 1913). Swann y découvre la demi-mondaine Odette, et sa condition de Juif fait régner la même ambiguïté que dans nos récits.

Quelques semaines passèrent, au cours desquelles je pris plusieurs fois le thé dans le salon du baron, accompagné de Paolo. Un cercle restreint, mais très agréable, avait l'habitude de s'y réunir : une jeune actrice de la Cour, un médecin, un officier... je n'ai pas de souvenir très précis de chacun d'eux.

Je ne remarquai rien de nouveau dans le comportement de Paolo. Malgré son aspect préoccupant, il était en général dans une humeur exaltée et joyeuse, et en présence de la baronesse il montrait toujours ce calme inquiétant que j'avais constaté chez lui la première fois.

Mais un jour que par l'effet du hasard je n'avais pas vu Paolo depuis deux jours, je rencontrai le baron von Stein dans la Ludwigstraße. Il était à cheval, s'arrêta et me tendit la main sans mettre pied à terre.

« Enchanté de vous voir ! J'espère que vous vous montrerez chez nous demain après-midi ?

— Si vous permettez, sans faute, monsieur le baron. Bien qu'il soit très douteux que mon ami Hofmann ne vienne pas me prendre comme chaque jeudi...

— Hofmann ? Comment, ne savez-vous donc pas... Mais il est parti ! J'aurais pensé qu'au moins *vous*, il vous avertirait.

— Mais d'aucune façon !

---

4. **vom Sattel aus** : littéralement *depuis sa selle*, c'est pourquoi **die Hand** est à l'accusatif, dépendant de **reichte** ; autre ex. : **von hier aus ist die Aussicht herrlich** : *la vue d'ici est magnifique.*

5. ***zweifel-haft** : *douteux*, de **Zweifel**, m. : *le doute* ; ***zweifel-los** : *sans aucun doute* = ***zweifel-s-ohne** (langue courante).

6. **ja** = **doch**, marque la surprise du baron constatant l'ignorance de son interlocuteur.

7. **Sie** : on peut insister en allemand sur le complément d'objet direct en le plaçant en premier, avant le verbe.

»Und so vollkommen à bâton rompu... Das nennt man Künstlerlaunen[1]... Also morgen nachmittag!—«

Damit setzte er sein Tier in Bewegung und ließ mich höchst verdutzt zurück.

Ich eilte in Paolo's[2] Wohnung. — Ja, leider; Herr Hofmann sei abgereist[3]. Eine Adresse habe er nicht hinterlassen.

Es war klar, daß der Baron von mehr als einer »Künstlerlaune« wußte. Seine Tochter selbst hat mir das, was ich ohnehin mit Bestimmtheit vermutete, bestätigt.

Das geschah auf einem Spaziergang ins Isartal[4], den man arrangiert hatte, und zu dem auch ich aufgefordert worden war. Man war erst nachmittags ausgezogen, und auf dem Heimwege zu später Abendstunde fügte[5] es sich, daß die Baronesse und ich als letztes Paar der Gesellschaft nachfolgten.

Ich hatte an ihr seit Paolo's Verschwinden keinerlei Veränderung wahrgenommen. Sie hatte ihre Ruhe vollständig[6] bewahrt und meines Freundes bis dahin mit keinem Worte Erwähnung getan, während ihre Eltern sich über seine plötzliche Abreise in Ausdrücken des Bedauerns ergingen.

Nun schritten wir nebeneinander[7] durch diesen anmutigsten Teil der Umgebung Münchens; das Mondlicht flimmerte zwischen dem Laubwerk,

---

1. **Das nennt man Künstlerlaunen**: littéralement *c'est ce que l'on appelle des caprices d'artiste*; **Laune,** f.: *caprice, humeur*, d'où l'adj. **launisch,** *capricieux, changeant.*

2. **in Paolo's Wohnung**: lorsque le génitif est placé devant le substantif, l'article disparaît (« génitif saxon »). À la fin du siècle dernier, on utilisait encore parfois l'orthographe anglaise avec l'apostrophe. L'orthographe moderne serait **Paolos.**

3. ***sei* abgereist**: ainsi que **habe** juste après, sont des subj. 1 marquant le discours indirect.

4. **Isar,** f.: le fleuve qui coule à Munich.

— Et comme cela, complètement à l'improviste... Vraiment des lubies d'artiste... Donc, à demain après-midi !... »

Sur ces mots, il fit repartir sa monture et me laissa complètement abasourdi.

Je courus au logement de Paolo. — Oui, malheureusement ; monsieur Hofmann était parti. Il n'avait pas laissé d'adresse.

Il était clair que le baron en savait davantage et que ce n'était pas là une « lubie d'artiste ». Sa fille elle-même me confirma ce dont je me sentais d'ailleurs certain.

Cela se passa pendant une promenade que l'on avait organisé dans la vallée de l'Isar et à laquelle j'avais été invité. On était parti seulement l'après-midi, et sur le chemin du retour, tard dans la soirée, il se trouva que la baronesse et moi étions le dernier couple du groupe.

Depuis la disparition de Paolo, je n'avais perçu chez elle aucune sorte de changement. Elle avait parfaitement gardé son calme et n'avait fait jusque-là aucune allusion à mon ami, tandis que ses parents se répandaient en regrets quant à son départ soudain.

Nous marchions donc côte à côte dans la plus ravissante région des environs de Munich ; le clair de lune scintillait à travers le feuillage,

---

5. **sich fügen = geschehen (a/e) :** *se passer.* **Eine Fügung des Himmels,** f. : *la providence* (positif) ; *le coup du sort* (négatif).

6. ***voll-ständig :** *entièrement, complètement* ; l'adj. **voll :** *plein* compose aussi plusieurs verbes, inséparables, avec tous le sens d'*achever*, d'*accomplir* l'action qu'ils décrivent, ex. **vollziehen,** *accomplir ;* **vollstrecken,** *exécuter* (une sentence), **vollführen,** *réaliser.*

7. **neben-ein-ander :** la position du narrateur vis-à-vis de la baronne Ada n'est pas désintéressée, malgré sa formule de légère dénégation : « *il se trouva que...* ». Tous les ingrédients de la scène d'amour sont là : la lune, le fleuve. Le narrateur est impliqué directement dans l'action.

und wir lauschten eine Weile schweigend dem Geplauder der übrigen Gesellschaft, das ebenso einförmig war wie das Brausen der Wasser, die neben uns dahinschäumten[1].

Da begann sie plötzlich von Paolo zu sprechen, und zwar in einem sehr ruhigen und sehr sicheren Ton.

» Sie sind seit früher Jugend sein Freund? « fragte sie mich.

» Ja, Baronesse. «

» Sie teilen seine Geheimnisse? «

» Ich glaube, daß sein schwerstes mir bekannt ist, auch ohne daß er es mir mitgeteilt. «

» Und ich darf Ihnen vertrauen? «

» Ich hoffe, daß Sie nicht daran zweifeln, gnädiges[2] Fräulein. «

» Nun gut «, sagte sie, indem sie den Kopf mit einer entschlossenen Bewegung erhob. » Er hat um meine Hand angehalten[3], und meine Eltern haben sie ihm verweigert. Er sei krank, sagten sie mir, sehr krank — aber gleichviel: Ich *liebe* ihn. Ich darf so zu Ihnen sprechen, nicht wahr? Ich... «

Sie verwirrte sich einen Augenblick und fuhr dann mit derselben Entschlossenheit[4] fort:

» Ich weiß nicht, wo er sich aufhält; aber ich gebe Ihnen die Erlaubnis, ihm meine Worte, die er aus meinem eigenen Munde schon vernommen[5] hat, zu wiederholen, sobald Sie ihn wiedersehen, sie ihm zu schreiben, sobald Sie seine Adresse ausfindig gemacht[6] haben:

---

1. **dahin/schäumen**: **dahin** = particule de mouvement signifiant l'éloignement; **schäumen**: *mousser, bouillonner*, de **Schaum**, m.: *la mousse*.

2. **gnädiges Fräulein**: formule de politesse encore en usage, littéralement: *gracieuse demoiselle*; adj. formé sur **Gnade**, f.: *grâce* (au sens religieux et juridique ≠ **Anmut,** f. sens esthétique).

3. ***an/halten**: 1) intrans. *s'arrêter*; 2) trans. a) *arrêter qqch.*; b) **jn. um** + acc. **—**: *inciter qqn à*; **um ein Mädchen —**: *demander la main d'une jeune fille*, syn.: **um ein Mädchen werben (a/o)**.

et nous écoutâmes un instant en silence les bavardages des autres promeneurs, aussi uniformes que le grondement des eaux qui, à côté de nous, filaient en bouillonnant.

Soudain, elle commença à parler de Paolo, d'un ton très calme et très assuré.

« Vous êtes son ami depuis sa prime jeunesse ? me demanda-t-elle.

— Oui, Baronesse.

— Vous partagez ses secrets ?

— Je pense que son secret le plus important m'est connu, sans qu'il ait eu besoin de me le communiquer.

— Et je peux avoir confiance en vous ?

— J'espère que vous n'en doutez pas, chère Mademoiselle.

— Bien, dit-elle en relevant la tête d'un mouvement décidé. Il a demandé ma main, et mes parents la lui ont refusée. Il est malade, m'ont-ils dit, très malade... Mais peu importe, je l'*aime*. Je peux vous parler de la sorte, n'est-ce pas ? Je... »

Elle se troubla un instant, puis continua avec la même fermeté :

« Je ne sais pas où il est ; mais je vous donne la permission, dès que vous le reverrez, de lui répéter mes paroles, qu'il a déjà entendues de ma propre bouche, ou de les lui écrire dès que vous aurez découvert son adresse :

---

4. **Entschlossenheit,** f. : du v. **(sich) entschließen (o/o)** : *(se) décider* ; ce trait de caractère correspond, pour ce qui est de ce personnage, à *la volonté de bonheur*, moteur de ce récit.

5. **vernehmen (a/o)** = allemand soutenu, syn. **hören**.

6. ***aus-finding machen** = **finden** = *trouver*.

Ich werde niemals einem anderen Manne die Hand reichen als ihm. Ah — wir werden sehen! «

In diesem letzten Ausruf lag neben Trotz und Entschlossenheit ein so hilfloser Schmerz, daß ich mich nicht enthalten konnte, ihre Hand zu ergreifen und sie stumm zu drücken.

Ich habe mich damals an Hofmanns Eltern brieflich mit der Bitte gewandt, mich über den Aufenthaltsort ihres Sohnes zu benachrichtigen. Ich erhielt eine Adresse in Südtirol, und mein Brief, der dorthin abging, gelangte an mich zurück mit der Bemerkung, der Adressat habe, ohne ein Reiseziel anzugeben, den Ort schon wieder verlassen.

Er wollte von keiner Seite behelligt[1] sein, er war allem entflohen, um irgendwo in aller Einsamkeit zu sterben[2]. Gewiß, zu sterben[2]. Denn nach alledem war es mir zur traurigen Wahrscheinlichkeit geworden, daß ich ihn nicht wiedersehen würde.

War es nicht klar, daß dieser hoffnungslos[3] kranke Mensch jenes junge Mädchen mit der lautlosen, vulkanischen, glühend sinnlichen Leidenschaft liebte, die den gleichartigen ersten Regungen seiner früheren Jugend entsprach[4]? Der egoistische Instinkt des Kranken hatte die Begier[5] nach Vereinigung mit blühender Gesundheit in ihm entfacht; mußte diese Glut, da sie ungestillt[6] blieb, seine letzte Lebenskraft nicht schnell verzehren[7]?

---

1. **behelligen** = **belästigen**: *importuner, déranger*, syn. plus courant **stören**. Racine différente de **hell**: *clair*.

2. **Gewiß, zu sterben (a/o)**: cette erreur d'interprétation nous aide à préciser négativement la notion de *volonté de bonheur*. Tant que Paolo n'a pas atteint ce qu'il désire, il ne peut mourir (Préface, pp. 18-19).

3. ***hoffnung-s-los**: comme dans tous les composés en **-ung**, il y a un **-s-** de liaison. Ce **-s-** se prononce distinctement, comme toutes les lettres de l'allemand.

4. **...entsprach**: allusion à l'épisode décrit pp. 136-138.

je n'accorderai jamais ma main à un autre homme que lui. Ah !... nous allons voir ! »

Dans cette dernière exclamation, il y avait, outre le défi et la fermeté, une douleur si désemparée que je ne pus m'empêcher de saisir sa main et de la serrer silencieusement.

Je me suis alors adressé par écrit aux parents de Hofmann et leur ai demandé de me faire connaître l'endroit où était leur fils. Je reçus une adresse dans le Tyrol du Sud, mais la lettre qui partit là-bas me revint avec la mention que le destinataire avait déjà quitté cet endroit sans indiquer le but de son voyage.

Il ne voulait être importuné par personne, il avait tout fui pour mourir quelque part dans une solitude totale. Pour mourir, bien sûr. Car après toutes ces péripéties, je pensais que selon toute vraisemblance je ne le reverrais malheureusement plus.

N'était-il pas évident que ce malade incurable aimait cette jeune fille d'une passion silencieuse, mais volcanique, ardemment sensuelle, qui correspondait aux premières pulsions de sa prime jeunesse ? L'instinct égoïste du malade avait allumé en lui le désir de s'unir à une santé florissante ; cette ardeur, en restant inassouvie, ne consumerait-elle pas rapidement ses dernières forces vitales ?

---

5. **Begier** = **Begierde,** f. : *passion, pulsions, désir violent* ; **Gier,** f. : *avidité* ; **Neugier,** f. : *curiosité.*

6. **ungestillt :** formé sur le v. **stillen :** *étancher* (la soif), *assouvir* (un besoin). Sens différent de **still :** *paisible, silencieux.*

7. **verzehren :** 1) *consommer, dévorer* ; 2) (ici) *consumer.*

Und es vergingen fünf Jahre, ohne daß ich ein Lebenszeichen von ihm erhielt, — aber auch ohne daß die Nachricht von seinem Tode mich erreichte!

Im vergangenen Jahre nun hielt ich mich in Italien[1] auf, in Rom und Umgebung. Ich hatte die heißen Monate im Gebirge verlebt[2], war Ende September in die Stadt zurückgekehrt, und an einem warmen Abend saß ich bei einer Tasse Tee im Café Aranjo. Ich blätterte in meiner Zeitung und blickte gedankenlos in das lebendige Treiben[3], das in dem weiten, lichterfüllten[4] Raume herrschte. Die Gäste kamen und gingen, die Kellner eilten hin und her, und dann und wann tönten durch die weit offenen Türen die langgezogenen[5] Rufe der Zeitungsjungen in den Saal hinein.

Und plötzlich sehe ich, wie ein Herr von meinem Alter sich langsam zwischen den Tischen hindurch und einem Ausgang zu[6] bewegt... Dieser Gang —? Aber da wendet er auch schon den Kopf nach mir, hebt die Augenbrauen, kommt mir mit einem freudig erstaunten »Ah!?« entgegen.

»Du hier?« Wir riefen es wie aus einem Munde, und er fügte hinzu:

»Also wir sind beide noch am Leben!«

Seine Augen schweiften ein wenig ab dabei[7]. — Er hatte sich in diesen fünf Jahren kaum verändert; nur daß sein Gesicht vielleicht noch schmaler geworden war, seine Augen noch tiefer in ihren Höhlen lagen. Dann und wann atmete er tief auf.

---

1. **in Italien**: sur la présence, et la valeur du Sud, voir la Préface, p. 12, et la n. 3, p. 172.

2. **verleben**: vx, syn. **verbringen (verbrachte, verbracht).**

3. **das Treiben**: cf. le verbe **treiben (ie/ie)**: 1) au sens propre *pousser, actionner*, d'où **Triebkraft,** f.: *la force motrice*; 2) s'emploie comme un quasi-auxiliaire, ex. **Sport, Handel treiben**: *faire du sport, pratiquer le commerce.*

Puis cinq années passèrent, sans que je reçusse de lui le moindre signe de vie... mais aussi sans que la nouvelle de sa mort me parvînt !

Or, l'année dernière je séjournai en Italie, à Rome et dans les environs. J'avais passé les mois de chaleur à la montagne, j'étais revenu en ville fin septembre, et par une chaude soirée j'étais assis devant une tasse de thé au Café Aranjo. Je feuilletais mon journal et regardais sans réfléchir l'animation qui régnait dans ce vaste espace très éclairé. Les clients allaient et venaient, les garçons s'empressaient de-ci de-là, et de temps à autre, les cris prolongés des marchands de journaux pénétraient dans la salle par les portes grandes ouvertes.

Et soudain, je vois un homme de mon âge se déplacer lentement entre les tables et s'approcher d'une sortie... Cette démarche... ? Mais déjà il tourne la tête vers moi, hausse les sourcils, vient à moi avec un « Ah ! ? » de joyeuse surprise.

« Toi ici ? » Nous le dîmes comme d'une seule voix, et il ajouta :

« Donc, nous sommes tous les deux encore en vie ! »

En disant cela, il détourna légèrement le regard... Pendant ces cinq années, il avait à peine changé, à part peut-être son visage devenu encore plus maigre et ses yeux plus profondément enfoncés dans les orbites. De temps en temps, il inspirait à fond.

---

4. ***licht-erfüllt : erfüllen :** *remplir*, sert à former de nombreux composés, comme ***angst-erfüllt :** *empli de peur* ; ***haß-erfüllt :** *empli de haine.*

5. ***lang-gezogen :** de **lang :** *long* et **ziehen (o/o) :** *tirer.*

6. **einem Ausgang zu :** postposition de **zu,** qui signifie que l'on prend une direction, sans forcément atteindre le but.

7. **dabei :** adv. 1) (ici) sens temporel, simultanéité ; 2) sens d'opposition = *pourtant.*

»Du bist schon lange[1] in Rom?« fragte er.

»In der Stadt noch nicht lange; ich war ein paar Monate auf dem Lande. Und du?«

»Ich war bis vor einer Woche am Meer[2]. Du weißt, ich habe es den Bergen immer vorgezogen... Ja, ich habe, seit wir uns nicht sahen, ein gutes Stück Erde kennengelernt.«

Und er begann, während er neben mir ein Glas Sorbetto schlürfte, zu erzählen, wie er diese Jahre verbracht hatte: auf Reisen, immer auf Reisen. Er hatte in den Tiroler Bergen gestreift, hatte ganz Italien langsam durchmessen, war von Sizilien nach Afrika gegangen und sprach von Algier, Tunis, Ägypten[3].

»Schließlich bin ich einige Zeit in Deutschland gewesen«, sagte er, »in Karlsruhe; meine Eltern wünschten dringend, mich zu sehen, und haben mich nur ungern wieder ziehen lassen. Jetzt bin ich seit einem Vierteljahre wieder in Italien. Ich fühle mich im Süden zu Hause, weißt du. Rom gefällt mir über alle Maßen[4]!...«

Ich hatte ihn noch mit keinem Worte nach seinem Befinden gefragt. Jetzt sagte ich:

»Aus alledem darf ich schließen[5], daß deine Gesundheit sich bedeutend gekräftigt[6] hat?«

Er sah mich einen Augenblick fragend an; dann erwiderte er:

---

1. **lange**: est une forme adverbiale de **lang**, qui, à la différence de la forme **lang** sans **-e**, ne peut avoir qu'un sens temporel.

2. **Meer**, n.: ici apparaît le thème de l'eau, si fondamental dans le volume. Cf. Préface, p. 16.

3. **Ägypten**: on remarque que Paolo se dirige non seulement vers le Sud, mais aussi vers l'Orient, qui est très lié à la baronne Ada, et en général à la Femme. Cf. Préface, pp. 11-12.

4. **Maßen**: pluriel ancien irrégulier se rapportant toujours à **Maß**, n.: *la mesure*, au sens fig. Au sens propre de *poids et mesure*, le pl. est **Maße**. Il existe aussi **Maß**, f.: *la chope de bière*, usité seulement en Bavière.

« Tu es depuis longtemps à Rome ? demanda-t-il.

— En ville, depuis assez peu de temps ; j'étais quelques mois à la campagne. Et toi ?

— Il y a une semaine encore, j'étais à la mer. Tu sais bien, j'ai toujours préféré la mer à la montagne... Oui, depuis que nous avons perdu contact, j'ai vu pas mal de pays... »

Et, tandis qu'il dégustait un verre de *sorbetto*, il commença à me raconter comment il avait passé ces années : en voyage, toujours en voyage. Il avait parcouru les montagnes du Tyrol, exploré lentement toute l'Italie, était passé de Sicile en Afrique ; puis il parla d'Alger, de Tunis, de l'Égypte.

« Enfin j'ai été quelque temps en Allemagne, dit-il, à Karlsruhe ; mes parents voulaient absolument me voir et ne m'ont laissé repartir qu'à contrecœur. À présent, je suis de nouveau en Italie depuis trois mois. Dans le Sud, je me sens chez moi, tu sais. Rome me plaît énormément... »

Je n'avais jusque-là posé aucune question sur sa santé. Alors je demandai :

« De tout cela je peux sans doute conclure que ta santé s'est considérablement améliorée ? »

Il me regarda un moment d'un air interrogateur ; puis il répondit :

---

5. **schließen (o/o)** : 1) (trans.) *fermer* ; 2) (intrans.) a) *fermer* (bien ou mal) ; b) (ici) *conclure de*. Sur la base de cette fausse déduction, le narrateur va donc jouer un rôle équivalant à celui de Léonie dans *Le Vieux Prétendant* de Wedekind. En rapportant les paroles de la baronne à Paolo, il ne va en fait que lui nuire.

6. **sich kräftigen** : *reprendre, retrouver de la force*, de **Kraft**, f. : *la force*.

» Du meinst, weil ich so munter umherwandere? Ach, ich will dir sagen: Das ist ein sehr natürliches Bedürfnis. Was willst du? Trinken, Rauchen und Lieben hat man mir verboten, — irgendein Narkotikum habe ich nötig, verstehst du? «

Da ich schwieg, fügte er hinzu:

» Seit fünf Jahren — *sehr* nötig. « —

Wir waren bei dem Punkte angelangt, den wir bis dahin vermieden hatten, und die Pause[1], die eintrat, redete von unserer beiderseitigen Ratlosigkeit. — Er saß gegen das Sammetpolster zurückgelehnt und blickte zum Kronleuchter empor. Dann sagte er plötzlich:

» Vor allem, — nicht wahr, du verzeihst mir, daß ich so lange nichts habe von mir[2] hören lassen... Du verstehst das? «

» Gewiß! «

» Du bist über meine Münchener Erlebnisse orientiert? « fuhr er in beinahe hartem Tone fort.

» So vollkommen wie möglich. Und weißt du, daß ich mich die ganze Zeit mit einem Auftrag für dich getragen habe? Einem Auftrag von einer Dame? «

Seine müden Augen flammten kurz auf[3]. Dann sagte er in demselben trockenen und scharfen Tone von vorher:

» Laß hören[4], ob es etwas Neues ist. «

» Neues kaum; nur eine Bekräftigung dessen, was du von ihr selbst schon gehört hast... «

---

1. **die Pause...**: le mot révèle explicitement que la ponctuation est ici « musicale », signalant un rythme (du discours ou de l'action); voir la n. 6, p. 112, à propos d'un choix comparable de F.W.

2. **von mir**: dans les subordonnées, l'auxiliaire du double inf. (ici: **habe**) se place avant les deux inf.; **von mir** est une extension du verbe et se place avant l'auxiliaire, ce qui est un cas particulier de la règle du placement des mots dans la proposition subordonnée. Autre ex.: **Sie waren sauer, weil die Gäste sich nicht haben gut benehmen können**: *Ils étaient fâchés parce que leurs hôtes n'avaient pu se tenir correctement*; **gut**, comme ici **mir**, se trouve entre **haben** et **benehmen können**.

« Parce que je vagabonde avec autant d'entrain, c'est cela ? Ah, tu sais, je vais t'expliquer : c'est tout naturel, j'en ai le plus grand besoin. Que veux-tu ? On m'a interdit la boisson, le tabac et l'amour... j'avais besoin d'un narcotique, peu importe lequel, comprends-tu ? »

Comme je me taisais, il ajouta :

« Depuis cinq ans... *le plus grand* besoin. »...

Nous en étions arrivés au point que nous avions jusque-là évité, et le silence qui se fit traduisit notre embarras mutuel... Rejeté en arrière sur le velours de son dossier, il regardait en direction du lustre. Puis il dit soudain :

« Tout d'abord... tu me pardonnes, n'est-ce pas, de ne pas avoir donné de mes nouvelles pendant si longtemps... Tu le comprends ?

— Certainement !

— Tu es au courant de ce que j'ai vécu à Munich ? » continua-t-il d'un ton presque dur.

« Aussi parfaitement que possible. Et sais-tu que tout ce temps-là j'avais un message pour toi ? Un message de la part d'une dame. »

Ses yeux fatigués jetèrent un éclair. Puis il dit, du même ton sec et agressif qu'auparavant :

« Voyons si c'est du nouveau.

— Du nouveau... pas vraiment ; seulement une confirmation de ce que tu as entendu de sa propre bouche... »

---

3. ***auf/flammen** : de **Flamme,** f. : *la flamme.* **auf** marque ici l'augmentation de quantité. Autres sens : a) **auf/wachen** : *se réveiller* ; **auf/wecken** : *réveiller*, idée de soudaineté ; b) **auf/machen** : *ouvrir* ; c) **auf/essen** : *tout manger, finir le plat.*

4. **laß hören** : une des nombreuses expressions de l'impératif en allemand. **lassen** conjugé + inf. ; tournure légèrement solennelle, syn. **sage mir**.

Und ich wiederholte ihm, inmitten der schwatzenden und gestikulierenden[1] Menge, die Worte, die an jenem Abend die Baronesse zu mir gesprochen hatte.

Er lauschte, indem er sich langsam über die Stirne[2] strich; dann sagte er ohne irgendein Zeichen von Bewegung:

» Ich danke dir. «

Sein Ton fing an, mich irrezumachen.

» Aber über diese Worte sind Jahre hingegangen «, sagte ich, » fünf lange Jahre, die sie und du, ihr beide durchlebt habt... Tausend neue Eindrücke, Gefühle, Gedanken, Wünsche[3]... «

Ich brach ab, denn er richtete sich auf und sagte mit einer Stimme, in der wieder die Leidenschaft bebte[4], die ich einen Moment für erloschen gehalten hatte:

» *Ich* — *halte* diese Worte! «

Und in diesem Augenblick erkannte ich auf seinem Gesicht und in seiner ganzen Haltung den Ausdruck wieder, den ich damals, als ich die Baronesse zum ersten Male sehen sollte, an ihm beobachtete: diese gewaltsame, krampfhaft angespannte Ruhe, die das Raubtier[5] vor dem Sprunge zeigt.

Ich lenkte ab, und wir sprachen wieder von seinen Reisen, von den Studien[6], die er unterwegs gemacht. Es schienen nicht viele zu sein; er ließ sich ziemlich gleichgültig darüber aus[7].

Kurz nach Mitternacht erhob er sich.

---

1. **gestikulierende Menge**: contraste frappant entre cette foule gesticulante (ce qui doit être, selon les catégories du narrateur, un signe des Méridionaux), et Paolo qui ne bouge plus. Cela veut dire que Paolo, pourtant méridional, qui voyage beaucoup, se trouve soudain soumis à une force d'inertie venant de la baronne Ada.

2. **Stirne**: rajout d'un **-e** euphonique à **Stirn,** f.: *le front.* Ce mouvement de la main rappelle la scène chez les von Stein où apparaît Ada pour la première fois, p. 148. La rencontre avec Paolo provoquait ce geste. En entendant parler de la baronne Ada, Paolo fait le même geste. Cf. Préface, pp. 16-17.

Et au milieu de la foule bavarde et gesticulante, je lui répétai ce que la baronesse m'avait dit ce soir-là.

Il écouta en se passant lentement la main sur le front ; puis il dit sans le moindre signe d'émotion :

« Je te remercie. »

Son ton commençait à me troubler.

« Mais sur ces paroles, des années ont passé, dis-je ; cinq longues années, que vous avez vécues elle et toi, vous deux... Mille nouvelles impressions... tant de sentiments, de pensées, de souhaits... »

Je m'interrompis, car il se redressa et dit d'une voix vibrant à nouveau de la passion que j'avais un moment crue éteinte :

« Pour moi... *Je m'en tiens* à ces paroles ! »

Et à cet instant, je reconnus sur son visage et dans toute son attitude l'expression que j'avais observée naguère, juste avant de voir la baronesse pour la première fois : ce calme forcé et crispé que le fauve montre avant de bondir.

Je changeai de conversation et nous parlâmes à nouveau de ses voyages, des *études* qu'il avait faites en chemin. Il semblait ne pas y en avoir eu beaucoup ; il en parla avec indifférence.

Peu après minuit, il se leva.

---

3. **Wünsche** : l'ambiguïté du narrateur éclate ici encore. Après avoir réveillé ces sentiments d'amour en Paolo, il cherche à les éteindre.

4. **beben** : *trembler* ; ***Erd-beben,** n. : *le tremblement de terre.*

5. ***Raub-tier,** n. : de **rauben** : *voler, emporter, ravir* et **Tier,** n. : *animal.* Cf. la « panthère », p. 152, n. 3.

6. **Studie,** f. : au sens d'une *étude* (historique ou technique) ou dans les Beaux-Arts ; ≠ **Studium,** n., au sing., qualifiant les *études* universitaires seulement.

7. **sich aus/lassen** : 1) *dire sa pensée* à propos de qqch. ; 2) *s'épancher.*

»Ich möchte schlafen gehen oder doch allein sein... Du findest mich morgen vormittag in der Galleria Doria. Ich kopiere mir Saraceni[1]; ich habe mich in den musizierenden Engel verliebt. Sei so gut und komme hin. Ich bin sehr froh, daß du hier bist. Gute Nacht.«

Und er ging hinaus, — langsam, ruhig, mit schlaffen, trägen Bewegungen.

Während des ganzen nächsten Monats habe ich mit ihm die Stadt durchwandert; Rom, dies überschwenglich[2] reiche Museum aller Kunst, diese moderne Großstadt im Süden, diese Stadt, die voll ist von lautem, raschem, heißem, sinnreichem Leben, und in die doch der warme Wind die schwüle Trägheit des Orients[3] hinüberträgt.

Paolos Benehmen blieb immer das gleiche. Er war meistens ernst und still und konnte zuweilen in eine schlaffe Müdigkeit versinken, um dann, während seine Augen aufblitzten, sich plötzlich zusammenzuraffen und ein ruhendes Gespräch mit Eifer fortzusetzen.

Ich muß eines Tages[4] Erwähnung tun, an dem er einige Worte fallenließ, die erst jetzt die richtige Bedeutung für mich bekommen haben.

Es war an einem Sonntag. Wir hatten den wundervollen Spätsommermorgen für einen Spaziergang auf der Via Appia benutzt und rasteten nun, nachdem wir die antike Straße weit hinaus verfolgt hatten, auf jenem kleinen, zypressenumstandenen[5] Hügel,

1. **Saraceni,** Carlo (1585-1620): peintre italien dans le style du Caravage.

2. ***über-schweng-lich**: formé sur **Überschwang,** m.: *exaltation;* **über-schweng-lich** s'emploierait de nos jours surtout pour des paroles (pas pour une personne) dans le sens d'*exalté.* Il s'agit ici d'un sens propre, vieilli, qui veut dire *débordant.*

3. **des Orients**: Rome est déjà elle-même un lieu de rencontre entre l'agitation méridionale de Paolo et la mollesse orientale de la baronne Ada.

« Je voudrais dormir, ou du moins, être seul... Tu me trouveras demain matin dans la Galleria Doria. Je fais des copies de Saraceni ; je suis tombé amoureux de l'ange musicien. Aie la gentillesse de venir m'y retrouver. Je suis très content que tu sois ici. Bonne nuit. »

Et il sortit... lentement, calmement, avec des mouvements fatigués et indolents.

Pendant tout le mois qui suivit, je parcourus avec lui la ville : Rome, ce musée regorgeant de tous les arts, cette métropole moderne du Sud, cette ville remplie d'une vie bruyante, rapide, chaude et sensuelle, et où pourtant le vent chaud apporte la lourde indolence de l'Orient.

Le comportement de Paolo restait toujours le même. La plupart du temps il était grave et silencieux, et pouvait parfois sombrer dans une molle lassitude pour ensuite se ressaisir brusquement, en faisant jaillir des éclairs de ses yeux, et poursuivre avec passion une conversation qui s'endormait.

Je dois évoquer une journée où il laissa échapper quelques mots qui ont pris seulement maintenant leur véritable signification pour moi.

C'était un dimanche. Nous avions profité de la magnifique matinée de cet été finissant pour faire une promenade sur la Via Appia, et après avoir suivi très loin la voie antique, nous nous reposions sur cette petite colline entourée de cyprès,

---

4. **Tages** : il ne s'agit pas ici de l'expression **eines Tages**, gén. de temps, au sens indéfini, *un jour (il arriva)*, mais du complément au gén. du verbe **Erwähnung tun**, lang. soutenu.

5. ***zypressen-umstanden** : de **Zypresse**, f. : *le cyprès*, et ***um-stehen** : *être autour*. Le cyprès est, dans l'Antiquité, le symbole de la mort. Il ne faut pas non plus oublier que les tombeaux des anciens Romains étaient disposés le long des routes conduisant en ville.

von dem aus man einen entzückenden Blick auf die sonnige Campagna mit dem großen Aquädukt und auf die Albanerberge genießt, die ein weicher Dunst umhüllt.

Paolo ruhte halb liegend, das Kinn in die Hand gestützt, neben mir auf dem warmen Grasboden und blickte mit müden, verschleierten[1] Augen in die Ferne. Dann war es wieder einmal jenes plötzliche Aufraffen aus völliger Apathie, mit der er sich an mich wandte:

»Diese Luftstimmung! — Die Luftstimmung ist das Ganze!«

Ich erwiderte etwas Beistimmendes[2], und es war wieder still. Und da plötzlich, ohne jeden Übergang, sagte er, indem er mir mit einer gewissen Eindringlichkeit[3] das Gesicht zuwandte:

»Sag mal, ist es dir eigentlich nicht aufgefallen, daß ich immer noch am Leben bin?«

Ich schwieg betroffen, und er blickte wieder mit einem nachdenklichen Ausdruck in die Ferne.

»Mir — ja«, fuhr er langsam fort. »Ich wundere mich im Grunde jeden Tag darüber. Weißt du eigentlich, wie es um mich steht? — Der französische Doktor in Algier sagte zu mir: “Der Teufel begreife, wie Sie noch immer umherreisen mögen! Ich rate Ihnen, fahren Sie nach Hause und legen Sie sich ins Bett!” Er war immer so geradezu[4], weil wir jeden Abend zusammen Domino[5] spielten.

---

1. ***ver-schleier-t**: *voilé*, de **Schleier,** m.: *le voile*. La voix de la baronne Ada est voilée aussi lorsqu'elle accueille Paolo chez ses parents (p. 148). Idem pour le regard de la créature de *L'Armoire* (p. 70). Ce thème du voile est lié au flou, associé à la figure de la femme, cf. Préface, pp. 12-13.

2. ***etwas Bei/stimmendes**: verbe substantivé formé sur **bei/stimmen** (+ dat.): *approuver qqn*, de **Stimme,** f.: *la voix*.

3. ***Ein-dring-lich-keit**: de **ein/dringen (a/u)**: *pénétrer*; ***Ein-dring-ling**: *intrus*. Le terme même et le mouvement du visage rappelle la scène d'Amra Jacoby avec son mari (*Luischen*, p. 224). Ce mouvement de la tête est un signe du personnage prédateur.

d'où l'on jouit d'une vue ravissante sur la campagne ensoleillée, avec le grand aqueduc et les Monts Albains enveloppés d'une brume légère.

À côté de moi dans l'herbe, sur le sol tiède, Paolo se reposait à demi couché, le menton dans la main, et regardait les lointains d'un œil fatigué et voilé. Puis il sortit de nouveau brusquement de son apathie totale, et il me lança :

« Cette atmosphère !... Il y a tout dans cette atmosphère ! »

Je donnai un vague acquiescement, et le silence retomba. Alors soudain, sans aucune transition, il dit en tournant le visage vers moi avec une certaine insistance :

« Dis donc, ne trouves-tu pas bizarre en fait que je sois toujours en vie ? »

Je me tus, saisi, et il regarda de nouveau dans le lointain d'un air pensif.

« Moi... si, poursuivit-il lentement. Je m'en étonne au fond chaque jour. Sais-tu exactement ce qu'il en est de moi ?... Le médecin français à Alger m'a déclaré : "Le diable sait comment vous pouvez voyager comme cela ! Je vous conseille de rentrer chez vous et de vous mettre au lit !" Il était toujours très direct, comme ça, car nous jouions ensemble chaque soir aux dominos.

---

4. **geradezu :** 1) (ici) accentué sur la dernière syllabe = *direct* (en parlant d'une personne) ; 2) accentué sur la deuxième syllabe = *presque*, **fast**.

5. **Domino,** n. : cette activité de jeu avec le médecin qui lui annonce sa mort pourrait être symbolique. Quoi qu'il en soit, les voyages et les fréquentations de Paolo montrent que c'est un dilettante, comme *Le Paillasse* ; voir ce récit paru en 1897 (dans *Tristan*, même collection bilingue), sur le dilettantisme du personnage, Préface, pp. 9 à 14. Qualité dramatisée par le fait que Paolo cherche à échapper à la mort.

Ich lebe doch noch immer. Ich bin beinahe[1] täglich am Ende. Ich liege abends im Dunkeln[2], — auf der rechten Seite, wohlgemerkt[3]! — Das Herz klopft mir bis in den Hals, es schwindelt mir, daß mir der Angstschweiß ausbricht, und dann plötzlich ist es, als ob der Tod mich anrührte[4]. Es ist für einen Augenblick, als stehe alles still in mir, der Herzschlag setzt aus, die Atmung versagt. Ich fahre auf, ich mache Licht, ich atme tief auf, blicke um mich, verschlinge die Gegenstände mit meinen Blicken. Dann trinke ich einen Schluck Wasser und lege mich wieder zurück; immer auf die rechte Seite! Allmählich schlafe ich ein.

Ich schlafe sehr tief und sehr lange, denn ich bin eigentlich immer todmüde. Glaubst du, daß ich, wenn ich wollte[5], mich hier einfach hinlegen könnte und sterben?

Ich glaube, daß ich in diesen Jahren tausendmal schon den Tod von Angesicht zu Angesicht gesehen habe. Ich bin nicht gestorben. — Mich hält etwas. — Ich fahre auf, ich denke an etwas, ich klammere mich an einen Satz, den ich mir zwanzigmal wiederhole, während meine Augen gierig alles Licht und Leben um mich her einsaugen[6]... Verstehst du mich?«

Er lag regungslos und schien kaum eine Antwort zu erwarten. Ich weiß nicht mehr, was ich ihm erwiderte; aber ich werde niemals den Eindruck vergessen, den seine Worte auf mich machten.

---

1. **beinahe**: *presque*. Ce n'est pas un des degrés de comparaison de l'adjectif **nah**, qui sont **näher** et **am nächsten**.

2. **Dunkeln**: de **das Dunkel**: *le noir*, forme irrégulière d'adj. substantivé. On dira en effet: **das dunkle Haus**. Pour le datif, deux formes subsistent: **im Dunkeln** et **im Dunklen**.

3. ***wohl-gemerkt**: *bien entendu*, de **wohl**: *bien* et **sich** (= dat.) **etw. merken**: *noter qqch.*

4. **an/rühren**: 1) **mit etw.**: *mélanger avec qqch.*; 2) *toucher* (propre et fig.). Diff. de **berühren**, cf. n. 4, p. 152.

« Et pourtant je vis encore. Mais chaque jour je suis presque à l'agonie. Je m'allonge le soir, dans le noir — sur le côté droit, bien entendu !... Mon cœur bat à exploser, j'ai le vertige, j'ai des sueurs d'angoisse, et soudain j'ai la sensation que la mort me saisit. Un instant, c'est comme si tout s'arrêtait en moi : le pouls cesse, le souffle me manque. Je me redresse, j'allume, je respire profondément, je regarde autour de moi, je dévore les objets du regard. Ensuite je bois une gorgée d'eau, puis je m'allonge de nouveau ; toujours sur le côté droit ! Peu à peu, je m'endors.

« Je dors profondément et très longtemps, car je suis en fait toujours épuisé. Me crois-tu si je te dis que je pourrais me coucher ici et mourir sur-le-champ ?

« Je crois que ces dernières années, j'ai vu mille fois la mort en face. Et je ne suis pas mort... Quelque chose me retient... J'ai un sursaut, je pense à quelque chose, je m'accroche à une phrase que je me répète vingt fois, tandis que mes yeux aspirent avidement toute la lumière et la vie qui m'entourent... Tu me comprends ? »

Il était étendu sans mouvement et semblait à peine attendre une réponse. Je ne sais plus ce que je lui ai répondu ; mais je n'oublierai jamais l'impression que ses paroles ont faite sur moi.

---

5. **wollte** : conditionnel de **wollen**. Le subj. 2 est semblable au prétérit, mais la forme de remplacement **würde** + inf. ne s'emploie pas pour les auxiliaires de mode.

6. **ein/saugen (o/o)** : de **saugen** : *sucer*. Cette image du vampire évoque une seconde fois Amra, qui regarde son mari **mit einem saugenden Blick** (*Luischen*, p. 222). À cette époque, la peinture, qui est la profession de Paolo, joue littérairement un rôle très ambivalent par rapport au réel. Cf. *Le Portrait de Dorian Gray* d'Oscar Wilde (1891), dont F.W. reprend en partie le personnage du peintre, et le thème du portrait qui traverse tout le cycle de *Lulu*.

Und nun jener Tag — oh, mir ist, als hätte ich[1] ihn gestern erlebt!

Es war einer der ersten Herbsttage, jener grauen, unheimlich warmen Tage, an denen der feuchte, beklemmende Wind aus Afrika[2] durch die Straßen geht und abends der ganze Himmel unaufhörlich[3] im Wetterleuchten zuckt.

Am Morgen trat ich bei Paolo ein, um ihn zu einem Ausgange abzuholen. Sein großer Koffer stand inmitten des Zimmers, Schrank und Kommode waren weit offen; seine Aquarellskizzen aus dem Orient und der Gipsabguß[4] des vatikanischen Junokopfes waren noch an ihren Plätzen.

Er selbst stand hochaufgerichtet am Fenster[5] und ließ nicht ab, unbeweglich hinauszublicken, als ich mit einem erstaunten Ausruf stehen blieb. Dann wandte er sich kurz, streckte mir einen Brief hin und sagte nichts als[6]:

»Lies.«

Ich sah ihn an. Auf diesem schmalen, gelblichen Krankengesicht mit den schwarzen, fiebernden Augen lag ein Ausdruck, wie ihn sonst nur der Tod hervorzubringen vermag[7], ein ungeheurer Ernst, der mich die Augen auf den Brief niederschlagen ließ, den ich entgegengenommen hatte. Und ich las:

---

1. **mir ist, als hätte ich**: tournure courante, allégée pour l'élégance = **es ist mir, als ob ich... hätte**, littéralement *j'ai l'impression de l'avoir vécue hier*, cf. **Erlebnis,** n.: *l'expérience, le moment vécu.*

2. **der... Wind aus Afrika**: on peut songer au **Föhn**, souffle chaud sensible dans tout le Sud de la zone alpine.

3. ***un-auf/hör-lich**: de **auf/hören**: *arrêter* (de faire qqch.).

4. **Aquarellskizzen... und der Gipsabguß**: présence à nouveau du thème du dilettante, cf. n. 5, p. 174 et Préface, pp. 20 et 22.

Et cette autre journée... Oh ! Je m'en souviens comme si c'était hier !

C'était un des premiers jours d'automne, un de ces jours gris, d'une chaleur inquiétante, où le vent d'Afrique humide et lourd souffle dans les rues, et où, le soir, tout le ciel vibre sans discontinuer d'éclairs de chaleur.

Le matin, je passai chez Paolo pour l'emmener en promenade. Sa grande valise était au milieu de la pièce, l'armoire et la commode étaient grandes ouvertes ; ses esquisses à l'aquarelle qu'il avait faites en Orient et le moulage en plâtre de la tête de la Junon Vaticane étaient encore à leur place.

Lui-même se tenait tout droit à la fenêtre et ne cessa pas de regarder au-dehors, immobile, lorsque je m'arrêtai avec un cri de surprise. Puis il se retourna brusquement, me tendit une lettre et se contenta de dire :

« Lis. »

Je le regardai. Sur ce visage de malade, maigre et jaune, aux yeux noirs et fiévreux, on voyait cette expression que d'habitude seule la mort fait apparaître, une immense gravité qui m'obligea à baisser les yeux sur la lettre que j'avais prise de ses mains. Et je lus :

---

5. **Fenster :** c'est la deuxième similitude de cette scène avec la visite chez les von Stein. Dans cette dernière, lorsque Paolo arrive, Ada se tient également à la fenêtre, cf. p. 146.

6. **sagte nichts als :** *ne dit rien (d'autre) que*, syn. **nur :** *seulement.*

7. **vermag :** prét. du v. **vermögen :** *pouvoir, être capable de*, syn. de **können** mais non auxiliaire de mode, comme le prouve l'infinitif avec **zu : hervorzubringen** ; sens différent du subst. **Vermögen,** n. : *la fortune, la richesse.*

»Hochgeehrter Herr Hofmann!

Der Liebenswürdigkeit Ihrer werten Eltern[1], an die ich mich wandte, verdanke ich die Kenntnis Ihrer Adresse und hoffe nun, daß Sie diese Zeilen freundlich aufnehmen werden.

Gestatten Sie mir, hochgeehrter Herr Hofmann, die Versicherung[2], daß ich während dieser fünf Jahre stets[3] mit dem Gefühl aufrichtiger Freundschaft Ihrer gedacht habe. Müßte ich annehmen, daß Ihre plötzliche Abreise an jenem für Sie *und* mich so schmerzlichen Tage *Zorn* gegen mich und die Meinen bekunden sollte, so wäre meine Betrübnis[4] darüber noch größer als das Erschrecken und tiefe Erstaunen, das ich empfand, als Sie bei mir um die Hand meiner Tochter anhielten.

Ich habe damals zu Ihnen gesprochen als ein Mann zum andern, habe Ihnen offen und ehrlich, auf die Gefahr hin, brutal zu erscheinen, den Grund mitgeteilt, warum ich einem Manne, den ich — ich kann es nicht genug betonen — in jeder Beziehung so überaus[5] hochschätze, die Hand meiner Tochter versagen mußte, und ich habe als Vater zu Ihnen gesprochen, der das *dauernde* Glück seines einzigen Kindes im Auge hat und der das Aufkeimen[6] von Wünschen der bewußten Art auf beiden Seiten gewissenhaft vereitelt hätte, wenn ihm jemals der Gedanke an ihre Möglichkeit gekommen wäre!

---

1. **Eltern :** le message de la baronne Ada rapporté par le narrateur ranime la passion de Paolo. Mais la possibilité matérielle de leur union est créée par les deux couples de parents. Ceux de Paolo refusent son attachement au Sud et fournissent son adresse. Ici c'est le baron von Stein qui intervient. Ce retour dans le pays des parents est fatal à Paolo, ce qui coïncide avec les traits maternels de la baronne Ada.

« Bien cher Monsieur Hofmann,

Je dois votre adresse à la gentillesse de vos chers parents, auxquels j'ai écrit, et j'espère que vous accueillerez ces lignes avec bienveillance.

Permettez-moi, cher Monsieur Hofmann, de vous assurer que pendant ces cinq années j'ai constamment pensé à vous avec des sentiments d'amitié sincère. Si je devais supposer que votre brusque départ, en ces jours si douloureux *aussi bien* pour vous que pour moi, était une marque de *colère* envers moi et les miens, le chagrin que j'en aurais serait encore plus grand que l'effroi et la profonde surprise que j'éprouvai lorsque vous êtes venu me demander la main de ma fille.

À l'époque, je vous ai parlé d'homme à homme, je vous ai dit, avec franchise et honnêteté, au risque de paraître brutal, la raison pour laquelle je devais refuser la main de ma fille à un homme que par ailleurs — et je ne saurais assez insister là-dessus —, j'estime grandement, à tous égards ; et je vous ai parlé comme un père qui a en vue le bonheur *durable* de son unique enfant et qui se serait fait un devoir d'étouffer des deux côtés tout désir de cette nature, s'il avait pu envisager un seul instant sa possibilité !

---

2. ***Ver-sicher-ung :** **as-sur-ance* (propre et fig.) de **sicher :** *sûr.*
3. **stets = immer :** *toujours* ; **stets** ne peut se rapporter qu'à des personnes.
4. ***Be-trüb-nis,** f. : *chagrin, tristesse*, de **trüb :** *abattu, triste* (pour une personne).
5. **überaus = sehr :** *très, beaucoup.*
6. ***Auf-keim-en :** litt. *éclosion*, de **Keim,** m. : *germe.*

In den gleichen Eigenschaften, mein verehrter Herr Hofmann, spreche ich auch heute zu Ihnen: als[1] Freund und als Vater. — Fünf Jahre sind seit Ihrer Abreise verflossen, und hatte ich bis dahin[2] noch nicht Muße genug zu der Erkenntnis gehabt, wie tief die Neigung, die Sie meiner Tochter einzuflößen vermochten, in ihr Wurzel gefaßt[3] hat, so ist kürzlich[4] ein Ereignis eingetreten[5], das mir völlig darüber die Augen öffnen mußte. Warum sollte ich es Ihnen verschweigen, daß meine Tochter im Gedanken an Sie[6] die Hand eines ausgezeichneten Mannes ausgeschlagen hat, dessen Werbung[7] ich als Vater nur dringend befürworten konnte?

An den Gefühlen und Wünschen meiner Tochter sind die Jahre machtlos vorübergegangen, und sollte[8] — dies ist eine offene und bescheidene Frage! — bei Ihnen, hochgeehrter Herr Hofmann, das Gleiche der Fall sein, so erkläre ich Ihnen hiermit, daß wir Eltern dem Glücke unsres Kindes fernerhin[9] nicht im Wege stehen wollen.

Ich sehe Ihrer Antwort entgegen[10], für die ich Ihnen, wie sie auch lauten möge, überaus dankbar sein werde, und habe diesen Zeilen nichts hinzuzufügen als den Ausdruck meiner vollsten Hochachtung.

Ergebenst *Oskar Freiherr von Stein.* «

---

1. **als Freund**: littéralement *en tant qu'ami*; **als** à distinguer a) de **wie**: *comme*, avec un sens réel de comparaison; b) de la conjonction de subordination employée lors d'un fait (d'une période) unique dans le passé, **als er klein war**: *quand il était petit.*

2. **bis dahin**: *jusqu'à ce moment-là*, syn. au style direct: **bis jetzt**: *jusqu'à maintenant*; autre ex. du langage parlé: **bis bald!** *à bientôt, à tout à l'heure!*

3. **Wurzel fassen**: *prendre, jeter (des) racine(s)*; à rapprocher de l'expr., p. 36, *(La Vaccination)* **ich blieb wie angewurzelt stehen** et, p. 246, *(Luischen)* **er stand... wie angewurzelt.**

4. **kürzlich**: adv. seulement, syn. **vor kurzem**: *récemment.*

5. **ein/treten (a/e)**: 1) *entrer*; 2) (ici) *survenir.*

C'est en cette même qualité, cher Monsieur Hofmann, que je m'adresse aujourd'hui à vous : comme un ami et comme un père... Cinq années ont passé depuis votre départ, et si je n'avais pas eu jusqu'ici tout loisir pour me rendre compte à quel point l'inclination que vous avez pu susciter chez ma fille a jeté en elle de profondes racines, un événement récent est intervenu qui a achevé de m'ouvrir les yeux. Pourquoi devrais-je vous cacher que ma fille, tout acquise à vous, a refusé sa main à un homme excellent, dont je ne pouvais en tant que père qu'appuyer vivement la demande ? Les années sont restées sans effet sur les sentiments et les désirs de ma fille, et si (je vous pose la question en toute franchise et modestie) il en est de même pour vous, bien cher Monsieur Hofmann, je déclare par la présente que nous, ses parents, ne voulons d'aucune manière nous opposer plus longtemps au bonheur de notre enfant.

J'attends votre réponse, dont je vous serai infiniment gré, quelle qu'en soit la teneur, et je n'ai rien à ajouter à ces lignes que l'expression de mon absolue considération.

Votre très dévoué, *Baron Oskar von Stein* ».

---

6. **im Gedanken an Sie** : *en pensant à vous*, cf. **Gedanke (n, n)** : *pensée* et le v. **an etw./jdn** (acc.) **denken (dachte, gedacht)** : *penser à.*

7. **Werbung**, f. : du v. **um (ein Mädchen) werben** : *demander en mariage*, à distinguer du sens moderne = *publicité*, cf. **für etw. werben** : *faire de la réclame pour qqch.*

8. **und sollte... das Gleiche der Fall sein** : l'auxiliaire **sollen** est ici une marque de politesse supplémentaire = *s'il devait en être de même pour vous.*

9. **fernerhin** = **außerdem** : *en outre.*

10. **etw.** (= dat.) **entgegen/sehen** = **etw.** (acc.) **erwarten**, avec une nuance d'angoisse ou d'inquiétude.

— Ich blickte auf. Er hatte die Hände auf den Rücken gelegt und sich wieder dem Fenster zugewandt. Ich fragte nichts als:

» Du reist? «

Und ohne mich anzusehen, erwiderte[1] er:

» Bis morgen früh müssen[2] meine Sachen bereit sein. «

Der Tag verging mit Besorgungen[3] und Kofferpacken, wobei ich ihm behilflich war, und abends[4] machten wir auf meinen Vorschlag einen letzten Spaziergang durch die Straßen der Stadt.

Es war noch jetzt fast unerträglich schwül, und der Himmel zuckte jede Sekunde in jähem Phosphorlichte auf. — Paolo schien ruhig und ermüdet; aber er atmete tief und schwer.

Schweigend oder in gleichgültigen Gesprächen waren wir wohl eine Stunde umhergewandert, als wir vor der Fontana Trevi stehenblieben, jenem berühmten Brunnen, der das dahineilende[5] Gespann des Meergottes zeigt.

Wir betrachteten wieder einmal lange und mit Bewunderung diese prächtig schwungvolle Gruppe, die, unaufhörlich von grellblauem Leuchten umspielt, einen nahezu zauberhaften[6] Eindruck machte. Mein Begleiter sagte:

» Gewiß, Bernini entzückt mich auch noch in den Werken seiner Schüler. Ich begreife seine Feinde nicht. —

---

1. **erwidern**: *répliquer, rétorquer*; syn. de **antworten**, formé sur **wider** signifiant: a) le reflet, cf. **sich widerspiegeln** au sens propre et figuré; b) la réaction en réponse, **einen Besuch erwidern**: *rendre une visite*; c) l'opposition, syn. **gegen** + acc. aussi: *contre.*

2. **müssen**: le v. ici suggère la décision prise par Paolo = *il faut que mes affaires soient prêtes.*

3. **Besorgung,** f.: du v. **etw. besorgen**: *aller chercher (acheter) qqch.*, dont le sens est différent au part. passé **besorgt**: *soucieux, préoccupé*, à rapprocher des subst. **Sorge,** f. ou **Besorgnis,** f.: *souci, inquiétude.*

4. **abends**: emploi vieilli de l'adverbe de temps pour marquer un événement unique dans le passé = **am Abend.**

... Je levai les yeux. Il avait mis les mains dans son dos et s'était de nouveau tourné vers la fenêtre. Je posai une seule question :

« Tu pars ? »

Et sans me regarder, il répondit :

« Mes affaires seront prêtes d'ici demain matin. »

La journée se passa à faire des courses et à préparer des valises, ce à quoi je l'aidai ; et le soir, sur ma proposition, nous fîmes une dernière promenade dans les rues de la ville.

Le temps restait d'une lourdeur presque intolérable, et le ciel vibrait à chaque seconde de brusques phosphorescences... Paolo paraissait calme, mais fatigué ; et il respirait profondément, avec difficulté.

Silencieux ou occupés à des conversations anodines, nous nous étions sans doute promenés une heure lorsque nous nous retrouvâmes devant la Fontaine de Trevi, cette fontaine célèbre qui représente l'attelage du dieu marin lancé au galop.

Nous contemplâmes encore une fois longuement, avec admiration, ce groupe animé d'un élan magnifique et qui, continuellement environné de lueurs bleu vif, produisait un effet quasi fantastique. Mon compagnon déclara :

« Réellement, Le Bernin m'enchante, même dans les œuvres de ses élèves. Je ne comprends pas ses détracteurs...

---

5. **dahin/eilen : eilen :** *se dépêcher.* Ce verbe rappelle sans doute intentionnellement le **dahin/schäumen** des eaux dans la scène où Ada charge le narrateur de la commission qui le fait revenir (p. 160). Le dieu de la Mer, divinité maritime et aquatique, représente donc ici Ada.

6. ***zauber-haft : de Zauber,** m. : *la magie* ; *le charme* ; *le sort* (qu'on jette).

Freilich, wenn das Jüngste Gericht mehr gehauen[1] als gemalt ist, so sind Bernini's Werke sämtlich mehr gemalt als gehauen. Aber gibt es einen größeren Dekorateur?«

»Weißt du eigentlich«, fragte ich, »was für eine Bewandtnis[2] es mit dem Brunnen hat? Wer beim Abschied von Rom daraus trinkt, der kehrt zurück. Hier hast du mein Reiseglas —« und ich füllte es an einem der Wasserstrahlen —, »du sollst dein Rom wiedersehen!«

Er nahm das Glas und führte es an die Lippen. In diesem Augenblick flammte[3] der ganze Himmel in einem blendenden, lang anhaltenden Feuerscheine auf, und klirrend sprang das dünne Gefäßchen am Rande des Bassins in Scherben.

Paolo trocknete mit dem Taschentuch das Wasser an seinem Anzug.

»Ich bin nervös und ungeschickt«, sagte er. »Gehen wir weiter. Hoffentlich war das Glas nichts wert.«

Am nächsten Morgen hatte sich das Wetter aufgeklärt. Ein lichtblauer Sommerhimmel lachte über uns[4], als wir zum Bahnhof fuhren.

Der Abschied war kurz. Paolo schüttelte schweigend meine Hand, als ich ihm Glück wünschte, viel Glück.

Ich sah ihm lange nach, wie er hochaufgerichtet an dem breiten Aussichtsfenster stand. Tiefer Ernst lag in seinen Augen — und Triumph.

---

1. **hauen (hieb, gehauen)**: à rapprocher ici de **Bildhauer,** n.: *le sculpteur*; autres sens du verbe: *frapper, battre, cogner* (**Holzhauer,** m.: *bûcheron*).

2. **Bewandtnis,** f.: *tournure des choses*; de **es bei etw. bewenden lassen**: *en rester là.*

3. ***auf/flammen**: ce verbe assez rare établit une relation entre la scène présente et la scène du café où les yeux de Paolo s'« enflamment » en apprenant la commission d'Ada (p. 168, n. 3). Cet embrasement du ciel symbolise en plus la chaleur du Sud. Avec le symbole de l'eau repéré plus haut, représentant Ada, est annoncée la prochaine rencontre entre Paolo et Ada. Cette symbolisation ne s'arrête donc pas

S'il est vrai que le Jugement Dernier est plus sculpté que peint, toutes les œuvres du Bernin par ailleurs sont plus peintes que sculptées. Mais existe-t-il plus grand génie du décor ?

— Au fait, demandai-je, connais-tu la propriété de cette fontaine ? Celui qui y boit avant de quitter Rome, reviendra... Voilà mon verre de voyage — et je le remplis à l'un des jets d'eau — tu la reverras, ta Rome ! »

Il prit le verre et le porta à ses lèvres. À cet instant le ciel entier s'embrasa d'une lumière éblouissante et prolongée, et le fragile récipient éclata en tintant sur le bord du bassin.

Paolo essuya avec son mouchoir l'eau répandue sur son costume.

« Je suis nerveux et maladroit, dit-il. Allons-nous-en. J'espère que ce verre n'avait aucune valeur. »

Le lendemain matin, le temps s'était éclairci. Un ciel d'été d'un bleu intense au-dessus de nos têtes riait, tandis que nous roulions vers la gare.

Les adieux furent brefs. Paolo me serra la main sans rien dire lorsque je lui souhaitai du bonheur, beaucoup de bonheur.

Je le suivis longtemps du regard, car il resta bien droit à la fenêtre de la plate-forme. Une profonde gravité habitait ses yeux... avec une expression de triomphe.

à la signification évidente du passage selon laquelle Paolo ne reverra pas Rome. Il ne s'agit pas d'un étrange destin, mais de la rencontre entre deux principes parfaitement délimités dans le texte.

4. **lachte über uns** : comme pour nous confirmer que la manifestation de colère du ciel n'a pas de signification transcendante, une manifestation contraire nous est aussitôt donnée.

Was habe ich noch zu sagen? — Er ist tot; gestorben am Morgen[1] nach der Hochzeitsnacht, — beinahe in der Hochzeitsnacht.

Es mußte so sein. War es nicht der Wille, der Wille zum Glück allein, mit dem er so lange den Tod bezwungen hatte? Er mußte sterben, ohne Kampf und Widerstand sterben, als seinem Willen zum Glück Genüge geschehen war; er hatte keinen Vorwand mehr, zu leben.

Ich habe mich gefragt, ob er schlecht gehandelt, bewußt schlecht an der, welcher er sich verband. Aber ich habe sie gesehen bei seinem Begräbnis, als sie zu Häupten seines Sarges stand; und ich habe auch in ihrem Antlitz den Ausdruck erkannt, den ich auf seinem gefunden: den feierlichen und starken Ernst des Triumphes[2].

---

1. **am Morgen**: la similitude avec *Le Vieux Prétendant* est frappante. La mort de Clara est également constatée le matin après la nuit avec Rudolf (p. 126).

Que me reste-t-il à dire?... Il est mort — mort le lendemain matin de sa nuit de noces... quasiment pendant la nuit de noces.

Il n'en pouvait être autrement. N'était-ce pas la volonté, simplement la volonté de bonheur, qui lui avait permis de vaincre aussi longtemps la mort? Il lui fallait mourir, mourir sans lutte ni résistance, une fois sa volonté de bonheur satisfaite; il n'avait plus aucun prétexte pour vivre.

Je me suis demandé s'il avait mal agi, sciemment mal agi envers celle à laquelle il s'unissait. Mais je l'ai vue à l'enterrement, debout à la tête du cercueil; et j'ai reconnu aussi sur son visage l'expression que j'avais vue sur le sien: la gravité solennelle et puissante du triomphe.

---

2. **Triumph**: cette fin pourrait signifier, de façon assez banale, la victoire de la femme fatale. Or, comme le précise le narrateur lui-même, ce sentiment de triomphe habitait également Paolo, lorsqu'il quitta le narrateur et Rome.

THOMAS MANN

Luischen[1]

Luischen

1

Es gibt Ehen, deren Entstehung[2] die belletristisch geübteste Phantasie sich nicht vorzustellen vermag. Man muß sie hinnehmen, wie man im Theater die abenteuerlichen Verbindungen von Gegensätzen wie Alt und Stupide mit Schön[3] und Lebhaft hinnimmt, die als Voraussetzung gegeben sind und die Grundlage für den mathematischen Aufbau[3] einer Posse bilden.

Was die Gattin des Rechtsanwalts Jacoby betrifft, so war sie jung und schön, eine Frau von ungewöhnlichen Reizen. Vor — sagen wir einmal[5] — dreißig Jahren war sie auf die Namen Anna, Margarethe, Rosa, Amalie getauft worden, aber man hatte sie, indem man die Anfangsbuchstaben dieser Vornamen zusammenstellte, von jeher nicht anders als Amra[6] genannt, ein Name, der mit seinem exotischen Klange zu ihrer Persönlichkeit paßte wie kein anderer[7].

---

1. **Luischen :** écrit vraisemblablement en 1897, paru en 1900. Luischen est le diminutif de **Luise,** *Louise* (du reste, ci-dessous **Amalie** correspond au français *Amélie*). L'autre diminutif de Luise en usage à la fin du siècle dernier était Lulu. Des personnages ressemblant à Luischen et portant le même nom apparaissent par exemple chez F.W. et Hermann Hesse.

2. **Entstehung :** de **entstehen (a/a) :** *naître* (fig.), *résulter de.*

3. **Alt... mit Schön :** concepts assez abstraits en allemand pour désigner des êtres vivants. Autre ex. : **Jeden Sonntag spazieren Jung und Alt im Wald :** *Tous les dimanches jeunes et vieux se promènent en forêt.*

4. **mathematischer Aufbau :** Wich a rappelé avec raison que ce récit est une parodie en prose de la tragédie classique, cf. Bibliographie, p. 257.

1

Il y a des mariages qui se font, et que l'imagination la plus rompue à la littérature ne saurait se figurer. Il faut les admettre comme on admet au théâtre la liaison des contraires les plus stupéfiants, celle du barbon stupide avec une femme belle et vive, ce qui constitue pour une farce la condition nécessaire et la construction mathématique de base.

Quant à l'épouse de l'avocat Jacoby, elle était jeune et belle, et douée de charmes inhabituels. Il y a... disons trente ans, elle avait été baptisée des prénoms d'Anna, Margarethe, Rosa, Amalie ; mais par une réunion de leurs initiales, on ne l'avait plus appelée depuis qu'Amra, nom qui par sa tonalité exotique s'harmonisait avec sa personnalité, comme aucun autre.

---

5. **einmal** : mot aux multiples usages en allemand : 1) *une fois*, cf. **es war einmal** : *il était une fois...* ; 2) (ici) équivalant à **eben, gerade** : *donc, justement, alors* ; 3) temporel équivalant à **einstmals** : *jadis, auparavant, alors.*

6. **Amra** : est un mélange, témoin ce prénom composite ; cf. Ada, p. 148, n. 3.

7. **... paßte wie kein anderer** : les membres de phrase introduits par **wie, als** et **außer** sont bien souvent rejetés à la fin. Autre ex. : **Die Tochter kann fließend Deutsch sprechen wie ihre Mutter.**

Denn obgleich die Dunkelheit ihres starken, weichen Haares, das sie seitwärts gescheitelt und nach beiden Seiten schräg von der schmalen Stirn hinweggestrichen trug, nur die Bräune des Kastanienkernes war, so zeigte ihre Haut doch ein vollkommen südliches mattes und dunkles Gelb, und diese Haut umspannte[1] Formen, die ebenfalls von einer südlichen Sonne gereift erschienen und mit ihrer vegetativen und indolenten Üppigkeit an diejenigen einer Sultanin[2] gemahnten[3]. Mit diesem Eindruck, den jede ihrer begehrlich trägen Bewegungen hervorrief, stimmte durchaus überein[4], daß höchstwahrscheinlich ihr Verstand vom Herzen untergeordnet war[5]. Sie brauchte jemanden ein einziges Mal, indem sie auf originelle Art ihre hübschen Brauen ganz waagerecht in die fast rührend schmale Stirn erhob, aus ihren unwissenden, braunen Augen angeblickt zu haben, und man wußte das. Aber auch sie selbst, sie war nicht einfältig[6] genug, es nicht zu wissen; sie vermied es ganz einfach, sich Blößen zu geben, indem sie selten und wenig sprach: und gegen eine Frau, welche schön ist und schweigt, ist nichts einzuwenden. Oh! das Wort »einfältig« war überhaupt wohl am wenigsten bezeichnend für sie. Ihr Blick war nicht nur töricht, sondern auch von einer gewissen lüsternen[7] Verschlagenheit, und man sah wohl, daß diese Frau nicht zu beschränkt war, um geneigt zu sein, Unheil[8] zu stiften...

---

1. **umspannen**: *envelopper,* (fig.) *concerner, englober*; cf. ***Zeit-spanne,** f.: *laps de temps.*

2. **... einer Sultanin**: voir la Préface, p. 12.

3. **gemahnen**: *rappeler*; cf. **Mahnung,** f.: *avertissement, rappel* (pour paiement).

4. **überein/stimmen**: *concorder.* Un **damit** est sous-cntcndu; ***einstimmig**: *unanime(ment),* cf. **Stimme,** f.: *la voix.*

5. **... vom Herzen untergeordnet war**: littéralement *que chez elle l'intelligence* (*l'esprit,* cf. **verstehen,** *comprendre*) *était subordonnée (soumise, tenue en lisière par) au cœur.*

Car bien que sa sombre chevelure, épaisse et souple, qu'elle portait avec une raie de côté et un mouvement oblique dégageant son front étroit, fût du simple brun de la châtaigne, sa peau d'un jaune mat et bistré parfaitement méridional enveloppait des formes qui semblaient elles aussi mûries au soleil du Sud ; et leur opulence végétative et indolente rappelait celles d'une sultane. L'impression de nonchalance concupiscente que dégageait chacun de ses mouvements laissait tout à fait supposer que chez elle, le cœur primait très vraisemblablement sur la raison. Il suffisait qu'elle posât une seule fois sur quelqu'un ses innocents yeux bruns, en haussant tout droit, d'une façon inimitable, ses jolis sourcils sur son front d'une étroitesse presque touchante, pour que l'on y fût sensible ; mais elle non plus n'était point assez naïve pour ne pas le savoir. Elle évitait donc tout simplement de montrer ses points faibles, en parlant peu et rarement : car on ne peut rien reprocher à une belle femme qui se tait. Oh, le mot « naïve » est d'ailleurs le moins approprié sans doute pour la définir. Son regard n'était pas seulement niais, mais il témoignait d'une certaine rouerie lascive et l'on voyait bien que cette femme n'était pas assez bornée pour tendre à la simple malfaisance...

---

6. ***ein-fältig :** *naïf, simple* (seulement sens fig.) ; ***viel-fältig :** *varié* (seulement sens propre). Le premier paragraphe suggère une analogie de ce récit avec la comédie, décrite comme une construction artificielle où deux fonctions pures de tout mélange s'opposent. Mais Amra, si elle est belle, n'est ni vive ni intelligente. Les personnages de ce récit sont des *mélanges burlesques* qui contiennent leur conflit dramatique en eux-mêmes.

7. **lüstern :** *concupiscent, lubrique* ; cf. **Lust,** f. : *l'envie de* (**auf** + acc.), *le désir.*

8. ***Un-heil,** n. : *malheur* ≠ **heil bleiben :** *rester entier* (après un accident) ; **heilen :** *soigner.*

Übrigens war vielleicht ihre Nase im Profile ein wenig zu stark und fleischig; aber ihr üppiger und breiter Mund war vollendet schön, wenn auch[1] ohne einen anderen Ausdruck als den der Sinnlichkeit.

Diese besorgniserregende Frau also war die Gattin des etwa vierzig Jahre alten Rechtsanwaltes[2] Jacoby, — und wer diesen sah, der staunte. Er war beleibt[3], der Rechtsanwalt, er war mehr als beleibt, er war ein wahrer Koloß von einem Manne! Seine Beine, die stets in aschgrauen Hosen steckten, erinnerten in ihrer säulenhaften[4] Formlosigkeit an diejenigen eines Elefanten[5], sein von Fettpolstern gewölbter Rücken war der eines Bären, und über der ungeheuren Rundung seines Bauches war das sonderbare grüngraue Jäckchen, das er zu tragen pflegte, so mühsam mit einem einzigen Knopfe geschlossen, daß es nach beiden Seiten hin[6] bis zu den Schultern zurückschnellte[7], sobald der Knopf geöffnet wurde. Auf diesem gewaltigen Rumpf[8] aber saß, fast ohne den Übergang eines Halses, ein verhältnismäßig kleiner Kopf mit schmalen und wässerigen Äuglein, einer kurzen, gedrungenen Nase und vor Überfülle herabhängenden Wangen, zwischen denen sich ein ganz winziger Mund mit wehmütig gesenkten Winkeln verlor. Den runden Schädel sowie die Oberlippe bedeckten spärliche und harte, hellblonde Borsten, die überall die nackte Haut hervorschimmern ließen, wie bei einem überfütterten Hunde...

---

1. **wenn auch = auch wenn :** *même si.*

2. ***Rechts-anwalt,** m. : *avocat.* **Staats-anwalt,** m. : *avocat général* ; **Recht,** n. : *le droit.*

3. ***be-leibt :** **corp-ulent.* **Leib,** n. : *le corps.*

4. ***säulen-haft :** adj. composé forgé par T.M. ; de **Säule,** f. : *la colonne* et **-haft :** suffixe de formation.

5. **Elefant... Bär :** plus loin, l'avocat sera aussi un chien. Ce personnage est également un mélange, et les multiples comparaisons animales sont, là aussi, quasi burlesques.

6. **nach beiden Seiten hin : hin** est ici facultatif.

Au surplus, peut-être son nez était-il de profil un peu trop fort et charnu, mais sa bouche large et pulpeuse était d'une beauté achevée, encore qu'elle n'exprimât rien d'autre que la sensualité.

Cette femme inquiétante était donc l'épouse de l'avocat Jacoby, qui avait dans les quarante ans... et quiconque le voyait ne pouvait que s'en étonner. Il était corpulent, l'avocat — même plus que corpulent —, c'était un homme vraiment colossal ! Ses jambes, toujours dans des pantalons gris cendré, faisaient penser, colonnes informes, aux pattes d'un éléphant ; son dos se voûtait sous le poids des bourrelets de graisse et ressemblait à celui d'un ours. Sur l'immense rotondité de son ventre, la bizarre petite veste gris-vert qu'il portait d'habitude fermait si difficilement par un unique bouton qu'elle bâillait des deux côtés jusqu'aux épaules dès qu'il l'ouvrait. Par contre ce gros corps était, presque sans la transition d'un cou, surmonté d'une tête relativement petite aux yeux étroits et larmoyants, avec un nez court et épaté ; entre les joues, si pleines qu'elles retombaient, se perdait une bouche minuscule aux commissures mélancoliquement baissées. Sur le crâne rond et la lèvre supérieure se hérissaient de rares poils raides, d'un blond clair, qui laissaient partout apparaître et miroiter la peau nue, comme chez un chien trop nourri...

---

7. ***zurück/schnellen :** *rebondir*, de **schnell :** *vite, rapide(ment).*

8. **Rumpf :** une phrase longue, mais soutenue par des allitérations soignées : **Rum*pf***, **Ko*pf*** / **a*ber***, **Ü*ber*gang**, **Ü*ber*fulle** / **saß**, **Halses**, **Nase** / ***w*inzig**, ***w*ehmütig**, ***W*inkel** / **wi*n*zig**, **gese*n*kt**, **Wi*n*kel**.

Ach! es mußte aller Welt klar sein, daß die Leibesfülle des Rechtsanwalts nicht von gesunder Art war. Sein in der Länge wie in der Breite riesenhafter Körper war überfett, ohne muskulös zu sein, und oft konnte man beobachten, wie ein plötzlicher Blutstrom sich in sein verquollenes Gesicht ergoß, um ebenso plötzlich einer gelblichen[1] Blässe zu weichen, während sein Mund sich auf säuerliche Weise verzog...

Die Praxis des Rechtsanwalts war ganz beschränkt; aber da er, zum Teile von seiten seiner Gattin, ein gutes Vermögen besaß, so bewohnte das — übrigens kinderlose — Paar in der Kaiserstraße[2] ein komfortables[3] Stockwerk[4] und unterhielt einen lebhaften gesellschaftlichen Verkehr[5]: lediglich, wie gewiß ist, den Neigungen Frau Amra's gemäß, denn es ist unmöglich, daß der Rechtsanwalt, der nur mit einem gequälten Eifer[6] bei der Sache zu sein schien, sich glücklich dabei befand. Der Charakter dieses dicken Mannes war der sonderbarste. Es gab keinen Menschen, der gegen alle Welt höflicher, zuvorkommender, nachgiebiger gewesen wäre als er; aber ohne es sich vielleicht auszusprechen, empfand man, daß sein überfreundliches[7] und schmeichlerisches Betragen aus irgendwelchen Gründen erzwungen war, daß es auf Kleinmut und innerer Unsicherheit beruhte, und fühlte sich unangenehm berührt. Kein Anblick ist häßlicher[8] als derjenige eines Menschen, der sich selbst verachtet, der aber aus Feigheit und Eitelkeit dennoch liebenswürdig sein und gefallen möchte:

---

1. ***gelb-lich**: **jaun-âtre*; ***bräun-lich**: **brun-âtre*; ***grün-lich**: **verdâtre*...

2. **Kaiserstraße**: en Allemagne, la Kaiserstraße est en général une rue ouverte après 1870, dont les immeubles correspondaient à ce qui a été construit sous Haussmann à Paris. Ces immeubles ont été occupés par la bourgeoisie d'affaires qui a profité de l'expansion économique allemande à la fin du XIXe siècle.

3. **komfortabel**: selon le processus d'emprunt des mots étrangers,

Hélas!... tout le monde pouvait se rendre compte que l'embonpoint de l'avocat n'était pas sain. Son corps gigantesque, en longueur comme en largeur, était adipeux sans être musclé et l'on voyait souvent un brusque afflux de sang se répandre sur son visage bouffi, pour céder aussi brusquement la place à une pâleur cireuse, tandis que sa bouche se crispait amèrement...

La clientèle de l'avocat était très restreinte, mais comme il possédait une belle fortune qui lui venait en partie de son épouse, le couple — d'ailleurs sans enfant — habitait un appartement luxueux dans la Kaiserstrasse et voyait beaucoup de monde... uniquement pour se conformer aux goûts de Madame Amra, cela ne fait aucun doute, car il est impossible que l'avocat en fût heureux, lui qui semblait n'y participer qu'avec un zèle torturé. Le caractère de ce gros homme était des plus étranges. Nul n'était plus poli, prévenant, conciliant avec tout le monde; mais l'on sentait, peut-être sans se le formuler, que son amabilité excessive et flatteuse était forcée, pour des raisons peu claires; qu'elle reposait sur de la veulerie et un secret manque d'assurance, ce qui produisait une impression désagréable. Nul spectacle n'est plus laid que celui d'un homme qui se méprise, mais qui, par lâcheté et par vanité, voudrait néanmoins être aimable et plaire.

---

komfortabel signifie *plus que confortable*, c.-à-d. *de grand confort,* voire *de luxe.*

4. **Stockwerk,** n.: *l'étage* tout entier sur lequel s'étend donc ce vaste appartement; cf. les n. 3 et 4, p. 144.

5. **Verkehr,** m.: 1) (biens, marchandises, monnaie) *circulation, trafic*; 2) (ici) *relations* (avec des personnes).

6. **Eifer,** m.: *le zèle*; **eifrig**: *zélé*; ***Eifersucht,** f.: *jalousie*; ***eifersüchtig**: *zélé.*

7. ***über-freundlich**: **über-** marque l'excès; cf. plus haut: **sein... Körper war überfett**: *trop gras*; cf. plus bas ***über-eifrig.**

8. **häßlicher**: l'objet de ce récit n'est donc pas le Beau, mais le Laid, comme le demandent *Les Considérations d'un Apolitique* (cf. Préface, p. 22).

und nicht anders verhielt es sich, meiner Überzeugung nach[1], mit dem Rechtsanwalt, der in seiner fast kriechenden Selbstverkleinerung[2] zu weit ging, als daß er sich die notwendige persönliche Würde bewahrt haben konnte. Er war imstande, zu einer Dame, die er zu Tische führen wollte, zu sprechen: »Gnädige Frau, ich bin ein widerlicher Mensch, aber wollen Sie die Güte haben?...« Und dies sagte er, ohne Talent zur Selbstverspottung, bittersüßlich, gequält und abstoßend. — Die folgende Anekdote beruht gleichfalls auf Wahrheit[3]. Als der Rechtsanwalt eines Tages spazierenging, kam ein rüder Dienstmann mit einem Handwagen daher und fuhr ihm mit dem einen Rade heftig über den Fuß. Zu spät hielt der Mann den Wagen an[4] und wandte sich um, — worauf der Rechtsanwalt, gänzlich fassungslos, blaß und mit bebenden Wangen, ganz tief den Hut zog und stammelte: »Verzeihen Sie mir!« — Dergleichen empört. Aber dieser sonderbare Koloß schien beständig vom bösen Gewissen geplagt zu sein. Wenn er mit seiner Gattin auf dem »Lerchenberge[5]« erschien, der Hauptpromenade der Stadt, so grüßte er, während er hie und da einen scheuen Blick auf die wundervoll elastisch[6] daherschreitende Amra warf, so übereifrig, ängstlich und beflissen nach allen Seiten, als ob er das Bedürfnis empfände, sich demütig vor jedem Leutnant zu bücken und um Verzeihung zu bitten, daß er, gerade er im Besitz dieser schönen Frau[7] sich befinde;

---

1. **meiner Überzeugung nach**: le narrateur, déjà discrètement présent — voir p. 195 sa remarque sur le mot « naïf » —, apparaît ici nettement; voir aussi p. 206, n. 4.

2. ***Selbst-ver-klein-er-ung**: subst. forgé par T.M. sur **verkleinern**: *réduire*, de **klein**: *petit*; **selbst**: *soi-même.*

3. **Wahrheit**, f.: comme pour la Laideur, le narrateur prend parti pour le Vrai. Si l'on se souvient du projet de « construction mathématique » du début du récit, l'idéal du narrateur est le réalisme moderne contre le Beau classique.

4. **an/halten**: *(s')arrêter* (transitif et intransitif); **Anhalter**, m.: *autostoppeur.* **per Anhalter fahren**: *faire du stop.*

Or, il n'en allait pas autrement, j'en suis persuadé, de cet avocat dont l'humilité presque rampante allait trop loin pour qu'il eût pu conserver l'indispensable dignité personnelle. Il était capable de dire à une dame qu'il voulait conduire à table : « Madame, je suis un être répugnant, mais auriez-vous la bonté ?... » Et il le disait sans la moindre ironie, d'un air aigre-doux et torturé qui levait le cœur... Voici une anecdote tout aussi véridique : un jour que l'avocat était en promenade, une brute de porteur qui poussait une voiture à bras lui écrasa violemment le pied sous l'une des roues. L'homme arrêta sa voiturette trop tard et se retourna ; sur quoi l'avocat, tout à fait décontenancé, pâle et les joues tremblantes, lui tira un profond coup de chapeau et balbutia : « Pardonnez-moi ! »... Des choses pareilles révoltent. Mais cet étrange colosse semblait être perpétuellement tourmenté par la mauvaise conscience. Quand il se montrait avec son épouse au Lerchenberg, le principal lieu de promenade de la ville, tout en jetant de temps à autre un regard effarouché sur Amra qui marchait d'un pas merveilleusement élastique, il saluait de tous côtés avec un excès d'empressement, craintif et appliqué, comme par besoin de se courber humblement devant le moindre sous-lieutenant et de se faire pardonner d'être, lui précisément, en possession de cette belle femme ;

---

5. **auf dem « Lerchenberge »...,** ***der*** **Hauptpromenade :** et non : **die Haupt... :** en all., l'apposition est au même cas que son antécédent. Ce « mont aux alouettes » est décrit en détail dans *Le Paillasse*, récit contemporain (cf. *Tristan*, dans cette collection, p. 66).

6. **elastisch :** Amra a le même pas élastique que Clara et le mari de Léonie *(Le Vieux Prétendant)* ; cf. explication générale de cette notion p. 82, n. 1.

7. **im Besitz dieser schönen Frau :** règle stylistique de l'allemand : **haben** pour les personnes, **besitzen** pour les objets. Le choix de cette expr. implique donc un rapport très « instrumental » dans ce couple.

und der kläglich freundliche[1] Ausdruck seines Mundes schien zu flehen, daß man ihn nicht verspotten möge[2].

2

Es ist schon angedeutet[3] worden: Warum eigentlich Amra den Rechtsanwalt Jacoby geheiratet[4] hatte, das steht dahin. Er aber, von seiner Seite, er liebte sie, und zwar mit einer Liebe, so inbrünstig[5], wie sie bei Leuten seiner Körperbildung sicherlich selten zu finden ist, und so demütig und angstvoll, wie sie seinem übrigen Wesen entsprach. Oftmals, spät abends, wenn Amra bereits in dem großen Schlafzimmer, dessen hohe Fenster mit faltigen geblümten Gardinen verhängt waren, sich zur Ruhe gelegt hatte, kam der Rechtsanwalt, so leise, daß man nicht seine Schritte, sondern nur das langsame Schüttern[6] des Fußbodens und der Möbel vernahm[7], an ihr schweres Bett[8], kniete nieder und ergriff mit unendlicher Vorsicht ihre Hand. Amra pflegte in solchen Fällen ihre Brauen waagerecht[9] in die Stirn zu ziehen und ihren ungeheuren Gatten, der im schwachen Licht der Nachtlampe vor ihr lag, schweigend und mit einem Ausdruck sinnlicher Bosheit zu betrachten.

---

1. **kläglich freundlich**: c'est l'expression du pitre tragique, symbole du grotesque, pour lequel l'Allemagne a été très influencée par Victor Hugo *(L'Homme qui rit)*.

2. **möge**: expression de la prière avec l'auxiliaire **mögen**, littéralement... *que l'on veuille bien ne pas le moquer.*

3. **schon angedeutet**: p. 196, en effet, au § 2 ... **der staunte.**

4. **heiraten**: (intransitif) *se marier*; **jn** (= acc.) **heiraten**: *épouser.*

5. **so inbrünstig, wie..., und so demütig..., wie...**: remarquer la symétrie de la phrase.

6. **Schüttern des Fußbodens**: l'avocat Jacoby n'a donc pas un pas élastique. D'un point de vue acoustique, l'avocat est du côté du silence, Amra sera du côté de la musique.

et l'expression piteusement aimable de sa bouche semblait implorer qu'on ne le moquât point.

2

Comme il a déjà été suggéré, la raison exacte pour laquelle Amra avait épousé l'avocat Jacoby demeure mystérieuse. Mais lui, de son côté, il l'aimait, et d'un amour passionné qui doit sans doute se rencontrer rarement chez des hommes de sa constitution physique, d'un amour humble et inquiet qui était en accord avec le reste de sa personnalité. Souvent, tard dans la soirée, quand Amra était déjà allée se reposer dans la grande chambre à coucher dont les hautes fenêtres s'ornaient de rideaux fleuris, à vastes plis, l'avocat entrait, si doucement que l'on n'entendait point ses pas, mais seulement les lents craquements du parquet et des meubles ; il s'approchait du lit massif d'Amra, s'asseyait et saisissait sa main avec une précaution infinie. Dans ces cas-là, Amra avait l'habitude de hausser tout droit les sourcils et de considérer en silence, avec un air de méchanceté sensuelle, son énorme époux que la lampe de chevet éclairait faiblement.

---

7. **vernehmen (a/o) :** *entendre* = **wahr/nehmen :** *percevoir.*
8. **schweres Bett :** ce lit, qui est peut-être le lieu du plaisir, est énorme comme celui de *L'Armoire* de T.M., voir p. 62, § 1.
9. **waagerecht in die Stirn :** ce trait caractéristique pour Amra (voir p. 194 : **auf originelle Art... waagerecht**) témoigne du goût de T.M. pour une typologie de ses personnages.

Er aber, während er mit seinen plumpen[1] und zitternden Händen behutsam[2] das Hemd von ihrem Arm zurückstrich und sein traurig dickes Gesicht in das weiche Gelenk[3] dieses vollen und bräunlichen Armes drückte, dort, wo sich kleine, blaue Adern[4] von dem dunklen Teint abzeichneten, — er begann mit unterdrückter und bebender Stimme zu sprechen, wie ein verständiger[5] Mensch eigentlich im alltäglichen Leben nicht zu sprechen pflegt. »Amra«, flüsterte er, »meine liebe Amra! Ich störe dich nicht? Du schliefst noch nicht? Lieber Gott, ich habe den ganzen Tag darüber[6] nachgedacht, wie schön du bist und wie ich dich liebe!... Paß auf, was ich dir sagen will (es ist so schwer, es auszudrücken)... Ich liebe dich so sehr, daß sich manchmal mein Herz zusammenzieht und ich nicht weiß[7], wohin ich gehen soll; ich liebe dich über meine Kraft! Du verstehst das wohl nicht, aber du wirst es mir glauben, und du mußt mir ein einziges Mal sagen, daß du mir ein wenig dankbar dafür sein wirst, denn, siehst du, eine solche Liebe, wie die meine[8] zu dir, hat ihren Wert in diesem Leben... und daß du mich niemals verraten und hintergehen wirst, auch wenn du mich wohl nicht lieben kannst, aber aus Dankbarkeit[9], allein aus Dankbarkeit... ich komme zu dir, um dich darum zu bitten, so herzlich, so innig ich bitten kann...«

---

1. **plump**: *maladroit* (propre et fig.). Provient sans doute d'une onomatopée décrivant une chute.

2. **behutsam**: adv., à rapprocher de l'expr. **auf der Hut** (f.) **sein**: *être sur ses gardes*, et de **sich hüten vor** (+ dat.): *se garder de*; sens différent de **Hut,** m.: *chapeau.*

3. **Gelenk,** n: *articulation.* Racine voisine de **lenken**: *diriger.*

4. **Adern**: les veines d'Amra sont encore plus sombres que son teint méridional, ce qui indique chez T.M. la prépondérance de la sensualité. Sens symbolique différent de chez Paolo, p. 140.

5. **verständig**: de **Verstand,** m., *intelligence*, cf. **der gesunde Menschenverstand**: *le bon sens*; cf. n. 5, p. 194.

6. ***dar-über..., wie**: **darüber** est un adv. pronominal qui signale que le complément du verbe (**über** + acc. **nach/denken)** sera une subordonnée, introduite en l'occurrence par **wie.**

Mais lui, tandis que de ses mains maladroites et tremblantes il relevait avec soin la manche de la chemise d'Amra et qu'il appuyait son gros visage triste dans la saignée molle de ce bras plein et presque brun, là où de petites veines bleues se détachaient sur la peau sombre, il se mettait à parler d'une voix étouffée, tremblante, d'une façon dont réellement un homme raisonnable ne parle pas d'habitude dans la vie de tous les jours. « Amra, chuchotait-il, ma chère Amra ! Je ne te dérange pas ? Tu ne dormais pas encore ? Mon Dieu, j'ai pensé toute la journée combien tu es belle et combien je t'aime !... Fais attention à ce que je vais te dire (c'est si difficile à exprimer)... Je t'aime à tel point que parfois mon cœur se rétracte et que je ne sais plus où aller ; je t'aime au-delà de mes forces ! Tu ne le comprends certainement pas, mais tu peux me croire, et il faut que tu me dises, rien qu'une fois, que tu m'en seras un peu reconnaissante, car vois-tu, un amour comme celui que j'éprouve pour toi a sa valeur dans cette vie et dis-moi que tu ne me trahiras et que tu ne me tromperas jamais, même si tu ne peux pas m'aimer, évidemment... mais au moins par reconnaissance, rien que par reconnaissance... Je viens à toi avec toute ma tendresse, pour t'en prier, aussi instamment que j'en suis capable ! »

---

7. **... und ich nicht weiß :** le **daß (und daß ich nicht weiß)** est ici sous-entendu, d'où la place du verbe en fin de prop. subordonnée ≠ **und ich weiß nicht** qui serait une principale.

8. **die *meine* :** pron. possessif utilisé et décliné comme un adj. équivalent à **meinig-** qui dans ce cas-là prendrait une majuscule.

9. **aus Dankbarkeit : aus** traduit la provenance, mais également (comme ici) la cause, l'origine.

Und solche Reden pflegten damit zu enden, daß der Rechtsanwalt, ohne seine Lage[1] zu verändern, anfing, leise und bitterlich zu weinen. In diesem Falle aber ward[2] Amra gerührt, strich mit der Hand über die Borsten ihres Gatten und sagte mehrere Male in dem langgezogenen, tröstenden und mokanten Tone, in dem man zu einem Hunde spricht, der kommt, einem[3] die Füße zu lecken: »Ja! — Ja! — Du gutes Tier —!«

Dieses Benehmen Amras war sicherlich nicht dasjenige einer Frau von Sitten. Auch ist es an der Zeit, daß ich mich der Wahrheit entlaste, die ich bislang zurückhielt[4], der Wahrheit nämlich, daß sie ihren Gatten dennoch täuschte, daß sie ihn, sage ich, betrog, und zwar mit einem Herrn namens Alfred Läutner[5]. Dies war ein junger Musiker von Begabung[6], der sich durch amüsante kleine Kompositionen mit seinen siebenundzwanzig Jahren bereits einen hübschen Ruf erworben hatte; ein schlanker Mensch mit keckem Gesicht, einer blonden, losen Frisur und einem sonnigen Lächeln in den Augen, das sehr bewußt war. Er gehörte zu dem Schlage jener kleinen Artisten[7] von heutzutage, die nicht allzuviel von sich verlangen, in erster Linie glückliche und liebenswürdige Menschen sein wollen, sich ihres angenehmen kleinen Talentes bedienen, um ihre persönliche Liebenswürdigkeit zu erhöhen, und in Gesellschaft gern das naive Genie[8] spielen.

---

1. **seine Lage**: cf. p. 202, **kniete nieder**; le mot **Lage**, f. (de **liegen (a/e)**: *être étendu, être posé à plat, se trouver*) a souvent un sens plus abstrait, par ex.: **in der Lage sein, etw. zu tun**: *être à même de faire qqch.*; **eine schwierige Lage**: *une situation difficile*; sens parfois géographique: **eine sonnige Lage**, *une situation ensoleillée* (maison).

2. **ward**: forme ancienne de **wurde**.

3. **einem**: l'article indéf. sert également de pron. indéf. pour remplacer **man**, qui n'existe qu'au nominatif. Il prend le sens de *quelqu'un*, ou éventuellement *quelque chose*.

4. **... Zurückhielt**: **sich entlasten** (+ gén.), de **Last**, f.: *le poids, la charge* et **zurück/halten (ie/a)**: *retenir, garder pour soi*; ces deux v. très

Et de tels propos se terminaient d'ordinaire ainsi : l'avocat, sans changer de position, se mettait à pleurer, doucement, amèrement. Alors, dans ces cas-là, Amra, attendrie, caressait de la main les poils raides de son mari et disait à plusieurs reprises, du ton traînant, consolant et railleur que l'on prend pour parler à un chien qui vient vous lécher les pieds : « Mais oui... mais oui... tu es une bonne bête... »

La conduite d'Amra n'était assurément pas celle d'une femme de bonnes mœurs. Mais il est temps que je me soulage de la vérité que j'ai tue jusqu'ici, à savoir qu'elle dupait quand même son époux, qu'elle le trompait, dis-je, et en l'occurrence avec un monsieur du nom d'Alfred Läutner. C'était un jeune musicien doué, qui s'était déjà acquis, à vingt-sept ans, une jolie réputation par de plaisantes petites compositions ; un garçon mince au visage mutin, aux cheveux blonds coiffés en bataille, avec dans les yeux un sourire radieux plein d'assurance. Il était de l'espèce de ces petits saltimbanques d'aujourd'hui, qui n'exigent pas trop d'eux-mêmes, veulent en premier lieu être heureux et aimables, se servent de leur agréable petit talent pour rehausser leur charme personnel, et qui en société jouent volontiers au génie naïf.

---

expressifs contribuent à donner plus de substance au narrateur du récit ; cf. la reprise, juste après : **sage ich.**

5. **Alfred Läutner :** malgré toutes les différences, au moins par son nom, ***A*lfred *L*äutner** est une figure négative de musicien qui annonce ***A*drian *L*everkühn** qui sera la figure centrale de *Doktor Faustus* (1947).

6. **Begabung :** *talent*, de **Gabe,** f. : *le don* ; cf. **für etw. begabt sein :** *être doué pour*, de **geben (a/e) :** *donner.*

7. **Artist,** m : *artiste*, mais seulement de variété et de cirque. Encore un bon exemple de changement péjoratif de sens d'un mot étranger (p. 56, n. 1).

8. **das naive Genie spielen :** dans les critiques du narrateur à Alfred Läutner, on trouve une résonance des thèses de Schiller dans *Poésie naïve et poésie sentimentale* (1775). Le poète naïf de l'Antiquité grecque ne connaît pas la morale. Toutefois, la manière d'agir d'Alfred Läutner est inadaptée, dans la Modernité où l'Homme a perdu le contact avec la Nature.

Bewußt kindlich[1], unmoralisch, skrupellos, fröhlich, selbstgefällig, wie sie sind, und gesund genug, um sich auch in ihren Krankheiten noch gefallen zu können, ist ihre Eitelkeit in der Tat liebenswürdig, solange sie noch niemals verwundet wurde. Wehe jedoch diesen kleinen Glücklichen und Mimen[2], wenn ein ernsthaftes Unglück sie befällt, ein Leiden[3], mit dem sich nicht kokettieren läßt, in dem sie sich nicht mehr gefallen können! Sie werden es nicht verstehen, auf anständige Art unglücklich zu sein, sie werden mit dem Leiden nichts »anzufangen« wissen, sie werden zugrunde gehen[4]... allein das ist eine Geschichte für sich. — Herr Läutner machte hübsche Sachen: Walzer und Mazurken zumeist, deren Vergnügtheit zwar ein wenig zu populär war, als daß sie (soweit ich mich darauf verstehe) zur »Musik« hätten gerechnet werden können, würde nicht jede dieser Kompositionen eine kleine originelle Stelle enthalten haben, einen Übergang, einen Einsatz, eine harmonische Wendung, irgendeine kleine nervöse Wirkung, die Witz[5] und Erfindsamkeit[6] verriet, um derentwillen[7] sie gemacht schienen und die sie auch für ernsthafte Kenner interessant machte. Oftmals hatten diese zwei einsamen Takte etwas wunderlich Wehmütiges und Melancholisches an sich, was plötzlich und schnell vergehend in der Tanzsaalheiterkeit der Werkchen aufklang...

---

1. **kindlich**: à distinguer de l'autre adj. formé sur **Kind,** n.: *enfant,* **kindisch,** à valeur négative.
2. **Mime (n, n),** m.: *acteur, comédien.*
3. **ein Leiden,** n.: la maladie de l'artiste est la preuve concrète de sa conscience de la rupture de l'unité de la Nature. Cette conception n'existe pas chez Schiller et provient du Romantisme d'inspiration chrétienne.
4. ***zu-grunde gehen**: de **Grund,** m.: *le fond.*
5. **Witz,** m.: le **Witz,** ressort de la création romantique, apparaît ici trop arbitraire et peu fiable. La conception de l'artiste bourgeois préconisée plus tard par T.M. se basera sur l'ascèse et le travail de longue haleine, voir l'écrivain de *La Mort à Venise,* chap. 1 et 2, et les pp. 44 à 56, même collection bilingue.

Consciemment puérils, sans aucune morale ni aucun scrupule, gais, pleins de suffisance envers ce qu'ils sont, et en assez bonne santé pour pouvoir encore se plaire à eux-mêmes malgré leurs petites misères physiques, leur vanité ayant en effet du charme aussi longtemps qu'elle n'a jamais été blessée. Toutefois, gare à ces petits heureux, à ces petits comédiens si un malheur sérieux les frappe, une souffrance avec laquelle on ne peut flirter, dans laquelle ils ne peuvent plus se plaire : ils seront incapables d'être malheureux avec décence, ils ne sauront « que faire » de leur souffrance ; ils s'écrouleront — mais c'est une autre histoire... Monsieur Läutner faisait de jolies choses, essentiellement des valses et des mazurkas, d'un entrain il est vrai un peu trop populaire pour pouvoir (autant que je m'y entende) être considérées comme de la « Musique ». Mais chacune de ces compositions contenait un petit passage original, une transition, une attaque, une tournure harmonique, un petit effet nerveux qui trahissait de l'esprit et de l'ingéniosité ; elles semblaient avoir été faites pour ce passage qui les rendait intéressantes aussi aux yeux des vrais connaisseurs. Souvent ces deux mesures isolées avaient en soi quelque chose d'étrangement triste et mélancolique, qui s'envolait soudain très vite dans la gaieté dansante de ces petits morceaux...

---

6. **Erfindsamkeit :** terme peu usuel ; de **erfinden (a/u) :** *inventer* ; **-samkeit :** est un suffixe d'abstraction. cf. ***Empfind-samkeit :** *la sensibilité.*

7. **um derentwillen : um** (+ gén.) **willen :** *pour l'amour de...* cf. **um Gottes willen :** *grands dieux ! pour l'amour du ciel !*

Für diesen jungen Mann also war Amra Jacoby in sträflicher Neigung entbrannt, und er seinesteils hatte nicht genug Sittlichkeit besessen, ihren Anlockungen[1] zu widerstehen. Man traf sich hier, man traf sich dort, und ein unkeusches Verhältnis verband seit Jahr und Tag die beiden: ein Verhältnis, von dem die ganze Stadt wußte und über das sich die ganze Stadt hinter dem Rücken des Rechtsanwalts unterhielt. Und was ihn, den letzteren, betraf? Amra war zu dumm, um an bösem Gewissen[2] leiden und sich ihm dadurch verraten zu können. Es muß durchaus als ausgemacht hingestellt werden, daß der Rechtsanwalt, wie sehr auch immer sein Herz von Sorge und Angst beschwert[3] gewesen sein mag, keinen bestimmten Verdacht gegen seine Gattin hegen konnte.

3

Nun war, um jedes Herz zu erfreuen, der Frühling[4] ins Land gezogen, und Amra hatte einen allerliebsten[5] Einfall gehabt.

»Christian«, sagte sie — der Rechtsanwalt hieß Christian —, »wir wollen ein Fest geben, ein großes Fest dem neugebrauten Frühlingsbiere zu Ehren[6], — ganz einfach natürlich, nur kalter Kalbsbraten, aber mit vielen Leuten.«

---

1. **Anlockungen**: **an/locken**: *attirer, appâter*; ***Lock-pfeife**, f.: *appeau.*

2. **Gewissen**, n.: *la conscience* (au sens moral ≠ physique: **Bewußtsein**, n.); **Wissen**, n.: *la science, le savoir.*

3. **beschwert**: sens différent du v. **sich über** (+ acc.) **beschweren**: *se plaindre de*; **Beschwerde**, f.: *plainte.*

C'est donc pour ce jeune homme qu'Amra Jacoby s'était enflammée d'un coupable penchant, et lui pour sa part n'avait pas eu assez de sens moral pour résister à ses avances. On se rencontrait ici et là, et une liaison très peu chaste les unissait depuis longtemps ; une liaison que toute la ville connaissait et dont toute la ville s'amusait dans le dos de l'avocat. Et quant à ce dernier ? Amra était trop bête pour éprouver des remords, et risquer ainsi de se trahir. Il faut admettre ici comme tout à fait certain que l'avocat, si lourd de souci et d'angoisse qu'ait pu être son cœur, ne pouvait nourrir aucun soupçon précis à l'égard de son épouse.

3

Or, à la joie de tous les cœurs, le printemps avait fait son entrée dans le pays et Amra eut une idée des plus délicieuses.

« Christian, dit-elle — ainsi s'appelait l'avocat —, nous allons donner une fête, une grande fête en l'honneur de la bière de printemps que l'on vient de brasser... En toute simplicité, naturellement, il n'y aura que du rôti de veau froid, mais avec beaucoup de monde !

4. **Frühling** : l'arrivée du printemps est ici présentée de manière mièvre. Comme dans *L'Éveil du printemps* de Wedekind, le rapport à ces cycles naturels qui structurent les récits est problématique. L'aspect volontairement artificiel de ces cycles naturels doit éveiller le lecteur au rapport moderne à la Nature (cf. Préface, p. 18).

5. **allerliebst-** : la plus forte expression du superlatif absolu. **aller** + forme de l'adj. au superlatif (radical + -st).

6. **zu Ehren** (précédé d'un dat.) : *en l'honneur de.*

»Gewiß«, antwortete der Rechtsanwalt. »Aber könnten wir es nicht vielleicht noch ein wenig hinausschieben?«

Hierauf antwortete Amra nicht, sondern ging sofort auf Einzelheiten ein.

»Es werden so viele Leute sein, weißt du, daß unser Raum hier zu beschränkt sein wird; wir müssen uns ein Etablissement, einen Garten, einen Saal vorm Tore[1] mieten, um hinreichend Platz und Luft zu haben. Das wirst du begreifen. Ich denke in erster Linie an den großen Saal des Herrn Wendelin[2], am Fuße des Lerchenberges[3]. Dieser Saal liegt frei und ist mit der eigentlichen Wirtschaft[4] und der Brauerei nur durch einen Durchgang verbunden. Man kann ihn festlich ausschmücken, man kann dort lange Tische aufstellen und Frühlingsbier trinken; man kann dort tanzen und musizieren, vielleicht auch ein bißchen Theater spielen, denn ich weiß, daß eine kleine Bühne dort ist, worauf ich besonderes Gewicht[5] lege... Kurz und gut: es soll ein ganz originelles[6] Fest werden, und wir werden uns wundervoll unterhalten[7].«

Das Gesicht des Rechtsanwaltes war während dieses Gespräches leicht gelblich geworden, und seine Mundwinkel zuckten abwärts. Er sagte:

»Ich freue mich[8] von Herzen darauf, meine liebe Amra. Ich weiß, daß ich alles deiner Geschicklichkeit überlassen darf. Ich bitte dich, deine Vorbereitungen zu treffen.«

---

1. **vorm Tore**: les faubourgs sont, dans la littérature allemande du XIXe siècle, le lieu privilégié du plaisir. On s'y arrache aux conventions bourgeoises délimitées par l'enceinte de la ville.

2. **des Herrn Wendelin**: pas de **-s** de génitif à **Wendelin**, car la marque du génitif est portée par **des**. Une forme plus relevée serait **... Saal Herrn Wendelins**, une tournure très courante serait **Herr Wendelins Saal** (« génitif saxon »).

3. **des Lerchenberges**: « mont aux alouettes » déjà présent dans *La Volonté de bonheur*, cf. p. 200, n. 5.

— Certainement, répondit l'avocat. Mais nous pourrions peut-être remettre la chose à un peu plus tard ? »

Ce à quoi Amra ne répondit pas, mais entra aussitôt dans les détails.

« Il y aura tellement de monde, tu sais, que notre salon ici sera trop petit. Il faut louer quelque chose, un jardin, une salle aux portes de la ville, pour avoir suffisamment de place et d'air. Enfin, tu comprends ! Je pense en première ligne à la grande salle de M. Wendelin, au pied du Lerchenberg. Cette salle est indépendante, avec juste un couloir menant au restaurant proprement dit et à la brasserie. On peut lui donner un air de fête, y disposer de longues tables pour boire la bière de printemps ; on peut y danser et faire de la musique, ou même jouer un peu de théâtre, car je sais qu'il y a une petite scène, et j'y accorde une importance particulière... Bref, ce sera une fête très originale et nous nous amuserons merveilleusement. »

Le visage de l'avocat avait légèrement jauni pendant cet entretien et les commissures de ses lèvres s'abaissaient nerveusement. Il dit :

« Je me réjouis de tout cœur à cette idée, ma chère Amra. Je sais que je peux m'en remettre entièrement à ton habileté. Fais tes préparatifs, je t'en prie. »

---

4. **Wirtschaft,** f. : 1) le tout : *l'économie* (nationale) ; 2) (ici) la partie : *le commerce, l'entreprise* ; 3) *les tâches domestiques*, cf. **Der greise Freier**, p. 78, n. 8.

5. **Gewicht,** n. : littéralement *poids*, d'où l'adj./adv. **wichtig** : *important* ; à rapprocher de l'expr. **auf etw.** (acc.) **viel Wert legen.**

6. **originell** : a) *original* (fig.), b) *bizarre ;* ≠ **original** : *original* (sens propre), *d'origine.*

7. **sich unterhalten** : a) **mit jm** : *s'entretenir, parler avec* ; b) (ici) *s'amuser.* cf. ***Unterhaltungs-musik** : *musique d'ambiance.*

8. **sich freuen auf etw.** (acc.) : *se réjouir* d'un événement futur ; **über etw.** (acc.) : d'un événement passé ou présent.

4

Und Amra traf ihre Vorbereitungen. Sie nahm Rücksprache mit verschiedenen Damen und Herren, sie mietete persönlich den großen Saal des Herrn Wendelin, sie bildete sogar eine Art von Komitee aus Herrschaften, die aufgefordert worden waren oder sich erboten hatten, bei den heiteren Darstellungen mitzuwirken, welche das Fest verschönern sollten... Dieses Komitee bestand[1] ausschließlich aus Herren, bis auf die Gattin des Hofschauspielers Hildebrandt, welche Sängerin war. Im übrigen zählten Herr Hildebrandt selbst, ein Assessor[2] Witznagel, ein junger Maler und Herr Alfred Läutner dazu, abgesehen von einigen Studenten, die durch den Assessor eingeführt worden waren und Negertänze[3] zur Aufführung bringen sollten.

Acht Tage bereits[4], nachdem Amra ihren Entschluß gefaßt hatte, war dieses Komitee, um Rats[5] zu pflegen, in der Kaiserstraße versammelt, und zwar in Amra's Salon, einem kleinen, warmen und vollen Raum, der mit einem dicken Teppich, einer Ottomane nebst vielen Kissen, einer Fächerpalme[6], englischen Ledersesseln und einem Mahagonitisch mit geschweiften Beinen ausgestattet war, auf dem eine Plüschdecke und mehrere Prachtwerke[7] lagen.

---

1. **bestehen (bestand, bestanden) aus**: *être constitué*, de parties distinctes; **in** (+ dat.): *consister en, à*, où une partie est plus importante que les autres.

2. **Assessor**, m.: *fonctionnaire débutant*, en général magistrat.

3. **Negertänze**: divertissement dont le piment exotique sera très souligné p. 238, et fort apprécié par une certaine bourgeoisie européenne au tournant du siècle.

4. **bereits**: littéralement *déjà*; ≠ **bereit**: *prêt*, **vorbereitet**: *préparé*.

5. **Rats**: forme vieillie = **Rat**, dont le plur. dans ce sens-là est **Ratschläge**.

4

Amra fit donc ses préparatifs. Elle prit langue avec divers messieurs et dames, elle loua en personne la grande salle de M. Wendelin, elle alla jusqu'à former une sorte de comité de personnalités, qui furent conviées ou qui s'offrirent à apporter leur concours aux joyeux « numéros » qui devaient agrémenter la fête... Ce comité se composait exclusivement de messieurs, à l'exception de l'épouse de M. Hildebrandt, acteur de la Cour, laquelle était cantatrice. Par ailleurs, on comptait M. Hildebrandt lui-même, un assesseur nommé Witznagel, un jeune peintre, ainsi que M. Alfred Läutner, sans parler de quelques étudiants introduits par l'assesseur et devant exécuter des danses nègres.

Huit jours seulement après qu'Amra eut pris sa décision, le comité était réuni pour tenir conseil dans la Kaiserstrasse, très exactement dans le salon personnel d'Amra, une petite pièce chaude, abondamment meublée et garnie d'un épais tapis, d'une ottomane aux nombreux coussins, d'un palmier-éventail, de meubles de cuir anglais et d'une table d'acajou aux pieds torsadés, recouverte d'un tapis de peluche et de plusieurs objets de grande valeur.

---

6. **Fächerpalme,** f. : en dehors de l'ottomane, le palmier-éventail renforce le réseau de l'érotisme exotique, voir la Préface, pp. 11-12. Pour préciser cette symbolique, on lira, de Mallarmé, *Les Éventails*.

7. **Prachtwerk,** n. : de **Pracht,** f. : *splendeur, magnificence*, mais le composé **-werk**, parfois connoté négativement, indique ici que T.M. suggère le mauvais goût de cet appartement installé dans un immeuble et un quartier de nouveaux riches (cf. p. 144, n. 4).

Auch ein Kamin war vorhanden[1], der noch ein wenig geheizt war; auf der schwarzen Steinplatte standen einige Teller mit feinbelegtem Butterbrot, Gläser und zwei Karaffen mit Sherry. — Amra lehnte, einen Fuß leicht über den andern gestellt, in den Kissen der Ottomane, die von der Fächerpalme beschattet ward, und war schön wie eine warme Nacht. Eine Bluse aus heller und ganz leichter Seide umhüllte ihre Büste, ihr Rock aber[2] war aus einem schweren, dunklen und mit großen Blumen[3] bestickten Stoff; hier und da strich sie mit einer Hand[4] die kastanienbraune Haarwelle aus der schmalen Stirn. — Frau Hildebrandt, die Sängerin, saß gleichfalls auf der Ottomane neben ihr; sie hatte rotes Haar und war im Reitkleide[5]. Gegenüber aber den beiden Damen hatten in gedrängtem Halbkreise die Herren Platz genommen, — mitten unter ihnen der Rechtsanwalt, der nur einen ganz niedrigen Ledersessel gefunden hatte und sich unsäglich unglücklich ausnahm[6]; dann und wann tat er einen schweren Atemzug und schluckte hinunter, als ob er gegen aufsteigende Übelkeit kämpfte... Herr Alfred Läutner[7], im Lawn-Tennis-Anzug, hatte auf einen Stuhl verzichtet und lehnte schmuck[8] und fröhlich am Kamin, weil er behauptete, nicht so lange ruhig sitzen zu können.

Herr Hildebrandt sprach mit wohltönender Stimme über englische Lieder.

---

1. ***vor-handen**: littéralement *devant (= sous) la main, disponible, présent.*

2. **ihr Rock aber**: le contraste marqué de ces tissus correspond à la nature hybride du personnage, voir la n. 6, p. 192, « Amra ».

3. **Blumen**: Amra est très liée aux fleurs, comme le prouvent également les rideaux de sa chambre (p. 202) et la comparaison finale à la rose thé (p. 236). Son corps lui-même est d'ailleurs comparé plus haut à une plante.

4. **Hand**: ce mouvement de la main, apparemment répété, traduit de la nervosité et surtout la remontée du principe cardiaque dans la tête, voir la Préface, p. 17.

On y voyait aussi une cheminée, où l'on chauffait encore un peu ; sur sa tablette en pierre noire se trouvaient quelques assiettes de toasts raffinés, des verres et deux carafes de sherry... Amra, un pied délicatement posé sur l'autre, était adossée aux coussins de l'ottomane, à l'ombre du palmier-éventail, et elle avait la beauté d'une nuit ardente. Un corsage de soie claire et très légère voilait son buste, tandis que sa jupe était d'un tissu lourd, foncé, brodé de grandes fleurs. De temps en temps, elle repoussait avec la main les cheveux châtains et ondulés de son front étroit... Mme Hildebrandt, la cantatrice, était également assise sur l'ottomane à côté d'elle ; c'était une rousse en tenue d'amazone. Quant aux messieurs, ils avaient pris place face aux deux dames, en demi-cercle serré ; au milieu d'eux, l'avocat n'avait trouvé qu'un siège de cuir très bas et il avait l'air indiciblement malheureux ; par moments, il prenait une profonde inspiration et déglutissait comme s'il luttait contre un haut-le-cœur... M. Alfred Läutner en costume de tennis se passait de chaise et, pimpant et joyeux, était adossé à la cheminée, car il affirmait ne pas pouvoir rester aussi longtemps assis sans bouger.

D'une voix harmonieuse, M. Hildebrandt parla de chansons anglaises.

---

5. ***Reit-kleid,** n. : de **reiten** : *monter à cheval* et **Kleid,** n. : *la robe, le vêtement,* (ici) *la tenue.* Le mélange des registres — l'art du chant / l'indécence des cheveux / l'équitation — caractérisant cette figure est, lui aussi, très accentué.

6. **sich... aus/nehmen (a/o)** : *faire tel... ou tel effet.*

7. **Läutner** : les trois figures d'homme qui vont suivre, Läutner, Hildebrandt et Witznagel, se signalent par leur assurance et forment un contraste avec l'avocat Jacoby, assis et mal à l'aise.

8. **schmuck** : adj. usité surtout en Allemagne du Nord ; à distinguer du subst. **Schmuck,** m. : a) *ornement, décoration* ; b) *bijoux,* cf. le verbe, p. 232, **mit bunten Lampions geschmückt.**

Er war ein äußerst solid und gut in Schwarz gekleideter Mann mit dickem Cäsarenkopf und sicherem Auftreten — ein Hofschauspieler von[1] Bildung, gediegenen Kenntnissen und geläutertem Geschmack. Er liebte es, in ernsten Gesprächen Ibsen, Zola und Tolstoi zu verurteilen, die ja die gleichen verwerflichen Ziele verfolgten; heute aber war er mit Leutseligkeit bei der geringfügigen Sache.

»Kennen die Herrschaften vielleicht das köstliche Lied "That's Maria!"?« sagte er... »Es ist ein wenig pikant, aber von ganz ungemeiner Wirksamkeit. Auch wäre da noch das berühmte —«, und er brachte noch einige Lieder in Vorschlag[2], über die man sich schließlich einigte und die Frau Hildebrandt singen zu wollen erklärte. — Der junge Maler, ein Herr mit stark abfallenden Schultern und blondem Spitzbart, sollte einen Zauberkünstler parodieren, während Herr Hildebrandt beabsichtigte, berühmte Männer darzustellen... kurz, alles entwickelte sich zum besten, und das Programm schien bereits fertiggestellt, als Herr Assessor Witznagel[3], der über kulante[4] Bewegungen und viele Mensurnarben[5] verfügte, plötzlich aufs neue das Wort ergriff.

»Schön und gut, meine Herrschaften, das alles verspricht in der Tat unterhaltend zu werden. Allein, ich stehe nicht an, noch eines auszusprechen.

---

1. **von**: est ici qualificatif comme: **ein Buch von Rang**: *un livre primordial.* cf. plus bas **von ungemeiner Wirksamkeit**.

2. **in Vorschlag bringen**: formule éprouvée de nos jours comme stylistiquement lourde = **vor/schlagen**.

3. **Witznagel**: ce personnage apparaissait déjà dans *Le Paillasse* (1895), même collection, pp. 100-104, où il séduit la jeune fille convoitée par le Paillasse.

4. **kulant**: terme qui ne s'emploie normalement qu'au sens fig. de *arrangeant* (en affaires). Ce terme signifie sans doute l'élasticité aussi bien physique que morale du personnage.

C'était un homme extrêmement pondéré, élégamment vêtu de noir, avec une tête puissante d'empereur romain, et le maintien assuré... un acteur de la Cour, cultivé, aux connaissances solides et d'un goût raffiné. Il aimait, en de doctes entretiens, condamner Ibsen, Zola et Tolstoï qui en fait poursuivaient tous les mêmes buts répréhensibles. Mais ce jour-là, il se consacra avec affabilité à cette insignifiante affaire.

« Ces messieurs dames connaissent peut-être la savoureuse chanson "That's Maria" ? dit-il... Un peu égrillarde, mais d'un effet peu commun. Il y aurait encore la célèbre... » et il proposa quelques autres chansons sur lesquelles on se mit finalement d'accord et que Mme Hildebrandt déclara bien vouloir chanter... Le jeune peintre, un monsieur aux épaules très tombantes et à la barbiche blonde, devait faire une parodie de prestidigitateur, tandis que M. Hildebrandt se proposait d'imiter des hommes célèbres... bref, tout se déroulait au mieux et le programme semblait déjà arrêté quand Monsieur l'assesseur Witznagel, qui se distinguait par des gestes coulants et de nombreuses balafres de duels d'étudiants, reprit soudain la parole.

« Fort bien, mesdames et messieurs, tout cela promet vraiment d'être amusant, mais je n'hésite pas à ajouter quelque chose.

5. **Mensur,** f. : *duel* au sein d'une corporation d'étudiants **(studentische Verbindung)**, pendant lesquels on frappait de préférence au visage. Ces balafres faisaient très chic en Allemagne jusqu'à la Seconde Guerre mondiale et servaient de signe de reconnaissance. Encore aujourd'hui, ces corporations jouent un grand rôle d'entraide dans le monde économique. Witznagel est donc un homme de pouvoir.

Mich dünkt, uns fehlt noch etwas, und zwar die Hauptnummer, die Glanznummer, der Clou, der Höhepunkt... etwas ganz Besonderes, ganz Verblüffendes, ein Spaß, der die Heiterkeit auf den Gipfel[1] bringt... kurz, ich stelle anheim, ich habe keinen bestimmten Gedanken; jedoch meinem Gefühle nach... «

» Das ist im Grunde wahr! « ließ Herr Läutner vom Kamine her seine Tenorstimme vernehmen. » Witznagel hat recht. Eine Haupt- und Schlußnummer wäre sehr wünschenswert. Denken wir nach... « Und während er mit einigen raschen Griffen seinen roten Gürtel zurechtschob, blickte er forschend[2] umher. Der Ausdruck seines Gesichtes war wirklich liebenswürdig.

» Je nun «, sagte Herr Hildebrandt; » wenn man die großen Männer nicht als Höhepunkt auffassen will... «

Alle stimmten dem Assessor bei. Eine besonders scherzhafte Hauptnummer sei[3] wünschenswert. Selbst der Rechtsanwalt nickte und sagte leise: » Wahrhaftig, — etwas hervorragend Heiteres... «

Alle versanken in Nachdenken.

Und am Ende dieser Gesprächspause, die etwa eine Minute dauerte und nur durch kleine Ausrufe des Überlegens unterbrochen ward, geschah das Seltsame. Amra saß in die Kissen der Ottomane zurückgelehnt und nagte flink und eifrig wie eine Maus[4] an dem spitzen Nagel ihres kleinen Fingers, während ihr Gesicht einen ganz eigenartigen Ausdruck zeigte.

---

1. **Gipfel,** m. : *le sommet* 1) géographique, physique (d'un arbre, par ex.); 2) au sens de réunion (par ex. de chefs d'État); 3) (ici) *sommet, comble.*

2. **forschend** : part. prés. de **forschen** : *chercher* (au sens d'une recherche intellectuelle, **Forscher,** m. : *le chercheur*). Les mouvements rapides et nerveux de Läutner pour remettre sa ceinture s'apparentent au tic d'Amra qui replace sa mèche (cf. p. 216, n. 4). Ce regard est celui du prédateur cherchant une proie.

Je suis d'avis qu'il nous manque encore un élément, le numéro principal, le bouquet, le clou, le sommet... quelque chose de tout à fait spécial, de renversant, une plaisanterie qui porte la gaieté à son comble... Bref, je laisse la question ouverte car je n'ai pas d'idée précise, mais, à mon sentiment...

— Au fond, c'est vrai ! » De la cheminée, M. Läutner fit entendre sa voix de ténor. « Witznagel a raison. Il serait très souhaitable d'avoir un numéro sensationnel pour clore la soirée ! Réfléchissons... » Et tandis qu'il faisait quelques gestes brefs pour arranger sa ceinture rouge, il jeta un regard scrutateur à la ronde. Son visage montrait une réelle amabilité.

« Bon, dit M. Hildebrandt, si l'on refuse de considérer le numéro des grands hommes comme le sommet... »

Tous donnèrent raison à l'assesseur. Il fallait un numéro sensationnel, particulièrement comique. Même l'avocat opina du chef et dit doucement : « C'est vrai... quelque chose d'extrêmement drôle... »

Tous se plongèrent dans leurs réflexions.

Et à ce moment, à la fin de cette pause d'environ une minute dans la discussion et qui ne fut interrompue que par de petits cris de réflexion, se produisit l'étrange événement. Enfoncée dans les coussins de l'ottomane, Amra, vive et appliquée comme une souris, rongeait l'ongle pointu de son petit doigt tandis que son visage prenait une expression fort singulière.

---

3. **sei** : passage au discours indirect. Le narrateur rapporte les propos des membres de la réunion.

4. **Maus** : passage comique, car la souris Amra va s'attaquer à son éléphant de mari.

Ein Lächeln lag um ihren Mund, ein abwesendes und beinahe irres[1] Lächeln, das von einer schmerzlichen und zugleich grausamen Lüsternheit redete, und ihre Augen, welche ganz weit geöffnet und ganz blank waren, schweiften langsam zum Kamin hinüber, wo sie für eine Sekunde in dem Blicke des jungen Musikers hängenblieben. Dann aber, mit einem Ruck, schob sie den ganzen Oberkörper zur Seite, ihrem Gatten, dem Rechtsanwalte, entgegen, und während sie ihm, beide Hände im Schoß, mit einem klammernden und saugenden[2] Blick ins Gesicht starrte, wobei[3] ihr Antlitz sichtlich erbleichte, sprach sie mit voller und langsamer Stimme:

»Christian, ich schlage vor, daß du zum Schlusse als Chanteuse[4] mit einem rotseidenen Babykleide auftrittst und uns etwas vortanzest.« —

Die Wirkung dieser wenigen Worte war ungeheuer. Nur der junge Maler versuchte gutmütig zu lachen, während Herr Hildebrandt mit steinkaltem Gesicht seinen Ärmel säuberte, die Studenten husteten und unziemlich[5] laut ihre Schnupftücher gebrauchten[6], Frau Hildebrandt heftig errötete, was nicht oft[7] geschah, und Assessor Witznagel einfach davonlief, um sich ein Butterbrot zu holen. Der Rechtsanwalt hockte in qualvoller Stellung auf seinem niedrigen Sessel und blickte mit gelbem Gesicht und einem angsterfüllten Lächeln umher, indem er stammelte:

---

1. **irre**: adj. qui désigne la *folie* momentanée; **geisteskrank**: la *folie* durable, clinique; **wahnsinnig**: la folie forte, la *démence;* **verrückt**: all. courant, *toqué.*

2. **saugen (sog, gesogen)**: *sucer, aspirer.* L'image est celle du vampire et de la mangeuse d'hommes; cf. la n. 6, p. 176.

3. **wobei**: est ici un relatif adverbial signifiant la simultanéité, l'adv. correspondant est **dabei**, syn. **zugleich**.

4. **Chanteuse,** f.: l'emploi d'un terme français montre qu'il s'agit d'un sens spécialisé, ≠ **Sängerin**: *cantatrice* au sens noble. Il s'agit ici d'une chanteuse de music-hall.

Sur ses lèvres flottait un sourire absent et presque fou qui témoignait d'une lubricité à la fois douloureuse et cruelle; et ses yeux, très grands ouverts et brillants, glissèrent lentement vers la cheminée où, une seconde, ils se fixèrent sur le regard du jeune musicien. Mais ensuite, avec une secousse, elle plaça son buste de biais, fit face à son époux, l'avocat, et tandis qu'elle lui posait les deux mains sur les genoux et le fixait droit dans les yeux d'un regard avide et dévorant, en pâlissant visiblement, elle dit d'une voix pleine, lentement :

« Christian, je propose que pour le finale tu paraisses costumé en chanteuse, dans une robe de bébé en soie rouge, et que tu nous danses quelque chose. »

L'effet de ces quelques mots fut immense. Seul le jeune peintre essaya de rire avec bienveillance, tandis que M. Hildebrandt, d'un air glacé, époussetait sa manche, que les étudiants toussaient et se mouchaient plus bruyamment que permis, que Mme Hildebrandt rougissait violemment, ce qui ne lui arrivait pas souvent, et que l'assesseur Witznagel prenait carrément la fuite en allant chercher un toast. Accroupi sur son siège bas dans sa très pénible posture, l'avocat devenu tout jaune regardait autour de lui avec un sourire terrifié, et balbutia :

---

5. **unziemlich = unziemend** : *inconvenant* ; **es (ge)ziemt sich** : *il convient de* ; **ziemlich** : *passablement, assez,* ne s'emploie plus dans son sens ancien de *convenable.*

6. **gebrauchen** : cf. **Gebrauch,** m. : *l'utilisation*, à distinguer de **brauchen** (+ acc.) : *avoir besoin de.*

7. **nicht oft** : le narrateur égratigne à loisir ses personnages. Cette cantatrice, dont nous savons dès le départ que sa chevelure est rousse, a assurément des activités extra-conjugales et extra-professionnelles.

»Aber mein Gott... ich... wohl kaum befähigt... nicht als ob... verzeihen Sie mir...«

Alfred Läutner hatte kein sorgloses Gesicht mehr. Es sah aus, als ob er ein wenig rot geworden sei, und mit vorgestrecktem Kopf[1] blickte er in Amra's Augen, verstört, verständnislos, forschend[2]...

Sie aber, Amra, ohne ihre eindringliche[3] Stellung zu verändern, fuhr mit derselben gewichtigen Betonung zu sprechen fort:

»Und zwar solltest[4] du ein Lied singen, Christian, das Herr Läutner komponiert hat und das er dich auf dem Klavier begleiten wird; das wird der beste und wirksamste Höhepunkt unseres Festes sein.«

Eine Pause trat ein, eine drückende Pause. Dann jedoch, ganz plötzlich, begab sich das Sonderbare, daß Herr Läutner, angesteckt gleichsam, mitgerissen und aufgeregt, einen Schritt vortrat[5] und zitternd vor einer Art jäher Begeisterung rasch zu sprechen begann:

»Bei Gott, Herr Rechtsanwalt, ich bin bereit, ich erkläre mich bereit, Ihnen etwas zu komponieren... Sie müssen es singen, Sie müssen es tanzen... Es ist der einzig denkbare Höhepunkt des Festes... Sie werden sehen, Sie werden sehen, — es wird das Beste sein, was[6] ich gemacht habe und jemals machen werde... In rotseidenem Babykleide! Ach, Ihre Frau Gemahlin[7] ist eine Künstlerin, eine Künstlerin sage ich!

---

1. **Kopf**: position de l'animal prêt à bondir, analogue à Paolo devant Ada. La tension de Läutner et sa rougeur à la tête sont des signes de son incapacité à s'emparer véritablement d'Amra.

2. ***verstört*, *verständnislos*, *forschend***: magnifique chute de phrase avec trois allitérations.

3. **eindringlich**: *pénétrant, insistant*; **ein/dringen (a/u) in** (+ acc.): *pénétrer.*

4. **solltest**: **sollen** peut prendre un sens impératif. Ex.: **Du sollst nicht töten**: *Tu ne tueras point.*

« Mais mon Dieu... je... vraiment guère capable... ce n'est pas que je... pardonnez-moi... »

Alfred Läutner n'avait plus son air insouciant. Il semblait avoir un peu rougi ; la tête tendue en avant, il plongeait son regard dans les yeux d'Amra, interdit, interloqué, interrogateur...

Mais Amra, elle, sans quitter son attitude insistante, continuait sur le même ton grave :

« Et même, Christian, tu devrais nous chanter une chanson que M. Läutner aura composée et qu'il accompagnera au piano. Ce sera le meilleur, le plus sensationnel numéro de notre fête. »

Un silence se fit, un silence accablant. Et tout à coup, il arriva ceci de singulier : M. Läutner, comme contaminé, transporté, excité, fit un pas en avant et, frémissant d'une sorte de brusque enthousiasme, il se mit à parler avec précipitation :

« Parbleu, monsieur l'avocat, je suis tout prêt ; je me déclare prêt à vous composer quelque chose... Il faudra que vous le chantiez, il faudra que vous le dansiez !... C'est le seul clou envisageable pour cette fête... Vous verrez, vous verrez... ce sera la meilleure chose que j'aie faite ou que j'écrirai jamais ! Dans une robe de bébé, en soie rouge ! Ah, madame votre épouse est une artiste, une artiste, vous dis-je !

---

5. **einen Schritt vortrat** : remarquer la théâtralité de cette scène : les deux femmes assises, Christian Jacoby également, Alfred Läutner debout.

6. **was** : remplace le pron. relatif **das** lorsqu'il se rapporte à des objets indéfinis marqués syntaxiquement par des pron. indéfinis ou des adjectifs. Ex. : **Es ist das Schlimmste, was einem passieren kann.**

7. **Gemahlin** : *épouse*, désignation dans la haute société ; **Gattin** : formule de politesse usuelle pour désigner l'épouse d'une autre personne (cf. plus bas l'équivalent masculin : **ihr Gatte**) ; **Ehefrau** : s'emploie uniquement dans le contexte juridique ; **Frau** : on désigne sa propre épouse ou l'épouse de quelqu'un d'autre qu'on connaît bien.

Sie hätte sonst nicht auf diesen Gedanken kommen können! Sagen Sie ja, ich flehe Sie an, willigen Sie ein! Ich werde etwas leisten, ich werde etwas machen, Sie werden sehen... «

Hier löste sich alles[1], und alles geriet in Bewegung. Sei es aus Bosheit oder aus Höflichkeit, — alles begann, auf den Rechtsanwalt mit Bitten einzustürmen, und Frau Hildebrandt ging so weit, mit ihrer Brünnhildenstimme[2] ganz laut zu sagen: » Herr Rechtsanwalt, Sie sind doch sonst ein lustiger und unterhaltender Mann! « Aber auch er selbst, der Rechtsanwalt, fand nun Worte, und ein wenig gelb noch, aber mit einem starken Aufwand von Entschiedenheit, sagte er:

» Hören Sie mich an, meine Herrschaften — was soll ich Ihnen sagen? Ich bin nicht geeignet, glauben Sie mir. Ich besitze wenig komische Begabung, und abgesehen davon... kurz, nein, das ist leider unmöglich. «

Bei dieser Weigerung beharrte er hartnäckig[3], und da Amra nicht mehr in die Unterhaltung eingriff, da sie mit ziemlich abwesendem Gesichtsausdruck zurückgelehnt saß, und da auch Herr Läutner kein Wort mehr sprach, sondern in tiefer Betrachtung auf eine Arabeske des Teppichs starrte, so[4] gelang es Herrn Hildebrandt, dem Gespräche eine andere Wendung zu geben, und bald darauf löste sich die Gesellschaft auf, ohne über die letzte Frage zu einer Entscheidung gelangt[5] zu sein. —

---

1. **alles: all-** est au neutre sg. mais désigne un groupe de personnes. Ex.: **alles aussteigen!**: *tout le monde descend!*

2. **Brünnhilde**: l'une des Walkyries dont le rôle est déterminant dans la Tétralogie de Wagner. L'allusion ici est ironique puisque seulement reliée au volume sonore, et en contraste avec les paroles qui suivent, d'un registre plutôt mondain.

3. ***hart-näckig**: de **hart**: *dur* et **Nacken,** m.: *nuque* = *qui a la nuque* (en français: *la tête*) *dure.*

Sinon, elle n'aurait pu avoir une idée pareille ! Dites oui, je vous en conjure, consentez ! Je vais me surpasser, je vais travailler, vous verrez !... »

À ce moment tout le monde s'ébranla et s'agita. Soit méchanceté, soit politesse, tous assaillirent de prières l'avocat, et Mme Hildebrandt alla jusqu'à dire très fort, de sa voix de Brünnhilde : « Voyons, monsieur l'avocat, vous êtes d'habitude un homme gai, amusant !... » Mais quant à l'avocat lui-même, il recouvra enfin l'usage de la parole et, encore un peu jaune, mais avec un grand effort de décision, il dit :

« Écoutez-moi, mesdames et messieurs.... Que vous dirai-je ? Je ne suis pas apte à cela, croyez-moi ! J'ai peu de dons comiques, et en outre... Bref, non, c'est hélas impossible ! »

Il en resta obstinément à ce refus et comme Amra, renversée en arrière, avec une expression assez absente, n'intervenait plus dans la discussion, comme M. Läutner non plus ne disait rien, mais profondément absorbé, fixait du regard une arabesque du tapis, M. Hildebrandt parvint à donner un autre tour à la conversation et bientôt l'assistance se dispersa sans avoir rien décidé au sujet de cette dernière question...

---

4. **so** : ce **so** n'est pas grammaticalement obligatoire, il reprend les trois **da** *(= étant donné)* à valeur causale **(und da Amra / da sie mit... / und da auch)**. De même, avec **weil**, on peut trouver **darum, deswegen, deshalb**.

5. **gelangen** : *aboutir, en arriver à*, au sens propre et figuré ; à distinguer de **gelingen (a/u)**, comme trois lignes plus haut **so gelang es Herrn H.** (= **ihm**, datif) signifiant *réussir à, parvenir à*.

Am Abend des nämlichen[1] Tages jedoch, als Amra schlafen gegangen war und mit offenen Augen lag, trat schweren Schrittes ihr Gatte ein, zog einen Stuhl an ihr Bett, ließ sich nieder und sagte leise und zögernd:

»Höre, Amra, um offen zu sein, so bin ich von Bedenken bedrückt. Wenn ich heute den Herrschaften allzu abweisend begegnet[2] bin, wenn ich sie vor die Stirn gestoßen habe — Gott weiß, daß es nicht meine Absicht war! Oder solltest du ernstlich der Meinung sein... ich bitte dich...«

Amra schwieg einen Augenblick, während ihre Brauen sich langsam in die Stirn zogen. Dann zuckte sie die Achseln und sagte:

»Ich weiß nicht, was ich dir antworten soll, mein Freund. Du hast[3] dich betragen, wie ich es niemals von dir erwartet hätte. Du hast dich mit unfreundlichen Worten geweigert, die Aufführungen durch deine Mitwirkung zu unterstützen, die, was dir nur schmeichelhaft sein kann, von allen für notwendig gehalten wurde. Du hast alle Welt, um mich eines gelinden[4] Ausdruckes zu bedienen, aufs schwerste[5] enttäuscht, und du hast das ganze Fest durch deine rauhe Ungefälligkeit gestört, während es deine Pflicht als Gastgeber gewesen wäre...«

Der Rechtsanwalt hatte den Kopf sinken lassen, und schwer atmend sagte er:

»Nein, Amra, ich habe nicht ungefällig sein wollen, glaube mir das. Ich will niemand beleidigen und niemandem mißfallen, und wenn ich mich häßlich benommen[6] habe, so bin ich bereit, es wieder gutzumachen.

---

1. **des nämlichen** = **des selben** serait plus courant aujourd'hui.

2. **begegnen** (+ dat.): *rencontrer qqn*, mais aussi *traiter qqn de telle manière.*

3. **Du hast...**: Amra prononce sa réplique sur le ton d'un véritable réquisitoire, comme le montrent les quatre **Du hast** qui la scandent.

4. **gelinde**: *faible* (expression, mot). Dans ce sens abstrait, adj. éprouvé comme de l'all. très courant. Adj. normalement réservé au vent, à un climat, à un degré de chaleur: *doux, modéré.*

Pourtant le soir de ce même jour, Amra était allée se coucher et elle avait encore les yeux ouverts quand son époux entra d'un pas lourd, tira une chaise près du lit, s'assit et dit, d'une voix basse et hésitante :

« Écoute, Amra : pour être franc, je suis accablé de scrupules. Si je me suis montré aujourd'hui trop brusque à l'égard de ces messieurs dames, si je leur ai tenu tête... Dieu m'est témoin que je n'en avais pas l'intention !... ou bien serais-tu sérieusement d'avis ?... je t'en prie... »

Amra resta un instant silencieuse tandis que ses sourcils se soulevèrent lentement sur son front. Puis elle haussa les épaules et dit :

« Je ne sais que te répondre, mon ami. Jamais je ne me serais attendue à une telle conduite de ta part. Tu as refusé, en termes peu aimables, de soutenir notre spectacle par ta participation, que tous jugeaient nécessaire — ce qui ne peut être que flatteur pour toi. Tu as déçu tout le monde, de manière très grave, et le mot est faible, tu as gâté la fête par ta grossière désobligeance, alors que ton devoir d'hôte eût été... »

L'avocat avait baissé la tête, et répondit, le souffle court :

« Non, Amra, je ne voulais pas être désobligeant, crois-moi. Je ne veux offenser personne ni déplaire à personne, et si je me suis vilainement comporté, je suis prêt à réparer.

---

5. **aufs schwerste** : à comparer avec l'expr. adverbiale aussi, p. 218 : **aufs neue das Wort ergriff.**

6. **mich häßlich benommen** : tournure familière, voire enfantine. Jacoby prend, dans son vocabulaire aussi, une position inférieure à celle de sa femme ; ***häß-lich** : m. à m. *laid*, de **hassen** : *haïr.*

Es handelt sich um einen Scherz, eine Mummerei[1], einen unschuldigen Spaß, — warum nicht? Ich will das Fest nicht stören, ich erkläre mich bereit... «

— Am nächsten Nachmittag fuhr Amra wieder einmal aus, um "Besorgungen" zu machen. Sie hielt in der Holzstraße Nr. 78 und stieg in das zweite Stockwerk hinauf, woselbst man sie erwartete. Und während sie hingestreckt und aufgelöst in Liebe seinen Kopf an ihre Brust drückte, flüsterte sie mit Leidenschaft:

» Setze[2] es vierhändig, hörst du! Wir werden ihn miteinander begleiten, während er singt und tanzt. Ich, ich werde für das Kostüm sorgen... «

Und ein seltsamer Schauer, ein unterdrücktes und krampfhaftes Gelächter[3] ging durch die Glieder beider. —

5

Jedem, der ein Fest zu geben wünscht, eine Unterhaltung größeren Stils im Freien, sind die Lokalitäten des Herrn Wendelin am Lerchenberge aufs beste zu empfehlen. Von der anmutigen Vorstadtstraße aus betritt man durch ein hohes Gattertor den parkartigen[4] Garten, der dem Etablissement zugehört und in dessen Mitte die weitläufige Festhalle gelegen ist.

---

1. **Mummerei** : subst. formé de **-rei** : suffixe péjoratif, et de **Mumme,** f. : *le masque* (la chose et la personne). C'est tout le paradoxe de cette histoire que la Vérité va surgir de l'Apparence produite par un spectacle théâtral.

2. **setzen** : s'applique à différentes activités de composition : **einen Text setzen** : 1) le *typographier* ; 2) le *mettre en musique*. cf. **Satz,** m. : *un mouvement* (de sonate, symphonie).

3. **Gelächter,** n. : *rire*, est plus fort ou provient de personnes plus nombreuses que pour **Lachen,** n.

Il ne s'agit que d'une farce, d'une mascarade, d'une innocente plaisanterie... alors, pourquoi pas ? Je ne veux pas gâter la fête, je me déclare prêt... »

... Le lendemain après-midi, Amra sortit de nouveau pour faire des « emplettes ». Elle s'arrêta au 78 de la Holzstrasse et monta au second étage, où on l'attendait. Et tandis qu'allongée, éperdue d'amour, elle serrait contre sa poitrine la tête du jeune homme, elle murmura avec passion :

« Écris une partition à quatre mains, entends-tu ? Nous l'accompagnerons ensemble, pendant qu'il chantera et dansera. C'est moi, c'est moi qui m'occuperai du costume... »

Et un étrange frisson, un rire réprimé et spasmodique, leur traversa les membres à tous deux...

5

À qui désire donner une fête, organiser un divertissement de grand style à l'extérieur, l'établissement de M. Wendelin, au Lerchenberg, mérite d'être vivement recommandé. Arrivant par une charmante rue de banlieue, on pénètre par une haute grille dans le jardin aménagé en parc, jouxtant le bâtiment qui abrite en son centre la vaste salle des fêtes.

---

4. ***park-artig** : pointe du narrateur. C'est un banal jardin que, par prétention, on veut faire passer pour un parc.

Diese Halle, die nur ein schmaler Durchgang mit dem Restaurant, der Küche und der Brauerei verbindet und die aus lustig bunt bemaltem Holz in einem drolligen Stilgemisch aus Chinesisch und Renaissance[1] erbaut ist, besitzt große Flügeltüren, die man bei gutem Wetter geöffnet halten kann, um den Atem der Bäume hereinzulassen, und faßt eine Menge von Menschen.

Heute wurden die heranrollenden Wagen schon in der Ferne von farbigem Lichtschimmer begrüßt, denn das ganze Gitter, die Bäume des Gartens und die Halle selbst waren dicht mit bunten Lampions geschmückt, und was den inneren Festsaal betrifft, so[2] bot er einen wahrhaft freudigen Anblick. Unterhalb der Decke zogen sich starke Girlanden hin, an denen wiederum zahlreiche Papierlaternen befestigt waren, obgleich zwischen dem Schmuck der Wände, der aus Fahnen, Strauchwerk[3] und künstlichen Blumen bestand, eine Menge elektrischer Glühlampen hervorstrahlten, die den Saal aufs glänzendste beleuchteten. An seinem Ende befand sich die Bühne, zu deren Seiten Blattpflanzen standen und auf deren rotem Vorhang ein von Künstlerhand gemalter Genius schwebte. Vom andern Ende des Raumes aber zogen sich, fast bis zur Bühne hin, die langen, mit Blumen geschmückten Tafeln, an denen die Gäste des Rechtsanwalts Jacoby sich[4] in Frühlingsbier und Kalbsbraten gütlich taten:

---

1. **Chinesisch** : le bâtiment lui-même est aussi un mélange, cette fois d'Orient et d'Occident.

2. **so** : après **was... betrifft** deux constructions possibles : **so** + inversion ; pas de **so**, pas d'inversion.

3. **Strauchwerk** : il semble d'abord que le narrateur veuille systématiquement marquer, dans sa description de la fête, l'interpénétration de la Nature et de l'Homme. Près de la scène il y a des plantes vertes que le narrateur prend la peine de mentionner. Mais cette impression est trompeuse, car les fleurs sont artificielles et les plantes vertes sont des plantes d'intérieur, du moins sous nos climats. Notre malaise se confirme plus bas, lorsque le narrateur parle de **der süßliche und schwüle**

Cette salle, que seul un étroit couloir relie au restaurant, à la cuisine et à la brasserie, est lambrissée de boiseries peintes, aux couleurs variées et riantes, dans un curieux mélange de style chinois et Renaissance ; elle possède de grandes portes à battants que l'on peut garder ouverts par beau temps pour laisser entrer le souffle des arbres, et elle peut contenir une foule de gens.

Ce soir-là, les voitures qui arrivaient étaient déjà saluées de loin par des scintillements colorés, car toute la grille, les arbres du jardin et la salle même étaient décorés de très nombreux lampions multicolores ; quant à l'intérieur de la salle des fêtes, il offrait un spectacle vraiment réjouissant. Au plafond couraient de grosses guirlandes auxquelles était accrochée une multitude de lampions en papier, bien que parmi les fanions, le feuillage et les fleurs artificielles décorant les murs, eussent déjà rayonné une quantité d'ampoules électriques qui illuminaient la salle de la manière la plus vive. À une extrémité, encadrée de plantes vertes, se trouvait la scène avec un rideau rouge sur lequel planait un génie peint de main d'artiste. Mais depuis l'autre bout de la salle et presque jusqu'à la scène, se déployaient les longues tables décorées de fleurs, où les hôtes de l'avocat Jacoby se régalaient de la bière de printemps et de rôti de veau :

Festdunst von Tannen, Blumen, Menschen. Cette foule évoque plus, chez T.M., l'animalité qu'un état de Nature désirable.

4. **sich** : dans la langue parlée, on placerait le **sich** (ici = dat.) avant le sujet **die Gäste**. La langue écrite le place comme ici, après le sujet et avant les autres compléments.

Juristen, Offiziere, Kaufherren, Künstler, hohe Beamte nebst ihren Gattinnen und Töchtern, — mehr als hundertundfünfzig Herrschaften sicherlich. Man war ganz einfach, in schwarzem Rock[1] und halbheller Frühlingstoilette, erschienen, denn heitere Ungezwungenheit war heute Gesetz. Die Herren liefen persönlich mit den Krügen[2] zu den großen Fässern, die an der einen Seitenwand aufgestellt waren, und in dem weiten, bunten und lichten[3] Raume, den der süßliche und schwüle Festdunst von Tannen, Blumen, Menschen, Bier und Speisen erfüllte, schwirrte und toste das Geklapper, das laute und einfache Gespräch, das helle, höfliche, lebhafte und sorglose Gelächter aller dieser Leute... Der Rechtsanwalt saß unförmig und hilflos am Ende der einen Tafel, nahe der Bühne; er trank nicht viel und richtete hie und da ein mühsames Wort an seine Nachbarin, die Regierungsrätin[4] Havermann. Er atmete widerwillig mit hängenden Mundwinkeln, und seine verquollenen, trübewässerigen[5] Augen blickten unbeweglich und mit einer Art schwermütiger Befremdung in das fröhliche Treiben hinein, als läge in diesem Festdunst, in dieser geräuschvollen Heiterkeit etwas unsäglich Trauriges und Unverständliches...

Nun wurden große Torten herumgereicht, wozu man anfing, süßen Wein zu trinken und Reden zu halten.

---

1. **Rock,** m.: 1) *robe, jupe* (de femme); 2) (ici) *habit* (d'homme), cf. **Gehrock,** m.: *redingote.*

2. **Krug,** m.: *la cruche,* mais aussi *la chope.*

3. **licht**: adj. ici, de registre littéraire; de **Licht,** n.: *la lumière*; syn. **erleuchtet**.

4. **Regierungsrätin**: la femme d'un fonctionnaire dont le grade administratif correspond à celui d'un directeur ou sous-directeur de ministère en France.

hommes de loi, officiers, négociants, artistes, hauts fonctionnaires accompagnés de leurs épouses et de leurs filles... plus de cent cinquante personnes assurément. On était venu en tenue très simple, costumes noirs et toilettes printanières avec quelques tons clairs, une joyeuse décontraction étant de rigueur ce soir-là. Les messieurs couraient eux-mêmes remplir les chopes aux grands tonneaux dressés contre l'un des murs, et dans la vaste salle illuminée et bariolée, pleine des relents douceâtres et lourds de la fête, qui montaient des sapins, des fleurs, de la foule, de la bière et de la nourriture, bourdonnaient et grondaient les piétinements, les conversations bruyantes et banales, les rires clairs, courtois, vifs et insouciants de tous ces gens... L'avocat était assis, masse informe et désemparée, au bout d'une des tables, près de la scène ; il ne buvait guère et adressait de temps à autre, péniblement, un mot à sa voisine, Madame la conseillère Havermann. Il respirait sans aucun plaisir ; les coins de sa bouche tombaient ; ses yeux gonflés, liquides et troubles regardaient fixement, d'un air mélancolique et lointain, la joyeuse agitation, comme si ces relents de la fête, toute cette gaieté tapageuse, avaient quelque chose d'indiciblement triste et d'incompréhensible...

On fit circuler de grandes tartes, après quoi les assistants se mirent à boire du vin doux et à tenir des discours.

---

5. ***trübe-wässer-ig** : subst. inventé par T.M., formé de **Wasser**, n. : *l'eau* et de **trübe** : 1) *trouble* ; 2) *triste*. Cette trouvaille est fort astucieuse, car **trübe**, par son deuxième sens, annonce **schwermütig** *(= mélancolique)* qui apparaît plus bas. Un tel regard est, bien entendu, diamétralement opposé à celui de Paolo de *La Volonté de bonheur*, dont les yeux vifs sont de braise, et évoquent par là le feu et non l'eau, comme ici.

Herr Hildebrandt, der Hofschauspieler, feierte das Frühlingsbier in einer Ansprache, die ganz aus klassischen[1] Zitaten, ja, auch aus griechischen, bestand, und Assessor Witznagel toastete mit seinen kulantesten Bewegungen in der feinsinnigsten Weise auf die anwesenden Damen, indem er aus der nächsten Vase und vom Tischtuch eine Handvoll Blumen nahm und jeder davon eine Dame verglich. Amra Jacoby aber, die ihm in einer Toilette aus dünner, gelber Seide gegenübersaß, ward »die schönere Schwester[2] der Teerose« genannt.

Gleich darauf strich sie mit der Hand[3] über ihren weichen Scheitel, hob die Augenbrauen und nickte ihrem Gatten ernsthaft zu, — worauf der dicke Mann sich erhob und beinahe die ganze Stimmung verdorben hätte, indem er in seiner peinlichen Art mit häßlichem Lächeln ein paar armselige Worte stammelte... Nur ein paar[4] künstliche Bravos wurden laut, und einen Augenblick herrschte bedrücktes Schweigen. Alsbald jedoch trug die Fröhlichkeit wieder den Sieg davon, und schon begann man auch, sich rauchend und ziemlich bezecht zu erheben und eigenhändig[5] unter großem Lärm die Tische aus dem Saale zu schaffen, denn man wollte tanzen.

Es war nach elf Uhr, und die Zwanglosigkeit war vollkommen geworden. Ein Teil der Gesellschaft war in den bunt beleuchteten Garten hinausgeströmt, um frische Luft zu schöpfen,

---

1. **aus klassischen Zitaten: klassisch** renvoie en all. à l'Antiquité grecque et romaine, et non, comme en français, au classicisme des temps modernes.

2. **die schönere Schwester: *schön-er** est un comparatif de supériorité, qui est employé pour les groupes de choses ou de personnes jusqu'au nombre de trois (en moyenne). Le français emploie ici le superlatif.

3. **Hand**: comme plus haut, p. 222, ce mouvement d'Amra annonce une agression envers son mari.

M. Hildebrandt, l'acteur de la Cour, célébra la bière de printemps dans une allocution entièrement composée de citations classiques, voire grecques, et l'assesseur Witznagel, de ses gestes les plus coulants, porta de la façon la plus subtile un toast aux dames présentes, tout en prenant dans le vase le plus proche, ou sur la nappe, une poignée de fleurs et en comparant chacune à l'une des dames présentes. Amra Jacoby, quant à elle, assise en face de lui dans une toilette de fine soie jaune, fut appelée « la plus belle sœur de la rose thé ».

Là-dessus, elle effleura de sa main la raie de ses cheveux, leva les sourcils et fit un grave signe de tête à son époux... sur quoi, le gros homme se leva et faillit gâcher toute l'ambiance en bredouillant à sa façon, péniblement, quelques bribes de mots accompagnés d'un sourire laid... Seuls se firent entendre quelques bravos forcés et pendant un instant, un silence pesant régna. Mais bientôt la gaieté reprit le dessus, déjà les gens se levaient et, la cigarette à la bouche, passablement éméchés, commençaient à sortir eux-mêmes les tables de la salle dans un grand tapage, car on voulait maintenant danser.

À onze heures passées, le débridement était total. Pour prendre l'air, une partie des invités avait reflué dans le jardin illuminé de couleurs vives ;

---

4. **ein paar = einige wenige** : *quelques* : à différencier par la majuscule de **ein Paar** : a) *une paire* (objets) ; b) *un couple* (personnes).

5. **eigenhändig** : il faut comprendre comme plus haut, où les messieurs se servaient « personnellement » (p. 234, **liefen persönlich**), que les domestiques ne sont pas là, ou que les maîtres prennent leur place, ce qui permet une totale « *absence de contrainte* » = ***Zwangs-losigkeit**, ci-dessous.

während ein anderer[1] im Saale verblieb, in Gruppen beisammenstand, rauchte, plauderte, Bier zapfte, im Stehen trank... Da erscholl[2] von der Bühne ein starker Trompetenstoß, der alles in den Saal berief. Musiker — Bläser und Streicher — waren eingetroffen und hatten sich vorm Vorhang niedergelassen; Stuhlreihen, auf denen rote Programme[3] lagen, waren aufgestellt worden, und die Damen ließen sich nieder, während die Herren hinter ihnen oder zu beiden Seiten sich aufstellten. Es herrschte erwartungsvolle Stille.

Dann spielte das kleine Orchester eine rauschende Ouvertüre, der Vorhang öffnete sich — und siehe, da stand eine Anzahl scheußlicher Neger, in schreienden Kostümen und mit blutroten Lippen, welche die Zähne fletschten und ein barbarisches Geheul[4] begannen... Diese Aufführungen[5] bildeten in der Tat den Höhepunkt von Amra's Fest. Begeisterter Applaus brach los, und Nummer für Nummer entwickelte sich das klug komponierte Programm: Frau Hildebrandt trat mit einer gepuderten Perücke auf, stieß mit einem langen Stock auf den Fußboden und sang überlaut: »That's Maria!« Ein Zauberkünstler erschien in ordenbedecktem Frack, um das Erstaunlichste zu vollführen, Herr Hildebrandt stellte Goethe, Bismarck und Napoleon zum Erschrecken ähnlich dar, und Redakteur Doktor Wiesensprung übernahm im letzten Augenblick einen humoristischen Vortrag über das Thema: "Das Frühlingsbier in seiner sozialen Bedeutung."

---

1. **ein anderer: Teil** est la plupart du temps masc. Il est neutre dans une acception « technique », dans certaines compositions comme **Hinterteil** = *arrière* (d'un bateau, par ex.).

2. **erscholl**: de **erschallen (o/o)**, syn. **erklingen, ertönen.** Dans la langue courante, il est conjugué comme un v. faible ≠ **schellen**: *sonner*, également faible.

3. **rote Programme (Programm,** n.): sont rouges le rideau, les programmes, les lèvres des nègres, la robe de Jacoby... Comme dans *L'Armoire* (p. 68), le rouge s'oppose au principe de la bourgeoisie.

les autres, restés à l'intérieur, formaient des groupes, fumaient, discutaient, tiraient de la bière et buvaient debout... Soudain un grand coup de trompette partit de la scène pour rappeler tout le monde dans la salle. Les musiciens — des cordes et des vents — étaient arrivés et avaient pris place devant le rideau ; des rangées de chaises où étaient posés des programmes rouges avaient été installées, et les dames s'y assirent tandis que les messieurs se rangeaient derrière elles ou sur les côtés. Un silence régnait, lourd d'attente.

Alors, le petit orchestre joua une ouverture brillante ; le rideau s'ouvrit... et voici qu'apparut une troupe d'affreux nègres aux costumes criards et aux lèvres rouge vif, qui, en montrant les dents, entonnèrent un hurlement barbare... Ces variétés formaient en effet le clou de la fête d'Amra. Des applaudissements enthousiastes éclatèrent et les numéros du programme intelligemment composé se succédèrent : Mme Hildebrandt, coiffée d'une perruque poudrée, entra sur scène en frappant les planches avec une longue canne, elle chanta à tue-tête : « That's Maria ! » Un prestidigitateur, dans un frac couvert de décorations, apparut et accomplit les tours les plus surprenants ; M. Hildebrandt imita Goethe, Bismarck et Napoléon avec une perfection saisissante, et un rédacteur de journal, le docteur Wiesensprung, se lança impromptu dans un discours humoristique sur le thème « la bière de printemps et sa fonction sociale ».

---

4. ***Ge-heul,** n. : *hurlement.* Formation d'un subst. n. à partir d'un v., ici **heulen** : *hurler*, avec un préfixe Ge- et racine ; après r ou l, on ne rajoute pas de suffixe -e, surtout pour les cris d'animaux. Ex. : **Gewieher** : *hennissements*, de **wiehern** : *hennir.*

5. **Aufführungen** : il s'agit de numéros de variétés. En France, nous trouvons la tradition du saltimbanque triste. Jacoby entre dans ce cadre. Mais en Allemagne, le cirque tend à renouveler le drame classique dans un sens comique en y apportant des motifs et/ou la structure de numéros/tableaux. Citons Büchner, Brecht, et justement Wedekind.

Am Ende jedoch erreichte die Spannung ihren Gipfel, denn die letzte Nummer stand bevor, diese geheimnisvolle Nummer, die auf dem Programm mit einem Lorbeerkranze eingerahmt war und also lautete: »*Luischen.* Gesang und Tanz. Musik von Alfred Läutner.« —

Eine Bewegung ging durch den Saal, und die Blicke trafen sich, als die Musiker ihre Instrumente beiseite[1] stellten und Herr Läutner, der bislang schweigsam und die Zigarette zwischen den gleichgültig aufgeworfenen Lippen an einer Tür gelehnt hatte, zusammen mit Amra Jacoby an dem Piano[2] Platz nahm, das in der Mitte vorm Vorhang stand. Sein Gesicht war gerötet, und er blätterte nervös in den geschriebenen Noten, während Amra, die im Gegenteile ein wenig blaß war, einen Arm auf die Stuhllehne gestützt, mit einem lauernden Blick ins Publikum sah. Dann erscholl, während alle Hälse[3] sich reckten, das scharfe Klingelzeichen. Herr Läutner und Amra spielten ein paar Takte belangloser Einleitung, der Vorhang rollte empor, Luischen erschien...

Ein Ruck[4] der Verblüffung und des Erstarrens pflanzte sich durch die Menge der Zuschauer fort, als diese traurige und gräßlich aufgeputzte Masse in mühsamem Bärentanzschritt hereinkam. Es war der Rechtsanwalt. Ein weites, faltenloses Kleid aus blutroter Seide, welches bis zu den Füßen hinabfiel, umgab seinen unförmigen Körper, und dieses Kleid war ausgeschnitten, so daß der mit Mehlpuder betupfte Hals widerlich[5] freilag.

---

1. ***bei-seite**: adv. de lieu, n'est pas une particule verbale, vient de **Seite** = *côté* et de **bei**, mais traduit toujours un mouvement.

2. **Piano,** n.: syn. plus courant de nos jours, **das Klavier**; le piano ou un exercice physique, littéraire, artistique partagé sont, dans la littérature allemande, un symbole ordinaire de la communauté d'esprit.

3. **Hälse**: le narrateur multiplie les signes de l'animalité générale que nous connaissons maintenant bien (p. 152, p. 224). Amra est « aux aguets » **(lauernd)**, le public « tend le cou ». Le plaisir ressenti en

À la fin, la tension atteignit son paroxysme, car le dernier numéro allait commencer, ce numéro mystérieux qui sur le programme était encadré d'une couronne de lauriers, et intitulé « *Luischen.* Chant et danse. Musique d'Alfred Läutner ».

Un mouvement parcourut la salle et les regards se croisèrent quand les musiciens mirent leurs instruments de côté, et que M. Läutner, jusqu'ici appuyé en silence contre une porte, cigarette aux lèvres et avec une moue d'indifférence, prit place en compagnie d'Amra Jacoby au piano qui était au milieu de la scène, devant le rideau. Son visage s'était empourpré, et il feuilleta nerveusement les partitions manuscrites, tandis qu'Amra, qui était au contraire un peu pâle, un bras posé sur le dossier de sa chaise, scrutait le public du regard. Alors l'appel aigu de la sonnerie retentit, et tous les cous se tendirent. M. Läutner et Amra jouèrent quelques mesures d'une introduction insignifiante, le rideau se leva, et Luischen apparut...

Un sursaut de stupeur et de saisissement se propagea parmi la foule des spectateurs quand cette masse de chair triste et affreusement attifée entra, en exécutant à grand peine la danse de l'ours. C'était l'avocat. Une large robe droite de soie rouge vif, tombant jusqu'aux pieds, enveloppait son corps informe et cette robe, décolletée, découvrait hideusement un cou poudré de farine.

---

regardant les premiers numéros se retourne brusquement. La situation de théâtre en particulier et de foule en général inquiète le narrateur. Cette réflexion de T.M. aboutira à cette œuvre fondamentale qu'est *Mario le Magicien* (1930).

4. **Ruck** : un peu inusité de nos jours dans ce sens. **sich** (= dat.) **einen Ruck geben** : *se ressaisir* ; **auf einen Ruck** : *d'un seul coup.*

5. ***wider-lich** : *répugnant* ; **an/widern** : *répugner* ; **jm *zu-wider sein** : *être désagréable à qqn, choquer qqn.*

Auch die Ärmel waren an den Schultern ganz kurz gepufft, aber lange, hellgelbe Handschuhe bedeckten die dicken und muskellosen Arme, während auf dem Kopfe eine hohe, semmelblonde[1] Lockencoiffüre saß, auf der eine grüne Feder hin und wider wankte. Unter dieser Perücke aber blickte ein gelbes, verquollenes[2], unglückliches und verzweifelt munteres Gesicht hervor, dessen Wangen beständig in mitleiderregender Weise auf und nieder bebten[3] und dessen kleine, rotgeränderte Augen, ohne etwas zu sehen, angestrengt auf den Fußboden niederstarrten, während der dicke Mann sich mühsam[4] von einem Bein auf das andere warf, wobei er entweder mit beiden Händen sein Kleid erfaßt hielt oder mit kraftlosen Armen beide Zeigefinger emporhob, — er wußte keine andere Bewegung; und mit gepreßter und keuchender Stimme sang er zu den Klängen[5] des Pianos ein albernes Lied...

Ging nicht mehr als jemals von dieser jammervollen Figur ein kalter Hauch des Leidens aus, der jede unbefangene[6] Fröhlichkeit tötete und sich wie ein unabwendbarer Druck peinvoller Mißstimmung über diese ganze Gesellschaft legte?... Das nämliche Grauen lag im Grunde[7] aller der zahllosen Augen, die sich wie gebannt geradeaus auf dieses Bild richteten, auf dieses Paar am Klaviere und auf diesen Ehegatten dort oben... Der stille, unerhörte Skandal dauerte wohl fünf lange Minuten.

---

1. ***semmel-blond :** de **Semmel,** f. : *le petit pain.*

2. **verquollen :** adj. = part. passé du v. **verquellen (o/o) :** *sourdre, jaillir,* cf. **Quelle,** f. : *source* ; le préf. inséparable **ver-** étant intensificateur de sens.

3. **beben :** *trembler ;* **vor Wut beben :** *trembler de colère ;* ***Erd-beben,** n. : *le tremblement dc terre.*

4. **mühsam :** l'adj. qualifiait déjà sa conversation à table, p. 234 : **richtete... ein mühsames Wort** ; cf. **Mühe,** f. : *la peine, l'effort,* **sich** (+ dat.) **viel Mühe geben :** *se donner beaucoup de mal.*

5. **zu den Klängen :** ici, prép. marquant l'appartenance. Emploi analogue à : **Der Garten gehört zur Brauerei.**

Les manches, très courtes elles aussi, bouffaient sur les épaules ; par contre, de longs gants jaune clair couvraient les gros bras flasques, tandis que sur la tête se dressait une haute coiffure bouclée, blonde comme les blés, sur laquelle une plume verte remuait en tous sens. Mais sous cette perruque apparaissait un visage jaune, bouffi, l'air malheureux, d'une sinistre gaieté, dont les bajoues n'arrêtaient pas de tressauter d'une manière pitoyable, et dont les petits yeux cerclés de rouge fixaient les planches avec effort, sans rien voir, cependant que le gros homme sautillait péniblement d'un pied sur l'autre, tantôt tenant sa robe de chaque côté, tantôt élevant les bras sans aucune force, index tendus — incapable qu'il était d'un autre mouvement ; et d'une voix étouffée, haletante, il chanta, accompagné au piano, un air stupide...

Avait-il jamais émané plus qu'aujourd'hui de cette lamentable figure un tel souffle froid de souffrance, qui tuait toute joie simple et qui pesait sur l'assistance entière, sans qu'il soit possible de s'en défendre, comme une tonne de chagrin torturé ?... La même horreur était au fond de tous ces innombrables yeux fascinés, braqués sur cette vision : ce couple au piano et cet époux, là-haut... Le scandale silencieux, inouï, se prolongea cinq bonnes minutes.

---

6. **unbefangen** : le narrateur tient presque grief à Jacoby de détruire cette joyeuse atmosphère *décontractée.*

7. **im Grunde**, de **Grund,** m. : *le fond, la raison.* Ici ce n'est pas la locution habituelle, au sens fig. *(= au fond, en réalité)*, mais un complément de lieu au sens propre qui détermine le gén. **aller... Augen.**

Dann aber trat der Augenblick ein, den niemand, der ihm beigewohnt, während der Dauer seines Lebens vergessen wird... Vergegenwärtigen wir uns[1], was in dieser kleinen furchtbaren und komplizierten Zeitspanne eigentlich vor sich ging.

Man kennt das lächerliche Couplet, das "Luischen" betitelt ist, und man erinnert sich[2] ohne Zweifel der Zeilen, welche lauten:

Den Walzertanz und auch die Polke
Hat keine noch wie ich vollführt;
Ich bin Luischen aus dem Volke,
Die manches Männerherz gerührt...

— dieser[3] unschönen und leichtfertigen Verse, die den Refrain der drei ziemlich langen Strophen bilden. Nun wohl, bei der Neukomposition dieser Worte hatte Alfred Läutner sein Meisterstück vollbracht, indem er seine Manier, inmitten eines vulgären und komischen Machwerkes[4] durch ein plötzliches Kunststück[5] der hohen Musik zu verblüffen, auf die Spitze getrieben[6] hatte. Die Melodie, die sich in Cis-Dur bewegte, war während der ersten Strophen ziemlich hübsch und ganz banal gewesen. Zu Beginn des zitierten Refrains wurde das Zeitmaß belebter, und Dissonanzen traten auf[7], die durch das immer lebhaftere Hervorklingen eines h einen Übergang nach Fis-Dur erwarten ließen.

---

1. **sich *ver-gegenwärt-igen**: *se *re-présent-er*; **Gegenwart,** f.: *le présent.* Noter à nouveau la présence du narrateur, qui écrit « *nous* ».

2. **sich erinnern** + gén.: vieilli = **sich erinnern an** + acc.

3. **dieser... Verse**: génitif plur. commandé par **sich erinnern**, la phrase continue donc ici.

4. ***Mach-werk,** n.: de **Werk,** n.: *ouvrage, œuvre* et **machen**: *faire*; au sens d'une œuvre artificielle et forcée, cf. p. 214, n. 7.

5. ***Kunst-stück,** n.: au sens propre, *tour d'adresse, virtuosité,* voir p. 238 **ein Zauberkünstler**; le mot **Kunst,** f.: *l'art* (dérivé de **können**: *pouvoir, être capable de*) produit deux adj. au sens distinct: **künstlerisch**:

Puis vint l'instant qu'aucun des assistants n'oubliera de sa vie... Représentons-nous ce qui se passa exactement, durant ce petit laps de temps effroyable et compliqué.

On connaît le couplet risible intitulé *Luischen*, et l'on se souvient sans nul doute des vers suivants :

Je danse la valse, la polka,
Personne mieux ne fera !
Je suis Luischen des faubourgs
Après qui beaucoup d'hommes courent...

... de ces vers laids et faciles qui forment le refrain de trois strophes assez longues. Donc, pour faire une nouvelle musique sur ces paroles, Alfred Läutner avait accompli son chef-d'œuvre : il avait poussé à l'extrême sa manière de stupéfier les gens en introduisant au milieu d'une œuvre de camelote, vulgaire et comique, une virtuosité soudaine, empruntée à la grande musique. La mélodie qui se développait en do dièse majeur était restée assez jolie et tout à fait banale pendant les premières strophes. Au commencement du refrain cité le tempo s'anima, et des dissonances apparurent qui, par la prédominance toujours plus énergique du si, laissaient attendre un passage en fa dièse majeur.

---

artistique, esthétique et **künstlich** : *artificiel, forcé,* cf. p. 232 : **k. Blumen** et p. 236 : **k. Bravos.**

6. **auf die Spitze treiben (ie/ie)** : m. à m. *pousser à l'extrême* (littéralement : *à la pointe*).

7. **auf/treten (a/e)** : **auf** marque ici l'apparition, la naissance. cf. **auf/kommen** : *se former.* **Ein Gewitter kommt auf** : *Un orage monte.*

Diese Disharmonien komplizierten sich bis zu dem Worte »vollführt«, und nach dem »ich bin«, das die Verwicklung und Spannung vollständig machte, mußte eine Auflösung nach Fis-Dur[1] hin erfolgen. Statt dessen geschah das Überraschendste. Durch eine jähe Wendung nämlich, vermittelst[2] eines nahezu genialen Einfalles, schlug hier die Tonart nach F-Dur um, und dieser Einsatz, der unter Benutzung beider Pedale auf der lang ausgehaltenen zweiten Silbe des Wortes »Luischen« erfolgte, war von unbeschreiblicher, von ganz unerhörter Wirkung[3]! Es war eine vollkommen verblüffende[4] Überrumpelung, eine jähe Berührung der Nerven, die den Rücken hinunterschauerte[5], es war ein Wunder, eine Enthüllung, eine in ihrer Plötzlichkeit fast grausame Entschleierung, ein Vorhang[6], der zerreißt...

Und bei diesem F-Dur-Akkord hörte der Rechtsanwalt Jacoby zu tanzen auf. Er stand still, er stand inmitten der Bühne wie angewurzelt, beide Zeigefinger noch immer erhoben — einen ein wenig niedriger als den anderen —, das i von »Luischen« brach ihm vom Munde ab, er verstummte, und während fast gleichzeitig auch die Klavierbegleitung sich scharf unterbrach, starrte diese abenteuerliche[7] und gräßlich lächerliche Erscheinung dort oben mit tierisch vorgeschobenem Kopf[8] und entzündeten Augen geradeaus...

---

1. **Fis-Dur :** la gamme en all. se récite ainsi c / d / e / f / g / a / h, et les altérations *dièse* ou *bémol* s'indiquent par les suffixes **-is / -es** ; quant à **Dur** et **Moll**, elles signalent une tonalité de *majeur* ou de *mineur.*

2. **vermittelst = mittelst :** *au moyen de.*

3. **... Wirkung ! :** sur ce passage, rappelons le goût (et le talent) de T.M. pour décrire l'effet de la musique, voir le récit *Tristan* (en particulier p. 226, n. 1, édition bilingue).

4. **verblüffen :** *ébahir, stupéfier, ahurir,* marque une surprise plus brusque et violente que le v. **erstaunen.**

5. **schauern :** cette construction transitive n'est pas usuelle. **schauern** est intransitif ou impersonnel : **mir / mich schauert.**

Ces dissonances se compliquèrent jusqu'au mot « fera », et après le « je suis », où culminèrent à la fois ces combinaisons et cette tension, une résolution en fa dièse majeur devait s'ensuivre. Or, au lieu de cela, se produisit la plus grande des surprises. En effet, par un brusque revirement, grâce à une idée quasi géniale, la tonalité passa brutalement en fa majeur, et la nouvelle entrée, réalisée par l'emploi des deux pédales sur la seconde syllabe longtemps tenue du mot *Luischen*, fut d'un effet indescriptible, complètement inouï ! Ce fut un choc absolument ahurissant, une brusque excitation des nerfs qui vous descendait comme un frisson dans le dos, un prodige, une révélation, comme une mise à nu presque cruelle dans sa soudaineté, un rideau qui se déchirait...

Et sur cet accord en fa majeur, l'avocat Jacoby cessa de danser. Il s'arrêta, resta comme enraciné au milieu de la scène, les deux index encore levés, l'un un peu plus bas que l'autre ; le i de « Luischen » se brisa sur ses lèvres ; il se tut, et tandis que l'accompagnement au piano s'interrompait abruptement presque en même temps, cette figure extravagante et d'un ridicule atroce, là-haut, regarda fixement devant elle, la tête tendue en avant comme une bête, les yeux rouges...

---

6. **Vorhang** : cette métaphore du rideau était déjà présente dans *La Vaccination* de F.W. Chez ce dernier, le rideau sert de voile et le ressort dramatique est le spectateur qui, lui, est initié. Ici, le rideau se déchire et tue.

7. **abenteuerlich** : 1) *aventureux* ; 2) *d'aventure* : **abenteuerliche Erzählung** : *un récit d'aventures* ; 3) (ici) *invraisemblable, incroyable ;* de **Abenteuer,** n. : *aventure.*

8. **Kopf** : position que nous connaissons bien (p. 240, n. 3). Jacoby entre soudain en contact avec l'animalité.

Er starrte in diesen geputzten, hellen und menschenvollen Festsaal hinein, in dem, wie eine Ausdünstung[1] aller dieser Menschen, der fast zur Atmosphäre verdichtete Skandal lagerte... Er starrte[2] in alle diese erhobenen, verzogenen und scharfbeleuchteten Gesichter, in diese Hunderte von Augen, die alle sich mit dem gleichen Ausdruck von Wissen auf das Paar dort unten vor ihm und auf ihn selbst richteten... Er ließ, während eine furchtbare, von keinem Laut unterbrochene Stille über allen lagerte, seine immer mehr sich erweiternden Augen langsam und unheimlich von diesem Paar auf das Publikum und von dem Publikum auf dies Paar wandern[3], ... eine Erkenntnis schien plötzlich über sein Gesicht zu gehen, ein Blutstrom[4] ergoß sich in dieses Gesicht, um es rot wie das Seidenkleid aufquellen zu machen und es gleich darauf wachsgelb zurückzulassen, — und der dicke Mann brach zusammen[5], daß[6] die Bretter krachten.

— Während eines Augenblickes herrschte die Stille fort; dann wurden Schreie laut, Tumult entstand, ein paar beherzte Herren, darunter ein junger Arzt, sprangen vom Orchester aus auf die Bühne, der Vorhang ward herabgelassen...

Amra Jacoby und Alfred Läutner saßen, voneinander abgewandt, noch immer am Klavier. Er, gesenkten Hauptes[7], schien noch seinem Übergang nach F-Dur nachzuhorchen;

---

1. **Aus-dünst-ung** : de **Dunst,** m. : *vapeur* ; **einen Geruch aus/dünsten** : *dégager une odeur* (en général forte et désagréable).

2. **Er starrte** : reprise du v. (p. 246, **starrte diese... Erscheinung**) pour la troisième fois, l'avocat restant désormais muet, après sa chanson grotesque ; cf. **starr/erstarrt** : *fixe, pétrifié, figé.*

3. **wandern** : 1) sens propre : *faire une excursion, se promener* ; 2) (ici) sens fig. : **den Blick wandern lassen** : *promener, laisser errer le regard.*

4. **ein Blutstrom** : l'éventualité était annoncée dans le premier portrait de l'avocat, p. 198, **oft konnnte man beobachten, wie ein... Blut strom sich... ergoß** ; voir aussi la Préface, p. 17.

5. **brach zusammen** : cette scène a inspiré la fin de *L'Ange Bleu*, film

Il regardait fixement cette salle des fêtes, décorée, claire et pleine de gens, où le scandale pesait comme une émanation de tous ces gens, et pour ainsi dire en une atmosphère visible... Il regardait fixement tous ces visages levés, crispés, éclairés d'une lumière crue, ces centaines d'yeux tous dirigés, avec la même expression avertie, sur le couple là-bas, juste devant, et sur lui-même... Tandis qu'un silence terrible qu'aucun son n'interrompit, pesait sur l'assistance entière, il fit aller lentement et sinistrement ses yeux, qui se dilataient de plus en plus, de ce couple au public et du public au couple... Soudain une brusque découverte sembla traverser son visage, un flot de sang monta et s'y répandit — du même rouge que sa robe de soie, puis aussitôt se retira pour le laisser d'un jaune cireux, — alors le gros homme s'effondra, dans un grand craquement des planches.

... Un instant encore le silence continua de régner ; puis il y eut des cris, un tumulte ; quelques hommes de cœur, parmi eux un jeune médecin, sautèrent de l'orchestre sur la scène ; le rideau fut baissé...

Amra Jacoby et Alfred Läutner étaient toujours assis au piano, se détournant l'un de l'autre. Lui, la tête baissée, semblait encore écouter les résonances de son passage en fa majeur ;

---

de Pabst (1931), où l'instituteur, sur scène et grimé en clown, découvre soudain l'adultère de sa femme avec un autre artiste. Le reste du film est inspiré de *Professeur Unrat* (1905), du frère de T.M., Heinrich Mann. La fin de *Luischen* a été jugée dramatiquement plus efficace. ***Zusammen-bruch,** n. : désigne aussi un *effondrement* global, un *fiasco* politique ou économique.

6. **daß...** : ici a une valeur consécutive, littéralement *au point que les planches en craquèrent.*

7. **gesenkten Hauptes** : gén. de qualité en apposition. **Haupt,** n. = un peu précieux pour **Kopf,** m. Plus usité dans des compositions comme ***Staats-ober-haupt,** n. : *chef de l'État.* La position de la tête de Läutner ressemble à celle de Jacoby qui se penche vers le public (cf. p. 246, n. 8, p. 240, n. 3).

sie, unfähig, mit ihrem Spatzenhirn[1] so rasch zu begreifen, was vor sich ging, blickte mit vollkommen leerem Gesichte um sich her...

Gleich darauf erschien der junge Arzt aufs neue im Saal, ein kleiner jüdischer Herr[2] mit ernstem Gesicht und schwarzem Spitzbart. Einigen Herrschaften, die ihn an der Tür umringten, antwortete er achselzuckend:

»Aus.«

---

1. **Spatzenhirn,** n.: c'était l'un des *points faibles* décrits au début du récit, p. 194.

2. **ein... jüdischer Herr**: comme le montre la position de la tête des différents personnages, la défaite est générale. Cette scène ressemble, au détail près, au suicide du peintre Schwarz dans *Lulu* de F.W.: le docteur

elle, incapable de comprendre assez vite dans sa cervelle de moineau ce qui se passait, regardait autour d'elle avec une expression parfaitement vide...

Sur ce, le jeune médecin, un petit monsieur juif à l'air grave et à la barbe noire en pointe, reparut dans la salle. À quelques personnes qui l'entourèrent devant la porte, il répondit en haussant les épaules :

« Fini. »

Schön lui révèle que Lulu le trompe ; il se suicide en s'ouvrant la gorge avec un rasoir ; un journaliste juif vient constater la mort ; et Schön peut épouser Lulu. Lulu assassinera Schön, et sera elle-même assassinée par Jack l'Éventreur.

Biographie de Frank Wedekind

1862 - Naissance de Frank Wedekind à Hanovre, d'un père médecin, député libéral et d'une mère hongroise, actrice.

1871 - Fondation du Reich. Le père de F.W. étant un opposant politique au Reich, la famille s'exile en Suisse (Lenzburg).

1884 - Début de cursus universitaire en droit à Münich. En réalité, F.W. fréquente surtout les cercles littéraires.

1888 - Le père meurt. F.W. abandonne ses études et vivra désormais de sa fortune. Il voyage uniquement pour son plaisir.

1890 - Wedekind écrit *L'Éveil du printemps*, « une tragédie enfantine ». Comme pratiquement toutes ses œuvres, cette pièce ne sera montée que plusieurs années plus tard, en 1906, par Max Reinhard à Berlin.

1892-1893 - Paris. Il va surtout aux variétés et au cirque (voir ses *Journaux intimes*).

1895 - Berlin. Publication de *L'Esprit de la Terre* (1re partie du cycle de *Lulu*) chez Albert Langen.

1896 - Munich. Fondation du journal satirique *Simplicissimus*. Propriétaire : Albert Langen.

1898 - Première représentation d'une œuvre de F.W. : *L'Esprit de la Terre*. F.W. joue lui-même le docteur Schön. Scandale du *Simplicissimus*. Fuite en Suisse.

1899 - Wedekind se livre aux autorités allemandes. Incarcéré à la forteresse de Königstein (septembre 1899- février 1900).

1901 - Activité de chansonnier au cabaret des *Onze Bourreaux*, à Munich.

1905 - Karl Kraus organise à Berlin une représentation privée de *La Boîte de Pandore* (2e partie du cycle de *Lulu*), encore censurée. Wedekind joue lui-même le rôle de Jack l'Éventreur.

1918 - Il meurt des suites d'une appendicite. Brecht assiste à son enterrement.

Biographie de Thomas Mann

1875 - Naissance à Lübeck (6 juin) de Thomas Mann, second fils du sénateur T. Johann Mann et de Julia da Silva-Bruhns, d'origine brésilienne.

1891 - Mort de son père. Liquidation de la société familiale.

1896-1898 - Compose des nouvelles, entre autres, *La Volonté de bonheur* (1896), *Luischen* (1897) et *L'Armoire* (1898).

1901 - *Les Buddenbrooks*, publiés par S. Fischer (2 volumes).

1905 - T.M. épouse Katharina Pringsheim. Sept enfants naîtront, dont Klaus (né en 1906) et Golo (né en 1909) qui seront à leur tour écrivains.

1911 - Membre de la commission de censure de Münich ; puis en démissionne à la demande de Wedekind, dont l'œuvre maîtresse *Lulu* avait été censurée.

1912 - *La Mort à Venise*.

1915 - *Frédéric et la grande coalition* (essai). Controverse politique avec son frère aîné Heinrich, lui-même écrivain.

1918-1925 - Intense activité littéraire. *Considération d'un apolitique* (1918), *Maître et Chien* (1919), *Les Confessions du chevalier d'industrie Félix Krull* (1922), *La Montagne magique* (1924) et *Désordre* (1925).

1929 - Prix Nobel de littérature.

1933 - Installation provisoire dans le Sud de la France.

1934-1935 - *Le Jeune Joseph*, début de la grande fresque biblique *Joseph et ses frères* (4 volumes). Voyages aux U.S.A. et en France (Nice).

1938 - Émigre aux U.S.A. (Princeton University).

1939 - *Lotte à Weimar*.

1944 - Il obtient la nationalité américaine.

1947 - *Le Docteur Faustus*. Voyage en Europe.

1949 - Première visite en Allemagne depuis 1933. Suicide de son fils Klaus.

1951 - *L'Élu*.

1952 - Il s'installe en Suisse. *Le Mirage (Die Betrogene)*.

1954 - *Les Confessions du chevalier d'industrie Félix Krull* (dernière version). *Mémoires* (1re partie).

1955 - Il meurt le 12 août.

N.B. : Malheureusement, T. Mann a lui-même détruit les carnets personnels qui auraient pu concerner la période de ses relations avec Frank Wedekind.

Repères bibliographiques : Frank Wedekind

Textes en allemand

Édition complète aux éditions Georg Müller (Munich), 1924.

En poche, aux éditions Goldmann (Munich) et, depuis 1989, *Lulu*, aux éditions Reclam (Stuttgart).

Textes en français

Lulu, version française et adaptation par P. J. Jouve, L'Âge d'Homme, 1969.

L'Éveil du printemps.

Le Vieux Prétendant, trad. par E. Barilier, L'Âge d'Homme, Genève, 1983.

Mine-Haha, ou de l'éducation corporelle des jeunes filles, trad. R. Henry et R. Valançais, Flammarion, 1984.

Confessions et autres poèmes, précédé de *La Boîte de Pandore*, discours de Karl Kraus sur *Lulu*, trad. par P. Gallissaires, Ludd, 1985.

La Princesse Russalka, trad. par F. Mathieu, Ludd, 1990.

Journaux intimes, avec une « Esquisse autobiographique » datant de 1901. Trad. de J. Ruffet, Belfond, 1989.

Un mauvais démon, trad. par G. Ortlieb, La Dogana, 1990.

Littérature critique sur l'œuvre de Wedekind

EMRICH, Wilhelm, *Die Lulu-Tragödie*. In : B. von Wiese,

Das deutsche Drama vom Barok bis zur Gegenwart, vol. 2, Bagel, Düsseldorf, 1958.

BÖCKMANN, Paul, *Die komödiantischen Grotesken Frank Wedekinds.* In : H. Steffen, *Das deutsche Lustspiel* II, Vandenhoeck, Göttingen, 1969.

ADORNO, Theodor W., *Frank Wedekind und sein Sittengemälde « Musik ».* In : *Noten zur Literatur,* Suhrkamp, Frankfurt/Main, 1974. (L'édition française des *Notes sur la Littérature* est une édition abrégée.)

FREUD et alii, *L'Éveil du Printemps.* Séance du 13.02.1907. *Les premiers psychanalystes*, t. I, pp. 133-140, Minutes de la Société psychanalytique de Vienne. Édité par H. Nunberg et E. Federn, Gallimard, 1976.

KLOTZ, Volker, *Dramaturgie des Publikums*, Hanser, München, 1976.

STROSZECK, Hauke, *Ein Bild, vor dem die Kunst verzweifeln muß. Zur Gestaltung der Allegorie in Frank Wedekinds Lulu-Tragödie.* In : BAYERDÖRFER, H.-P., *Literatur und Theater im wilhelminischen Zeitalter*, Niemeyer, Tübingen, 1978.

LACAN, Jacques, *Préface à* L'Éveil du printemps. Collection Le Manteau d'Arlequin, Gallimard, 1983. (La traduction qui y est associée est parfois gravement fautive.)

Repères bibliographiques : Thomas Mann

En allemand

Gesammelte Werke in zwölf Bänden, Fischer, 1960.

Die Erzählungen, Fischer Taschenbuch Verlag, 1986.

En français

Déceptions et autres nouvelles, trad. L. Servicen, Albin Michel, 1957.
Esquisse de ma vie, trad. L. Servicen, Gallimard, 1967.
L'Artiste et la Société, trad. L. Servicen, Grasset, 1973.
Considérations d'un apolitique, trad. L. Servicen et J. Naujac, Grasset, 1975.
Wagner et notre temps, Le Livre de Poche, 1978.

Littérature critique

BLUDEAU, HEFTRICH, KOOPMAN, (Hrsg.) : *Thomas Mann 1875-1975. Vorträge in München-Zürich-Lübeck,* Fischer, 1977.
BRINKMAN, Karl, *Erläuterungen zu Thomas Mann,* Königs Erläuterungen, Band 288, C. Bange Verlag.
DEGUY, M.-F., *Le Monde enchanté de Th. Mann*, P.U.F., 1962.
KURZKE, H. : *Thomas Mann. Epoche-Werk-Wirkung,* Verlag Beck, 1991.
LEIBRICH, Louis, *Thomas Mann. Une recherche spirituelle*, Aubier-Montaigne, 1974 — intr. et notes sur *Tristan*, Berlin, 1954.
SCHRÖTER, Klaus, *Thomas Mann in Selbstzeugnissen und Bildokumenten*, Rowohlt, 1964.
TRISTAN, Frédéric, dir. *L'Herne n° 23 : Thomas Mann*, Éditions de L'Herne, 1973.
WICH, J., *Groteske Verkehrung des « Vergnügens am tragischen Gegenstand » : Th. Manns Novelle* Luischen *als Beispiel,* Deutsche Vierteljahresschrift für Literatur, 50e année, nos 1/2, pp. 213-237.
WINSTON, Richard, *Thomas Mann. The Making of an Artist 1875-1911,* Alfred A. Knopf, 1981.
WYSLING, Hans, (Hrsg.), *Dichter über ihre Dichtungen*, vol. 14 I-III. *Thomas Mann,* Heimeran/S. Fischer, 1975.

Composition réalisée par COMPOFAC - PARIS

IMPRIMÉ EN FRANCE PAR BRODARD ET TAUPIN
Usine de La Flèche (Sarthe).
LIBRAIRIE GÉNÉRALE FRANÇAISE - 6, rue Pierre-Sarrazin - 75006 Paris.

ISBN : 2 - 253 - 06003 - 8 30/8752/5